VON DIR VERZAUBERT

Kiwis zum Verlieben #1

ANYTA SUNDAY

Übersetzt von

WOLFGANG EULENBERG

Erstveröffentlichung der englischen Fassung 2013 unter dem Titel "Taboo For You"

Erstveröffentlichung der deutschen Fassung 2015
durch Anyta Sunday
Bürogemeinschaft ATP24, Am Treptower Park 24, 12435 Berlin

Eine Anyta Sunday Publikation
www.anytasunday.com

ISBN 978-3-947909-32-2

Cover-Gestaltung: Natasha Snow

Inhaltliches Lektorat: Teresa Crawford
Lektorat der deutschen Übersetzung: Coco Hoffman

Dieses Buch enthält explizite Sex-Szenen.

Von Dir Verzaubert

Sam ist total am Durchdrehen.

In drei Wochen wird er 30. Und was hat er mit seinen Zwanzigern angestellt? Ist 'ne ganz einfache Rechnung: nichts Aufregendes – abgesehen vielleicht davon, dass er seinen Sohn Jeremy großgezogen hat. Aber was soll's, Sam hat noch drei Wochen. Vielleicht reicht die Zeit ja, seine 20er-Wunsch-Liste abzuarbeiten…

Luke ist total am Arsch.

Er hat sich vor seiner Familie geoutet und vor seinen Freunden. Da ist nur eine bestimmte Person, die noch nichts davon weiß: sein Nachbar Sam, der seit 7 Jahren neben ihm wohnt und der ganz nebenbei auch noch sein bester Freund ist. Ihm muss Luke endlich die Wahrheit sagen, aber er kann es… einfach… nicht…

Jeremy ist total am Ausflippen.

Er zählt die Tage bis zu seinem 15. Geburtstag, und er will eigentlich nur eins: soviel Zeit wie möglich mit der süßen Suzy verbringen. Aber dazu müssten ihn seine Eltern erstmal in Ruhe lassen – mit ihrer ständigen Panik vor ungewollten Schwangerschaften. Also warum nicht einfach so tun, als ob man schwul wäre?

Zwei Nachbarn. Ein Sohn. Und eine strahlende Zukunft vor ihnen… Naja, solange sie ein paar Dinge geregelt kriegen…

Für meine Familie. Ihr wisst, wie es ist…

Kapitel Eins

SAM

M*athematik* — ich sinke tiefer in meinen Stuhl beim Anblick dieses Wortes, das mir von Jeremys gekritzelter Nachricht entgegen starrt. *Kannst du mir bei meinen Mathematikhausaufgaben helfen?* steht da. Und es ist seltsam, denn durch diesen einen Satz fühle ich mich gut 15 Jahre zurückversetzt — in eine Zeit, als ich selbst auch einmal Hilfe in Mathe brauchte. Obwohl, bei mir wäre wohl nicht viel mehr rausgekommen als ein „Papa, wenn du mir nicht hilfst, fall' ich durch!".

Mein Vater hatte mir mit einem Kopfschütteln erklärt, wie wichtig Mathe sei, dass man von Zahlen viel über die Welt lernen könne, und dass ich mich endlich reinknien solle. Ich solle etwas tun, was mir im wahren Leben weiterhilft, anstatt meine Zeit vor dem Spiegel zu verbringen und Marylin Manson zu imitieren.

Ja, und wenn schon, aber es sind doch nur Zahlen.

„Zahlen, die dir Geschichten über das *Leben* erzählen“, hatte er erwidert.

Was soll ich sagen? Er hatte Recht.

Zahlen. Sie konnten einem wirklich eine Menge verraten.

Zum Beispiel:

In **1** Woche

verdiene ich **420** Dollar (plus/minus **10** Dollar), inklusive Trinkgeld, im Canon Café.

180 Dollar kostet die Miete für unser Haus.

148,20 Dollar gehen für einen Einkauf bei Pak'n'Save drauf.

18,75 Dollar für Telefon und Internet.

Weitere **18,75** Dollar für Strom (zumindest im Sommer…).

Den Rest, **54,30** Dollar, gebe ich für alles Mögliche aus: Klamotten, Benzin, kleine Reparaturen am Haus und den wöchentlichen Besuch in der Videothek…

Und bevor ich's vergesse, mein Konto ist mit **33,80** Dollar in den Miesen.

Ich streiche den Zettel vorsichtig auf unserem alten Küchentisch glatt, der auch nur noch maximal drei Mahlzeiten vom vollständigen Zusammenbruch entfernt ist. Sollte ich mich auch mal drum kümmern.

Aber im Moment kann ich an nichts anderes als *Mathematik* denken. Ich merke, wie sich eine Gänsehaut auf meinen Armen breitmacht und sich mir die Nackenhaare aufstellen.

Diese Zahlen sind doch nicht wirklich wichtig, oder? Es ist doch nur Geld. Und Geld ist vergänglich und hat, für sich gesehen, doch eigentlich kaum eine tiefere Bedeutung. Aber es gibt noch andere Zahlen… Zahlen, die mehr über mein Leben aussagen, die mir heute *alles* bedeuten.

Zahlen wie:

30

und **15.**

Zahlen, die ich, solange ich lebe, nicht vergessen werde.

Zuerst die **30**. Ja. Die Zahl, die mein Herz zum Rasen bringt. Die Zahl, wegen der ich hier nicht etwa mit einer Tasse Tee sitze, während ich Jeremys Nachricht lese, sondern mit einem Glas billigem Bourbon auf Eis.

In drei Wochen werde ich **30** Jahre alt.

Ob es nun eine Midlife-Crisis ist oder was anderes, es macht mich verrückt. Ich arbeite noch immer als Kellner. Ich habe nicht einmal einen High-School-Abschluss. Ich wohne im baufälligsten, schäbigsten Haus der Straße. Und ein Liebesleben, wenn man es überhaupt so nennen kann, hatte ich nicht mehr seit… naja, das ist dann ja wohl die nächste Zahl…

Mein Glas Bourbon ist durch das Eis beschlagen. Als ich es in die Hand nehme, fühlt es sich nass und rutschig an. Ich nehme einen tiefen Schluck. Es war vor einem halben Jahr, als mir schlagartig klar wurde, dass meine 20er so gut wie vorüber sind. Damals hatte ich eine Liste all der Dinge aufgestellt, die ich in meinen 20ern hätte tun sollen, aber nie getan hatte.

Mein Blick fällt auf den Schreibtisch, den Jeremy und ich vor Old Jones gerettet hatten, bevor der ihn zu Feuerholz verarbeiten konnte. Dort irgendwo in einem der Schubfächer habe ich die Liste aufbewahrt… Ich hatte gedacht, dass mir schon das bloße Aufschreiben helfen würde, mich damit abzufinden, dass ich bestimmte Dinge einfach verpasst hatte, aber —

Ich nehme noch einen Schluck Bourbon. Da ich fast nie trinke, hinterlässt der warme, rauchige Geschmack ein wohliges Kribbeln auf meiner Zunge.

Ich seufze.

Aber die Wahrheit ist, dass ich mich nicht damit abfinden kann. Ich will all die Dinge tun, die auf dieser Liste stehen.

Ich muss lachen. Warum zum Teufel eigentlich nicht? Ich habe noch drei Wochen bis zur großen **Drei-Null**. Vielleicht kann ich bis dahin ja doch noch ein Stück meiner Jugend zurückgewinnen?

Da bemerke ich plötzlich den altbekannten Truck, der die Auffahrt zum Nachbarhaus hinauffährt. Ich richte mich auf und schlage mit der Hand auf den Tisch. „Luke?" Dieser alte Mistkerl ist zurück?

Ich springe auf. Mein Nachbar und Freund Luke ist nach sechs Monaten in Auckland endlich wieder zurück! Für einen Moment weiß ich gar nicht, wie mir geschieht. Ich stelle mein Glas ab und es landet prompt auf Jeremys Notizzettel. Durch das Glas sehe ich „Mathematik" wie durch eine Lupe vergrößert.

Und da ist sie wieder, die Stimme meines Vaters. „… *erzählen Geschichten über das Leben.*"

Ich sehe ihn vor mir, wie er traurig seinen Kopf schüttelt und die Tür hinter sich zuzieht.

Ich war **15**.

Er hatte mich nicht vor die Tür gesetzt, im Gegenteil, er hatte mich angefleht, zu bleiben. Aber ich konnte nicht.

Er besucht mich alle paar Monate und schickt mir jedes Jahr eine Karte. Jedes Jahr am **15**. Dezember, meinem Geburtstag. Er legt immer ein paar Scheine hinein, die mir kurzzeitig aus dem Dispo helfen. Und die mich immer daran erinnern, wie sehr er Recht hatte. Wie sehr ich mir wünsche, ich hätte auf ihn gehört.

Über den grünen Zaun, der unsere Grundstücke voneinander trennt, schaue ich Luke dabei zu, wie er seinen Briefkasten leert. Ich hatte mich darum kümmern sollen, während er weg war, hatte es aber mehr als einmal vergessen, so auch in den letzten Tagen.

Mit bloßer Gedankenkraft versuche ich, ihn dazu zu bringen, sich umzudrehen und mir zu winken, so wie er es immer tat, wenn er von der Arbeit nach Hause kam. Dann könnte ich einen Blick auf seine Grübchen erhaschen, die er hat, wenn er lacht. Aber Luke scheint ganz in Gedanken vertieft und beeilt sich, mit einem ziemlich großen Stapel Briefe ins Haus zu kommen.

Ich sollte mich wohl dafür entschuldigen. Oder noch besser, ich sollte ein guter Nachbar sein und ihm Spaghetti Bolognese kochen. Er hatte sicher noch keine Zeit gehabt, einzukaufen.

Ich schaue auf die Uhr. Viertel nach drei. Wieder muss ich lachen. Diese verdammte Zahl verfolgt mich auf Schritt und Tritt.

15. Das ist die Zahl, mit der ich alles Wichtige in meinem Leben zusammenfassen kann.

Warum das so ist?

Weil an meinem **15**. Geburtstag, am **15**. Dezember, meine Freundin Carole ins Krankenhaus eingeliefert wurde und unseren Sohn Jeremy zur Welt brachte.

Jeremy wird in drei Wochen **15**.

Kapitel Zwei

JEREMY

Deshalb esse ich keine Bananen.

Ich starre auf den Tisch und wünsche mir, die fünf Minuten wären endlich vorüber. Seit ich 14 bin, zwingt mich meine Mutter dazu, in jeder freien Minuten zu üben, wie man einer Banane ein Kondom überzieht.

Es ist eine Sache, das im Sexualkundeunterricht zu üben, wo man sich mit seinen Freunden darüber lustig machen kann. Es ist verdammt nochmal was ganz anderes, es vor der eigenen Mutter zu tun.

Ich bin so rot wie die roteste Feuerwehr. Ich reiße die Folie auf und rolle das Kondom so schnell wie möglich über die gelbe, überreife Banane.

Natürlich gibt sie mir die weichste Banane. *Dass es schwer raufgeht, ist noch lange kein Grund, keins zu benutzen. Es gibt keinen Nackttanz, niemals, wenn es nicht drauf ist. Alles klar?*

Es war mir schon klar, als sie es das erste Mal gesagt hatte.

Die Demütigung dieses Gesprächs, in all seinen peinlichen Einzelheiten, ist Erinnerung genug. Aber ihr reicht es einfach nicht. Sie braucht alle vierzehn Tage den Beweis, dass mir die Goldene Kondomregel nicht plötzlich auf magische Weise entfallen ist.

Als die Zeit gekommen ist, das Kondom wieder abzuziehen, spüre ich ihren Blick im Nacken. Ich halte den Rand fest und ziehe es vorsichtig runter, mache einen Knoten und ab in den Müll damit.

Das ist also der Grund, warum ich keine Bananen mehr esse. Meine Mutter lacht und sagt, ich soll mich nicht so haben. Aber ich glaub nicht, dass ich dieses Trauma je wieder loswerde.

…Und auch keinen Bananenkuchen mehr. Nie mehr.

Und wenn nicht die süße Suzy wäre, meine Fast-Freundin, wäre Sex auch kein Thema für mich.

Obwohl, das ist nicht ganz richtig. Auch wenn ich meinem Vater immer sage, dass ich mich nicht für Mädchen interessiere — seine Antwort auf die Frage „Wie schaffe ich es, kein Mädchen mit 14 zu schwängern?“ lautet: „Indem ich keine Freundin habe.“ — es stimmt nicht. Ich mag Suzy. Wie sie sich bewegt. Wie sie tanzt. Wie ihre braunen Locken über ihre Schultern fallen. Und ihre prallen Lippen, an denen sie mich in der Pause hinter der Schulwerkstatt lutschen lässt.

Letzten Monat kam ich ein bisschen in meine Hose, als sie mir ihre Zunge ins Ohr steckte. Es war klebrig und eklig und ich musste den ganzen Tag damit rumlaufen, aber, heilige Scheiße, das war es wert.

Und letzte Woche, in der Schuldisco, ging’s noch weiter, ihre Hände waren überall und das Funkeln in ihren blauen Augen versprach noch viel mehr…

Yeah, dieser Sommer wird großartig.

Sobald ich meine letzte Prüfung hinter mir habe und das Schuljahr endlich offiziell vorbei ist…

Ich wasche mir die Hände, gleich zweimal, als ob ich damit auch meine Scham loswerde.

„Ach, Liebling", sagt Mama, kommt zu mir rüber und drückt mich an sich, „Du bist so niedlich, wenn du dich schämst. Du erinnerst mich an deinen Vater, als er so alt war wie du."

„Aber das heißt ja nicht, dass ich die gleichen Fehler mache wie er", sage ich und wische meine Hände am Geschirrtuch ab. Ich kann das Gummi sogar nach dem Geschirrspülmittel mit Apfelgeruch noch riechen.

Und auch, wenn ich es so nicht sage, aber ich bin natürlich froh, *dass* sie den Fehler gemacht haben. Wär ganz schön scheiße, nicht geboren worden zu sein. Mein Leben ist großartig.

Meine Eltern können mich schon manchmal ganz schön runterziehen. Ich muss im Haushalt helfen, meine Hausaufgaben machen und mindestens ein Buch im Monat lesen, sonst nehmen sie mir den Fernseher weg. Im Ernst, sie schleppen das Ding bis auf den Dachboden. Und natürlich ist da die Sache mit den Bananen… aber sonst geht's mir gut.

Papa lässt mich bis in die Nacht Videospiele spielen, wenn ich am nächsten Tag keine Schule habe, und Mama bäckt den besten Käsekuchen aller Zeiten. Außerdem kutschiert sie meine halbe Fußballmannschaft mit unserem Kombi durch die Gegend.

Und bei Papa ist es immer cool, weil Luke da ist. Und Luke ist der Beste.

Er fährt mit uns überall rum und wir erleben die tollsten Abenteuer. Wir gehen Zelten, Kajak fahren, Mountainbiking und Klettern und… er ist einfach cool. Zum Beispiel, wie er immer für uns drei bezahlt und dann so tut, als ob es nichts weiter kostet, sodass mein Papa sich keine Gedanken darüber machen muss. Ich hab ihm versprochen, nichts zu sagen, und das hab ich auch nicht. Werde ich auch nicht tun. Aber ich mag ihn dafür noch mehr.

Es gibt noch 'nen Grund, warum es echt geil ist, zwei Zuhause zu haben, zwei Zimmer, zweimal Alltag… es bedeutet, dass ich mir viel mehr erlauben kann.

Ich erzähle Papa, dass Mama mir erlaubt hat, mittwochs nach der Schule bei Steven zu lernen. Ich erzähle Mama das Gleiche: *Papa hat gesagt…*

Mittwoch ist der Tag, an dem Suzy und ich sowas Ähnliches wie ein Date haben. Meistens sitzen wir bei KFC in der hintersten Ecke und machen rum. Oder wir gehen in den Park und hängen hinter den Büschen ab.

„Woran denkst du, Jeremy?", fragt meine Mutter, nimmt eine Banane und beginnt mit einem Grinsen, sie zu schälen.

Ich zucke mit den Schultern und schau weg, bevor sie sich die Banane in den Mund stopft. „Nix. Ich muss jetzt zu Papa. Er muss mir noch mit Mathe helfen."

Mama schnaubt. „Meine Güte. Sam und Mathe?" Sie küsst mich auf die Stirn. „Viel Glück damit, mein Schatz. Soll ich dich rüberfahren?" Da klingelt das Telefon.

„Nee, es ist doch schön draußen. Ich brauch keine 20 Minuten."

Mama nickt und nimmt das Telefon ab. „Oh, hallo Debbie", sagt sie und geht aus dem Zimmer.

Ich renne hoch und packe meine Tasche. Als ich wieder runterkomme und mich von Mama verabschieden will, höre ich, wie sie mit gedämpfter Stimme spricht.

Das macht mich stutzig, denn seit ein paar Monaten passieren zu Hause einige seltsame Dinge. Da war das große T-Shirt in der Wäsche, das ich noch nie gesehen hatte. Oder die halbleere Flasche Mundwasser, die plötzlich im Bad stand.

Ich vermute, dass Mama mir etwas verheimlicht. Und ich weigere mich, mir einzugestehen, was es wahrscheinlich ist. Solange ich es ignoriere, wird es nicht wahr. Es wird einfach nicht passieren. Keine plötzlichen, tiefgreifenden Veränderungen in meinem Leben.

Doch obwohl ich es eigentlich gar nicht wissen will, strenge ich mich an, Mama zu verstehen.

Ich schlucke erleichtert, als ich mitkriege, dass sie nur über mich redet.

„Doch, Jeremy geht's super. Aber, du weißt, wie sie in dem Alter sind.“ Sie lacht. „Ganz genau. Manchmal wünschte ich mir, er wäre schwul. Dann müsste ich mir keine Sorgen machen, dass er ein Mädchen schwängert. Wäre viel entspannter.“

Zuerst runzle ich die Stirn.

Aber dann setzen sich die Rädchen in meinem Kopf in Bewegung und die ganze Geheimnistuerei von Mama ist vergessen. Ich merke, dass ich ein breites Grinsen im Gesicht habe. Ich werfe meine Tasche über die Schulter und trample lauthals ins Wohnzimmer. Mama verstummt sofort.

„Gehst du, Schatz?“

„Jep.“ Ich winke und gehe raus.

Auf dem Weg zu Papa ruf ich ein paar Leute an. Zuerst spreche ich mit Suzy. Sie erzählt mir von einer Party in Simons Garage am letzten Schultag. Ihre Stimme klingt verführerisch und ich denke gar nicht mehr darüber nach, *wie* ich es anstelle, ich sage einfach, dass ich da sein werde.

Gleich danach rufe ich meinen besten Freund Steven an.

Mit einem „Was gibt's?“ geht er dran.

„Ich brauch deine Hilfe“, sage ich. Ich erzähle ihm von meinem Plan und er legt einfach auf. Ich muss lachen. Ich werde Steven schon noch überzeugen.

Keine Woche mehr und ich werde meinen Plan in Gang setzen.

Kapitel Drei

LUKE

Es klingt dämlich, vor allem für einen 36-jährigen Mann, aber ich bin nervös, meinen Nachbarn wiederzusehen. Ich war nur sechs Monate weg, aber es fühlt sich an wie eine Ewigkeit.

Wie sagt man so schön: Man weiß erst, was man hat, wenn es weg ist. Genau so war es für mich in Auckland. Sechs Monate wie fehl am Platz und deshalb konnte ich heute nicht einmal zu Sams Haus hinüberschauen, als ich nach Hause kam.

Erst wollte ich gar nicht hier bleiben. Als ich einzog, vor sieben Jahren, wollte ich nur etwas Vorübergehendes, bis ich etwas Besseres gefunden hätte. Ich wollte einen kürzeren Weg zur Arbeit, irgendwo im Zentrum von Wellington. Aber dann…

Dann traf ich den Mann von nebenan…

Ich sitze am Ende der Couch und starre über den Tisch

hinweg auf den schwarzen Fernsehbildschirm. Meine Briefe habe ich neben mir ausgebreitet. Die Wörter darauf verschwimmen vor meinen Augen und interessieren mich auch nicht wirklich.

Ich lehne mich zurück und verrenke meinen Oberkörper etwas, damit ich an meine Hosentasche herankomme, und ziehe einen gefalteten Zettel heraus. Er ist von meinem vielen Lesen abgegriffen und an den Rändern grau geworden. Die ersten paar Male raschelte das frische Papier noch, aber mittlerweile öffnet sich der Zettel sanft und leise wie ein Taschentuch.

Deshalb fühlte ich mich in Auckland so fehl am Platz. Deshalb bin ich nervös, Sam wiederzusehen.

Bevor ich vor sechs Monaten wegfuhr, um in einer familiären Krise auszuhelfen, ging ich rüber, um ihm meinen Schlüssel zu geben. Er rief mir aus seinem Schlafzimmer zu, dass er gleich bei mir sei. Ich wartete im Esszimmer und lies meinen Schlüsselbund auf seinen Schreibtisch fallen. Ich muss die Schlüssel mit etwas zu viel Schwung geworfen haben, denn sie fielen vom Tisch und nahmen einen Stapel Papiere mit sich.

Ich hob die Papiere auf und dabei fiel mein Blick auf eine Liste. Ich weiß nicht, wie ich darauf kam, sie zu lesen — ich war wohl ein bisschen zu neugierig. Ich nahm die Liste und überflog sie. Und als ich am Ende angekommen war, holte ich tief Luft, faltete das Blatt Papier mit zitternden Händen zusammen und stopfte es in meine Hosentasche.

Seitdem habe ich diese Liste stets bei mir.

Sie war bei mir, als ich meiner Mutter während ihrer Brustkrebsbehandlung beistand.

Sie war bei mir, als meine Schwester ihre Scheidung verkündete.

Sie war bei mir, als wir alle zusammen nach Orewa fuhren und Seite an Seite am Strand spazieren gingen.

Sie war bei mir beim morgendlichen Kaffeetrinken und beim Spaziergang am Nachmittag.

Sie war bei mir, als ich mich endlich vor meiner Familie outete.

Sie war bei mir, als sie mich fragten, warum ich so lange gewartet hatte.

Sie war bei mir, als sie mich fragten, ob es einen besonderen Menschen in meinem Leben gäbe, und ich ohne zu Zögern mit Ja antwortete, sogar ohne nachzudenken.

Sie war bei mir, als sie mich dazu aufforderten, ihn mit nach Hause zu bringen, damit sie ihn kennenlernen könnten.

Sie war bei mir, als ich es nicht übers Herz brachte zu sagen, dass dieser besondere Mensch nichts davon wusste. Dass er nicht wusste, wie wichtig er mir war.

Sie war bei mir, als mir klar wurde, dass ich nur wegen ihm und wegen seines Sohnes nie aus diesem Haus ausgezogen war.

Sie war bei mir, als ich die ständigen Nachfragen meiner Mutter nicht mehr hören konnte, und es aus mir herausplatzte, dass ich die Jungs von nebenan an Weihnachten mitbringen würde.

Sie ist jetzt bei mir, während ich mich frage, wie um Himmels Willen ich dieses Versprechen einlösen soll.

Ich streiche das Papier auf meinem Oberschenkel glatt und lese Sams *20er- Wunsch-Liste.* Diese Worte bedeuten mir etwas. Sie springen aus dem Blatt heraus, sie greifen nach mir, sie betteln mich an, mit ihnen zu spielen. Diese Worte bringen mich zum Lächeln, sie machen mich traurig, sie begeistern mich und sie machen mich nervös:

Die Bücher lesen, die ich in der Schule hätte lesen sollen.
Die ganze Nacht durch tanzen.
Einen Kater haben, eine Sonnenbrille aufsetzen und Döner essen.

Jemanden zum Essen einladen — und wenn die Rechnung kommt durch das Klo verschwinden.
Mit jemandem ausgehen, der zehn Jahre älter ist.
Flirten, Spaß haben, sich nicht verlieben.
Eine verrückte Frisur haben.
Mit den Haien schwimmen?
Eine Sportart ausprobieren.
Einen Volkshochschulkurs machen.
Kanye West begreifen. Wer zur Hölle ist Kanye West? Herausfinden.
So richtig krass durchtrainiert sein. Vor der Arbeit Gewichte stemmen!

MEINE FINGER LIEGEN AUF DER LETZTEN ZEILE. NUR SO KANN ich die ersten Punkte auf der Liste überhaupt lesen. Diese letzte Zeile schreit am lautesten. Mein Magen überschlägt sich und ich fühle mich, als ob ich von einer Brücke springen würde. Wie im freien Fall. Die Zeile, wegen der ich plane, plane, plane… die mir diese nervöse Hoffnung und Energie gibt.

Ich ziehe meine Finger langsam zurück und mein Blick fällt direkt auf die Worte:

Ausgefallenen Sex haben, ein Tabu brechen (oder überhaupt mal wieder Sex haben).

MEIN DAUMEN STREICHT ERNEUT ÜBER DIE ZEILE UND innerlich schimpfe ich mit mir, weil ich solche Gedanken habe. Weil ich in allen Einzelheiten plane, Sam dazu zu überzeugen, ausgefallenen Sex zu haben — mit mir. Wir könnten es spielerisch tun. Wir könnten sagen, wir probieren es mal aus. Und dann so tun, als ob es nur eine wilde Phase in den 20ern war.

Ich seufze. Es sind alles nur Ausreden. Ich will. Ich will nicht.

Ich streiche mit dem Papier über meine gerunzelte Stirn als könne ich damit die Gedanken vertreiben. Besser etwas zu verlieren, als es nie gehabt zu haben, oder?

Seit sieben Jahren sind wir Freunde und Nachbarn… und nach nur einer Woche in Auckland, in der ich ihn so verdammt vermisste, wurde mir klar, was ich hier habe. Ich liebe ihn, ich liebe Jeremy und unseren gemeinsamen Alltag.

Ich liebe *uns*.

Ich sehe ein, wie lächerlich mein Wunsch ist: Dass Sam sich wie auf magische Weise in mich verliebt, wenn er „das Tabu" mit mir bricht. Mir ist schon klar, dass das echte Leben nicht so läuft.

Aber ich krieg es trotzdem nicht aus meinem Kopf. Was wäre, wenn doch?

Dieser kleine Hoffnungsschimmer lässt mich weiter planen. Ich will es probieren, ich will es genau wissen.

Ein kräftiges Klopfen an der Haustür lässt mich aufspringen. Schnell falte ich den Zettel, lasse ihn in meiner Tasche verschwinden und öffne die Tür.

Und dort, einen Topf mit einem Geschirrtuch und einem Topflappen haltend, steht der besondere Mensch in meinem Leben.

Er richtet seine dunklen, von dichten Wimpern umrahmten Augen auf mich, genau in dem Moment, als ein Windstoß eine Strähne über seine Stirn weht. „Luke!"

Ich schiebe meine Nervosität zur Seite und atme aus. „Hallo."

Kapitel Vier

SAM

„Hallo." Lukes Lächeln bringt seine Grübchen noch stärker zum Vorschein und er winkt mich herein. Die Stimmung ist sofort entspannt, fast als wäre er nie weg gewesen. Fast.

„Tut mir leid wegen der Post.", sage ich und deute auf den Topf. „Ich dachte mir, dass ich dir was schulde. Spaghetti Bolognese." Ich gehe in die Küche und stelle den Topf auf die marmorierte Arbeitsfläche. Dann öffne ich den Schrank und hole ein paar Teller heraus. Ich rufe über meine Schulter: „Jeremy ist zu Hause. Er muss noch Hausaufgaben machen, und ich…" *kann ihm mit Mathe nicht helfen* „…ich hab ihm gesagt, er soll sie mit rüberbringen. Ist doch o.k.?"

Ich höre Schritte und dann fühle ich, dass Luke hinter mir steht. Ich drehe mich um und er lehnt mit verschränkten Armen an der Wand und nickt. „Klar ist das o.k."

„Gut, wir haben dich nämlich beide vermisst, Luke. Und

wir wollen hören, was so alles passiert ist. Außerdem habe ich keine Ahnung von Trigonometrie."

Er lacht. „Mathe, ja? Sollte kein Problem sein. Wann kommt er denn?"

„Er wollte noch einen Freund anrufen. Wenn er damit fertig ist, denk' ich." Ich wende mich wieder den Tellern zu und tue uns beiden Pasta auf. „Wie geht's deiner Mutter?", frage ich leise. Das metallische Geräusch des Nudellöffels, der dumpf im Topf aufschlägt, dröhnt in der Stille nach meiner Frage.

„Es geht ihr gut." Er räuspert sich. „Ich, ähm, habe ihr viel von euch beiden erzählt."

„Hast du?" Ich reiche ihm seinen Teller und wir gehen zum Esszimmer auf der anderen Seite des Flurs. „Ich hoffe nur Gutes."

„Klar. Nur Gutes." Er setzt sich und rollt Pasta auf seine Gabel. Er stochert noch immer auf dem Teller herum, als ich bereits meine erste Gabel Nudeln inhaliert habe.

„Ist irgendwas?"

Luke legt seine Gabel auf den Tellerrand. „Ich, ähm, ich… — sie will euch kennenlernen. Euch beide. Ich hab gesagt, wir könnten zu Weihnachten kommen?"

„Sie will uns kennenlernen? Da hast du uns aber ein bisschen zu sehr gelobt." Ich lache. Aber Luke beginnt wieder, in seinem Essen zu stochern.

Ich lehne mich zurück und betrachte sein marineblaues, langärmeliges T-Shirt und seine metallene Uhr, die im Licht der Lampe über uns glänzt. Er ist etwas größer als ich, eindeutig stärker, und älter — so wie ein älterer Bruder —, aber in diesem Moment sieht er verloren aus und… da ist noch *etwas*. Als ob er sein Lächeln runterschluckt. Es ist liebenswert und… ungewohnt.

Eines ist klar: Luke ist mein bester Freund. Und wenn seine Mutter seine Freunde kennenlernen möchte, dann will ich ganz vorn mit dabei sein. Nummer 1. Soviel Mathe kann sogar ich. „Ich möchte sie auch kennenlernen“, sage ich, „aber ich weiß noch nicht, ob ich über Weihnachten Urlaub bekomme. Ich…“

Ich lache. Der Bourbon wirkt noch. Ich kratze mich am Kopf. „Ich habe letzte Woche meinem Chef gesagt, dass ich den Rest des Jahres bis Weihnachten freinehmen möchte. Ab morgen.“

Lukes Kopf schnellt hoch. „Und das hat er dir erlaubt?“

„Er hat gesagt, dass es endlich Zeit wird. Solange ich Weihnachten wieder arbeite.“

Endlich nimmt er einen Bissen von seiner Gabel und murmelt etwas darüber, wie gut es schmeckt. Ich spüre, dass ihm noch etwas auf der Zunge liegt, aber er bringt es nicht heraus.

Ich lehne mich rüber zu ihm und knuffe ihn in den Arm. „Jetzt sag’s schon.“

Für einen kurzen Moment sehe ich wieder seine Grübchen, aber dann sind sie gleich wieder verschwunden. „Fährst du weg? Was ist mit Jeremy?“

Ich schüttele den Kopf und wickle Spaghetti auf meine Gabel. „Nee. Ich will einfach…“ *die letzten Tage meiner 20er ausleben.* „Ich bin hier. Und mache einfach was… anderes.“

Er zieht eine Braue hoch und ganz kurz sehe ich ein Grinsen. „Was anderes, ja?“

„Ja. He, du hast nicht zufällig ein paar Gewichte rumliegen, oder?“

„Irgendwo hab ich welche.“ Jetzt sind beide Brauen hochgezogen.

„Du traust mir wohl nicht zu, dass ich mir ein paar Muckis antrainieren kann?“

„Klar trau ich dir das zu. Aber ganz ehrlich, du brauchst doch nicht mehr Muskeln. Du hast den Körper eines Ausdauerläufers.“

„Naja, egal, ich brauche trotzdem ein paar Tipps von dir, Coach, wie ich so richtig krass fit werde."

Luke lehnt sich mit seinem Stuhl zurück und kippelt auf zwei Beinen. Da sind wieder die Grübchen und es sieht so aus, als ob sie diesmal bleiben. Da ist aber auch wieder diese *Etwas* in seinem Blick. Ich werde schon rausfinden, was es ist…

„Papa? Luke?" Jeremy ruft vom anderen Ende des Flurs. Dann höre ich, wie er über den Teppich schlurft. Ich will ihm zurufen, seine Füße zu heben, aber das geht sowieso zum einen Ohr rein und zum anderen wieder raus. Ich hab gelernt, mich nur noch über die wichtigen Dinge zu streiten. Und obwohl mich das schleifende Geräusch der Schuhe nervt, versuche ich, es zu ignorieren.

Es ist zum Haareraufen.

„Wir sind hier", sage ich und klopfe auf die Tischplatte.

Er hat ein paar Schulbücher und ein ausgefranstes Heft unter dem Arm, als er hereinkommt. Er trägt ein braunes T-Shirt und Jeans, genau wie ich, und wenn er nicht Caroles Nase und Lippen hätte, würde er genauso aussehen wie ich mit 14. Und dann würde ich ihn wahrscheinlich überhaupt nicht mehr aus den Augen lassen.

Jeremys Blick wandert zwischen Luke und mir hin und her und auf seinen Lippen zeigt sich dieses Lächeln, dem früher oder später die Mädchen zu Füßen liegen werden. Er strahlt wie damals, als er das Siegertor im Finale seines Fußballturniers geschossen hatte.

„Scheiße, Luke, du bist wieder da!"

„Hey, nicht in diesem Ton, ja!", knurre ich mit meiner tiefen Brummstimme, die ich mir nach kürzester Zeit als Vater zugelegt hatte. Sofort sitzt er da wie eine Eins und nickt. Aber den Klugscheißer kriege ich auch damit nicht aus ihm raus.

„Verdammt, Luke, du bist wieder da!"

Ich verziehe mein Gesicht zu einem Grinsen, stehe auf und klopfe meinem Sohn auf die Schulter. „War doch gar nicht so schwer, oder?“ Dann strubble ich durch seine Haare. Seit irgendeinem Zeitpunkt im letzten Jahr kann er das überhaupt nicht mehr leiden, aber ich werde diese Angewohnheit nicht los.

Er blickt finster, zieht seinen Kopf aus meiner Reichweite und legt seine Bücher auf die freie Seite des Tisches.

Luke wirft Jeremy einen verschwörerischen „Wir-verstehen-uns-Kumpel“-Blick zu. „Meine Güte, bist du gewachsen. Wir haben uns zu lange nicht gesehen.“ Dann klatschen sie sich ab, gefolgt von einem drolligen Handschlag.

„Das kannst du laut sagen. Papa war ungenießbar ohne dich. Es war ein“ — er schaut zu mir — „*verdammt* langer Winter.“

Ich setze mich wieder. Luke blinzelt ein paar Mal und muss hörbar schlucken. So wie er sich an der Tischkante festhält, ist klar, dass er uns auch vermisst hat. „Ja, der längste Winter.“

„*So* ungenießbar war ich nun auch wieder nicht“, murmle ich, obwohl das totaler Blödsinn ist. „Ich hab viel gelesen.“

Damit scheine ich Lukes Aufmerksamkeit geweckt zu haben. Er richtet seine grünen Augen auf mich und verschränkt seine Arme. „Was hast du gelesen?“

Ich greife zu meiner Gabel und zeige auf seinen Teller. „Deine Spaghetti werden kalt.“

Er schaufelt eine Gabel nach der anderen in seinen Mund und ich weiß genau, dass er sich beeilt, um mich nochmal zu fragen. Ich schüttele den Kopf und schaue zu Jeremy, der sich an den Tisch gesetzt und ein Buch aufgeschlagen hat. Er beißt sich auf die Lippen, während er seine Aufgaben durchgeht.

Ich weiß nicht, welcher Frage ich am meisten ausweichen will: der Mathe-Frage, die mich wie einen ungebildeten Depp von Vater erscheinen lassen wird, oder der Bücher-Frage, nach der ich wie ein eingebildeter Idiot aussehen werde.

Vielleicht gleichen sich die beiden ja aus?

Luke verspeist die letzten Spaghetti, und sein Grinsen hilft mir bei der Entscheidung.

„Womit soll ich dir helfen, Jeremy?“ Ich springe auf und stelle mich hinter Jeremys Stuhl. Über seine Schulter sehe ich jede Menge Zahlen und Dreiecke.

Lukes Stuhl kratzt über den Boden als er ihn zurückschiebt. Er kommt rüber und schaut über Jeremys andere Schulter. Kurz darauf schaut er zu mir rüber. Er hat einen „Was zum Teufel ist das?“ Ausdruck im Gesicht und ich glaube, ich sehe nicht sonderlich besser aus. Ich lache, zucke mit den Schultern und ziehe mir einen Stuhl ran. Luke tut das Gleiche. Ich gebe ihm einen Teil der Aufgaben.

„Ich glaube, ich hab’s fast“, sagt Jeremy und kritzelt in sein Heft. „Hmm, oder nicht. Das kann nicht stimmen…“

Luke und ich schauen uns an und ich weiß, dass wir das Gleiche denken. Das wird ein *langer* Abend. Wir schlagen die Bücher auf und fangen an.

Um viertel vor Elf sind wir endlich fertig.

Jeremy lässt seinen Stift auf den Tisch fallen, lehnt sich zurück und streckt sich. „Ich versteh einfach nicht, wofür ich das jemals brauchen werde.“

Bevor ich mich selbst zensieren kann, höre ich mich die Worte meines Vaters sagen. „Mathe ist wichtig. Wenn man versteht, wie Zahlen funktionieren, dann versteht man auch, wie die Welt funktioniert. Glaub mir.“

Er murmelt etwas Unverständliches und gähnt. Dann lässt er seine Arme baumeln und sagt: „Hey, Luke. Kann ich dich mal was *wirklich* Wichtiges fragen?“

Ich knurre und Jeremy grinst.

„Und was ist das, Jeremy?“, fragt Luke. Seine Lippen zucken leicht, als ob er ein Grinsen unterdrückt.

„Also, das Finale meiner Hutt Penguins gegen die Oriental Lions letzten Monat wurde als Unentschieden gewertet weil es wegen Regen abgesagt werden musste. Aber wir wollen unbedingt spielen. Kannst du das für uns organisieren? Wir würden die fertigmachen."

Lukes Lachen strahlt jetzt in voller Stärke. „Es wird aber kein offizielles Ergebnis sein…"

„Das ist schon klar. Aber die Typen trainieren auf unserem Nachbarplatz und geben ständig an. Glaub mir, die wollen das Spiel genauso sehr wie wir." Jeremy reckt seine Faust nach oben. „Die stutzen wir zurecht."

Ich schüttle den Kopf. „Vielleicht sollte ich die Oriental Lions anfeuern. Du solltest auch mal zurechtgestutzt werden."

„Papa!"

Ich lache. Wieder will ich zu ihm rüberlangen und sein Haar zerstrubbeln, aber ich kann mich zurückhalten.

„Also?" Jeremy schaut zu Luke. „Machst du's?"

Luke tut so, als ob er schwer darüber nachdenkt und sich unter Schmerzen eine Lösung für dieses Problem überlegt. Jeremy lehnt sich zu ihm hinüber und versetzt ihm einen Schlag auf den Arm. Luke lacht. „Geht klar. Ich muss nur noch den Sportplatz und die Umkleiden in der Schule für das Spiel organisieren."

„Gebongt!" Jeremy strahlt vor Freude. Er schaut in sein Mathebuch, aber ich kann ihm ansehen, dass er in Gedanken ganz woanders ist.

Er lehnt sich zurück und verschränk Arme. Ohne aufzusehen fragt er: „Papa?"

Diesen sanften, vorsichtigen Ton kenne ich. Er will etwas von mir und ist sich nicht sicher, was ich sagen werde.

Luke kennt diesen Ton ebenfalls, denn er schaut Jeremy mit hochgezogenen Brauen an.

„Ja?", sage ich.

„Du weißt doch, dass am Mittwoch der letzte Schultag ist?"

Komm schon, raus damit… „Ja."

„Naja, Simon hat mich eingeladen, bei ihm zu übernachten und ich würde gern hingehen. Darf ich?"

Irgendwas ist komisch an seiner Frage und ich brauche einen Moment, bevor ich genau weiß, was es ist. Ich lache. Normalerweise hat Jeremy keine Probleme damit, mich zu fragen, ob er bei einem Freund übernachten darf. Das ist keine große Sache für ihn. Aber wie vorsichtig er sich diesmal der Frage genähert hat… diesmal war es eine große Sache. Es macht mich sofort misstrauisch.

„Am letzten Schultag bei Simon übernachten? Sind auch Mädchen da?"

Er fängt an zu stottern und sein Auge zuckt — und da weiß ich die Antwort schon. Genau wie Luke, der seinen Kopf schüttelt. „Das wird nichts, Jeremy. Dein Vater hat mir erzählt, dass er an dem Abend mit dir ins Kino gehen und das Ende des Schuljahres feiern möchte."

„Was für 'ne lahme Ausrede, Luke", sagt Jeremy. „Papa hat überhaupt nichts geplant." Mein Sohn schaut zu mir rüber, mit einem wissenden Gesichtsausdruck, der Luke Lügen straft. Er seufzt, schnappt sich seinen Stift und kritzelt Figuren an den Rand seines Hefts. „Ja, da werden schon ein paar Mädchen sein, aber nur die aus meiner Klasse."

Die aus seiner Klasse… die er jeden Tag sieht und über die er zweifellos stundenlang fantasiert… klar, über die muss ich mir keine Sorgen machen…

„Luke hat sich das nicht ausgedacht", sage ich, um ihn zu verteidigen. „Ich hab Urlaub und wollte, dass wir was zusammen unternehmen. Tut mir leid, Jeremy, aber diesmal darfst du nicht bei Simon übernachten."

Jeremy sieht so aus als ob er widersprechen will, aber dann sackt er in sich zusammen und nickt einmal. „In Ordnung." Er sammelt schnell seine Sachen ein, ohne uns dabei anzusehen, murmelt „Nacht" und geht.

Ich stehe auf und halte einen Seufzer zurück. Was kann ich sagen, um es ihm zu erklären? Luke kommt um den Tisch herum, greift nach meinem Arm und hält mich zurück. Seine

Finger gleiten über meine Haut und hinterlassen eine Gänsehaut. Verdammt lange her, seit mir jemand so nah war, oder mich sogar berührt hat.

Aber das wird sich bald ändern. Ich habe eine *20er Wunsch-Liste* zu erfüllen.

„Also, was hast du gelesen?“, fragt Luke und ich kann sein Grinsen aus der Frage heraushören.

Ich schüttele den Kopf und beginne, unsere Teller aufeinander zu stapeln. „Du weißt auch nicht, wann du aufgeben solltest, was?“

Er nimmt mir die Teller ab, unsere Finger berühren sich und er zieht seine Hand ruckartig zurück. „Lass mich das machen“, sagt er, „schließlich hast du schon gekocht.“

Damit habe ich kein Problem, denn ich hasse Abwaschen. Als er an den Tellern zieht, merke ich, dass ich nicht losgelassen habe. Ich ziehe meine Hände schnell zurück.

„Willst du noch ein Brettspiel spielen?“, ruft Luke aus der Küche.

Ich schüttele meinen Kopf zum leeren Tisch hin. „Bisschen spät dafür.“ Und schon könnte ich mich in den Hintern beißen, dass ich so vernünftig bin. In den nächsten Wochen will ich doch endlich mal loslassen. „Naja, an was hast du denn gedacht?“

„Wie wär's mit Tabu?“, sagt er und steht so nah hinter mir, dass ich seine Worte im Nacken spüre und zur Seite zucke.

„Tabu?“, wiederhole ich und denke nicht an das Spiel, sondern… an etwas anderes.

Und dann beugt sich Luke über den Tisch und versucht, die Soßenspritzer abzuwischen, die es irgendwie bis in die Mitte des Tisches geschafft haben.

Warum konnte ich nicht was kochen, das nicht so eine Sauerei macht? So was wie… wie…

Lukes Rückenmuskeln treten unter seinem T-Shirt hervor und sein Arsch wackelt.

„Ähm“, sage ich, „Brauchen wir für dieses Spiel nicht noch ein paar Spieler mehr?“

Er dreht sich zu mir und zuckt mit den Schultern. „Warum nicht nur wir beide? Wir können uns die Regeln zurechtbasteln.“

Mein Kopf ist wie leergefegt und ich kann hören wie ich nervös lache. Morgen gehe ich zur Arbeit. Nicht um zu arbeiten, sondern um Hannah endlich auf ein Date einzuladen. „Ähmm“, ich gähne und hoffe, dass es nicht zu künstlich klingt, „ich glaube, ich werde für heute Schluss machen.“

Luke nicht. „Okay. Du sagtest, du hast morgen Zeit?“

„Ja.“

„Ich will endlich den neuen Chinesen in der Queen Street probieren“, sagt er, während er mir in den Flur folgt.

„Ist der nicht ein bisschen teu—“ Ich schlucke den Rest des Satzes herunter. „Weißt du was, das klingt gut.“

Ich beeile mich, zur Haustür zu kommen und versuche, an all die langweiligen Matheaufgaben zu denken und nicht an… Meine Güte, ich brauche eine Affäre, und zwar schnell.

Bevor ich aus Lukes Haus fliehen kann, holt er mich ein. Er hält die Tür auf und im Licht der Verandabeleuchtung kann ich wieder dieses *Etwas* in seinem Blick sehen.

„Okay“, sage ich und lehne mich an den Türrahmen. „Wieso schaust du den ganzen Abend so?“

Er reibt sein Gesicht, so als wolle er den Ausdruck wegwischen, aber das *Etwas* verstärkt sich nur, genau wie seine Grübchen.

„Ganz ehrlich, was verschweigst du mir? Hast du im Lotto gewonnen?“

Sein Lachen wird breiter. „Vielleicht erzähl ich’s dir morgen beim Mittagessen.“

Er beobachtet mich wie ich nach Hause gehe. In Jeremys Zimmer brennt Licht und ich höre den Takt der Musik durch seine Tür hindurch. Ich klopfe und sage ihm, dass er jetzt schlafen gehen soll. Morgen ist ein Schultag.

Nachdem die Musik verstummt ist, ist es ruhig und ich weiß nicht, was ich mit mir anfangen soll. Ich kann mich auch nicht mehr auf *Die Mühle am Fluss* konzentrieren, das letzte Buch auf meiner Liste.

Ich gieße mir einen Bourbon ein und laufe auf und ab. In Wirklichkeit versuche ich herauszufinden, warum Luke so verdammt glücklich ist. Und ich glaube, ich weiß es, aber nicht was ich davon halten soll.

Er hat bestimmt eine Frau in Auckland kennengelernt. Dieses *Etwas*… sah verdammt nochmal nach Verliebtsein aus.

Ich trinke mein Glas aus und gieße gleich nochmal nach. Ich hab schon lange darauf gewartet. Schon klar, dass unsere Freundschaft nicht für immer ist — ich sollte glücklich sein, dass sie so lange gehalten hat. Aber Luke ist… er ist einfach unglaublich. Klar hat er jemanden gefunden.

Und morgen wird er mir von ihr erzählen.

Ich nehme noch einen Schluck.

Ich glaube nicht, dass ich das aushalte. Es macht mich so verdammt traurig, ihn zu verlieren. Klar werden wir weiterhin „Freunde" sein, aber es wird nie mehr so sein wie es war. Jemand anderes wird bei ihm sein, seine Aufmerksamkeit wird ihr gehören. Dann wird er umziehen. Kinder bekommen. Zunächst sehen wir uns ein paar Mal im Jahr, dann wird es ruhiger und man schreibt ab und zu eine E-Mail, vielleicht eine Geburtstags- oder Weihnachtskarte… und zum Schluss bleibt nichts außer den Erinnerungen.

Ich trinke aus.

Bis ich mich an den Gedanken gewöhnt habe, werde ich versuchen, jedem Gespräch über *sie* auszuweichen. Ich brauche einfach… ein bisschen mehr Zeit.

Angetrunken und mit dem starken Drang mich abzulenken gehe ich zu meinem Schreibtisch. Ich nehme die einzelnen

Fächer auseinander und suche nach meiner *20er Wunsch-Liste*. Ich habe sie jetzt ein paar Monate nicht gelesen, aber ich bin mir sicher dass sie irgendwo da drin sein muss.

Ich räume alles aus. Die Liste ist nirgendwo zu finden.

Ich seufze. Ich habe sie weggeworfen.

Mit einem Kopfschütteln nehme ich einen Notizblock und schreibe die Liste von neuem. Die Uhr tickt. Morgen geht's los.

Kapitel Fünf

LUKE

Am nächsten Morgen, halb acht, bringe ich die Hanteln zu Sam. Ich lege einige auf dem Tisch ab, der sofort unter dem Gewicht stöhnt. Ich stapele sie auf den Fußboden um, in eine Ecke unter den Fenstern.

Sam stürmt herein, er kommt von seinem Lauf zurück. Der Schweiß tropft von seinem erröteten Gesicht. Er wischt sich mit dem Handrücken über die Augenbrauen, stützt sich auf der Küchenbank ab und versucht, wieder zu Atem zu kommen. Er keucht. „Und das machst du jeden Tag?"

Ich lache und gehe in die Küche, um ihm ein Glas Wasser einzugießen. Er stürzt es herunter.

„Aber ich muss sagen, ich fühle mich wie neu geboren", sagt er, nachdem er das Glas geleert hat. „Ich könnte mich daran gewöhnen, nicht arbeiten zu müssen."

„Ja, das kann ich dir nachfühlen", platzt es mit einem Lachen aus mir heraus.

Er schaut über sein leeres Glas zu mir herüber. Ich stehe ihm gegenüber, ebenfalls an die Küchenbank gelehnt, und beobachte ihn. „Wann ist eigentlich deine Auszeit vorbei?“ fragt er.

„Ich werde heute mit meiner Chefin sprechen. Sie weiß, dass ich zurück in Wellington bin. Wahrscheinlich fange ich zum nächsten Schuljahr wieder an.“

„Klingt vernünftig.“ Sam zieht sein nasses T-Shirt aus und geht ins Badezimmer. Ich folge ihm bis zur Tür. Er wirft sein T-Shirt in den Wäschekorb und schaut auf mein Spiegelbild. „Denkst du wir werden uns auf die Nerven gehen wenn wir jetzt Tag *und* Nacht zusammen abhängen?“

Ich hole tief Luft und lächele. *Auf keinen Fall, niemals.* „Das wird sich schon zeigen.“

Er lacht und zieht den Bund seiner Shorts mit den Daumen nach oben. „OK, ich muss jetzt wirklich duschen. Könntest du Jeremys faulen Hintern aus dem Bett bugsieren?“

Ich schließe die Badezimmertür hinter mir und muss wie blöd grinsen. Als ob es mir jemals zu viel werden könnte, mit ihm meine Zeit zu verbringen. Ich sehne mich schon eine ganze Weile danach. Nach etwas Zeit nur mit ihm, in der nicht ständig was dazwischenkommt, wie das Leben zum Beispiel.

Ich höre, wie Sam eine Melodie summt und ich bleibe noch etwas länger stehen. Seine Stimme vibriert durch die Tür und geht mir unter die Haut. Ein Schauer läuft mir über den Rücken und ich reiße mich los und gehe langsam zu Jeremys Zimmer. Dieser faule Sack, er sollte schon vor über einer halben Stunde aufstehen um pünktlich in die Schule zu kommen.

Die Tür steht einen Spalt breit offen und ich stoße sie weit auf. „Aufwachen, es ist Zeit …“

Heilige Scheiße!

Ich schnappe die Türklinke und ziehe die Tür zu.

Jeremy schimpft wie ein Rohrspatz, und mir geht es

ähnlich. Ich gehe durch den Flur in die Küche. Scheiße. Es gibt einfach ein paar Situationen, in die will man nicht hineinplatzen. Und wenn sich der Sohn deines besten Freundes, auf seinem Bett ausgestreckt, am Morgen einen runterholt, dann ist das so eine Situation.

Ganz oben in der Rangliste der Situationen, in die man nicht hineinplatzen will.

Ich reiße den Kühlschrank auf. Halb acht am Morgen hin oder her, ich brauche ein Bier.

Leider ist nichts im Kühlschrank außer einer halben Packung Milch, etwas Käse und ein paar Eiern. Ich nehme die Milch und trinke sie gleich aus der Packung.

Zwei Minuten später schleicht Jeremy in die Küche, angezogen und mit hochrotem Kopf. Er schaut mich nicht an, und ich ihn auch nicht.

In der gespannten Stille höre ich wieder Sams Summen. Es fühlt sich so an als ob er schon seit Ewigkeiten duscht, obwohl es noch nicht ganz zwei Minuten sind.

„Ähm, möchtest du Rühreier?", frage ich nach einer weiteren Minute unangenehmer Stille.

„Verdammt", sagt Jeremy, und in dieser Situation passt sein Fluchen wie die Faust aufs Auge. Er sackt tiefer in seinen Stuhl und schaut zu mir auf. „Könntest du vielleicht Papa nix davon sagen?"

„Rühreier, wie bestellt", sage ich. Ich stelle die Pfanne auf den Herd und träufele etwas Öl hinein.

Peinlicher geht's kaum. Und das gilt zweifellos für uns beide. Und mir ist nicht klar, was ich tun soll. Was ich sagen kann, was ich sagen soll. Eigentlich will ich gar nichts sagen, aber Jeremy soll auch nicht denken, dass er was Schlechtes getan hat.

„Pass auf, Männer sind Männer. Alle Männer machen es." Ich schlage ein Ei auf, aber die Pfanne ist noch nicht heiß genug. „Beim nächsten Mal schließ einfach die Tür ab, o.k.?"

Er murmelt irgendwas und dreht sich zum Fenster. Draußen kündigt ein klarer Himmel einen sonnigen Tag an.

Als die Eier fertig sind, kommt auch Sam in die Küche stolziert. Er trägt eine braune Stoffhose und ein hellbraunes Hemd, die Ärmel bis zu den Ellenbogen aufgerollt. Er sieht gut aus. *Sehr* gut. „Und warum hast du dich heute so schick gemacht?", frage ich und schaufle die Eier auf drei Teller.

Er zuckt mit den Schultern, aber ich sehe, dass er leicht errötet. „Wahrscheinlich hast du mich noch nie am Morgen ohne meine Arbeitsuniform gesehen. Aber sehe ich o.k. aus?"

So lecker, dass ich dich anknabbern könnte. „Ja, klar."

Sam nimmt sich die gerade fertig gerösteten Toastscheiben, bestreicht sie mit Butter und verteilt sie auf die Teller. „Du solltest aufpassen…", sagt er zu mir, als wir uns an den klapprigen Tisch setzen. „…sonst gewöhne ich mich noch daran, so verwöhnt zu werden."

Die Sonne strömt ins Zimmer und wärmt mich, aber ich frage mich, ob mir ohne Sonne nicht genauso warm wäre.

~

In der Kresley Mittelschule, wo ich unterrichte, treffe ich mich mit der Direktorin und spreche mit ihr darüber, dass ich zum neuen Schuljahr wieder eingestellt werde.

Ich warte bis ganz zum Schluss unseres Gesprächs, um meine sexuelle Orientierung anzusprechen. Ich habe mich lange genug verstellt und will es einfach nicht mehr tun. Sie zuckt nicht mit der Wimper und versichert mir, dass das kein Problem sei. Sie beruhigt mich, es gibt ja schließlich noch ein paar weitere schwule und lesbische Lehrer.

Einer davon ist Jack, wie ich weiß. Und ich weiß das, weil wir zusammen waren.

In der ersten Pause treffe ich Jack in seiner Werkstatt. Obwohl er mich vor sieben Jahren verlassen hat, weil ich mich nicht vor meiner Familie outen wollte, sind wir Freunde geblieben. Manchmal Freunde mit Extras. Obwohl das mit den Jahren immer weniger geworden ist.

Als ich hereinkomme, stapelt Jack Holzbohlen im hinteren Teil der Werkstatt.

Ich klopfe an die offene Tür.

Als er mich sieht, richtet er sich auf und lächelt süffisant. „Na sieh mal einer an, wen haben wir denn da?“

Ich komme ihm auf halbem Weg entgegen und ziehe ihn an mich. Ich fahre ihm leicht durch die Haare. Ihre Farbe erinnert mich noch immer an frische Sägespäne. „Hey, mein Lieber.“

„Selber hey“, entgegnet er schroff, „lange her, Luke.“

„Ja“, sage ich, „Meiner Mutter geht's etwas besser, also bin ich wieder hier. Ich fange zum nächsten Schuljahr wieder an. Kann's kaum erwarten, wieder richtig hier zu sein.“ Naja, jetzt wo ich so eine Art Urlaub mit Sam verbringe, könnte ich schon noch warten. Aber ansonsten freue ich mich sehr, wieder zu arbeiten, wieder Sport und Gesundheitserziehung zu unterrichten.

„Ich werde dafür sorgen, dass wir wieder zusammen als Trainer arbeiten“, sagt er, während er sich auf eine Werkbank setzt.

Ich lehne mich gegen die Bank gegenüber und erzähle ihm kurz von meiner Zeit in Auckland. Als ich ihm davon berichte, wie ich mich vor meiner Mutter und Schwester outete, setzt er sich auf und blinzelt.

„So, so“, sagt er mit einem wachsenden Grinsen, „du hast also endlich jemanden gefunden, der dir so wichtig ist, dass du endlich offen schwul lebst. Er muss ja ein echter Charmeur sein.“ Er schüttelt den Kopf und zuckt ganz kurz zusammen aber fängt sich gleich wieder. „Also wissen es jetzt alle?“

Ich vergrabe meine Hände in den Hosentaschen. Ich fühle Sams Liste in meiner rechten Hand und schlucke.

Jack atmet tief ein. „O.k., wem hast du's nicht gesagt?"

Ich lache, aber schimpfe innerlich mit mir selbst. „Dem Charmeur."

„Der Typ, wegen dem du dich geoutet hast, weiß nicht, dass du schwul bist? Hmmm, warum denke ich, dass sich da ein Desaster ankündigt?"

Ich stoße mich von der Bank ab und laufe den Gang auf und nieder. „Weil es so ist. Er ist hetero. Und mein Nachbar."

„Oh Gott. Der Freund, von dem du seit 10 Jahren erzählst? Ich hätte es ahnen sollen."

„Ich auch. Und seit 7 Jahren. Nicht 10."

Er schüttelt den Kopf. „Das wird ja immer schlimmer."

Ich suche nach etwas, das ich nach ihm werfen kann, aber ich finde nichts. Also seufze ich. „Ich werde es ihm sagen. Ich warte nur auf den richtigen Moment."

Jack springt von seiner Bank auf. „Es gibt keinen richtigen Moment. Lust auf einen Kaffee?"

„Klar." Ich folge ihm nach draußen. Als ich an seinem schwarzen Brett vorbeikomme, fällt mir ein Flyer ins Auge. „Du bietest Tischler-Kurse für Erwachsene an?"

Jack wirft mir einen Blick über die Schulter zu. „Jeden Samstag."

„Aber noch nicht lange, oder?"

„Naja, ist jetzt auch schon wieder mehr als ein Jahr. Aber ich habe ja auch keinen Nachbarn der mich anderweitig auslastet." Sein Lachen hallt durch den Flur, der von der Werkstatt aus an den Klassenzimmern vorbeiführt.

„Und besserst du nicht mehr alte Häuser aus, um sie teuer weiterzuverkaufen?"

„Haha, schon klar. Ich arbeite sogar gerade an einem Häuschen in der Rory Street. Aber der Kurs macht mir echt Spaß. Und ich schaffe auch noch jede Menge. Letzte Woche habe ich alle Fußleisten für die Küche gemacht."

„Fällt es dir inzwischen leichter, dich von deinen Häusern zu trennen, nachdem du sie so liebevoll umgebaut hast?“

Er schüttelt den Kopf. „Dieses Häuschen ist eine wahre Schönheit. Ich bin wirklich hin- und hergerissen, ob ich es behalten soll, aber ich brauche das Geld. Irgendwann will ich mir endlich mein eigenes Haus bauen.“

„Heißt das, du bist am Sonntag damit beschäftigt, die Küche umzubauen oder was sonst noch so zu tun ist?“

„Kommt drauf an, was am Sonntag noch los ist.“

„Ein Fußballspiel, aber nur, wenn du mir hilfst, es auf die Beine zu stellen.“

Jack setzte wieder sein süffisantes Grinsen auf. „Kann ich sicher noch irgendwie dazwischenschieben. Aber nur, wenn ich vorher deinen Charmeur kennenlerne.“

Kapitel Sechs

LUKE

Ich warte an einem Ecktisch auf Sam, gleich neben den Fenstern von wo aus man das geschäftige Treiben auf der Straße im Blick hat. Zehn nach zwölf überquert er die Straße, ein irrwitziges Grinsen im Gesicht. Sein Haar ist elegant zerzaust, und ich könnte schwören dass sogar seine Augen lachen. Er hüpft fast, und mein Herz hüpft mit.

Ich möchte, dass er sich genauso freut, mich zu sehen, wie ich mich auf ihn freue.

Als er hereinkommt, stehe ich auf und winke ihn zu mir herüber. Ich bin nervös, was meine feuchten Hände genauso bezeugen können wie das Wasserglas, das ich beim Hinsetzen umstoße.

Sam reagiert blitzschnell. Schon hat er Servietten in der Hand und wischt auf. Und dann macht er etwas, das er noch nie zuvor getan hat und das ich bis in die Leistengegend spüre:

Er zwinkert mir zu. „Na endlich zahlt sich meine Erfahrung als Kellner mal aus."

Er lacht und ich bringe gerade so ein „Danke" raus.

„Was macht dich denn heute so fröhlich?", frage ich. Ich öffne die Speisekarte und überfliege die Seiten, ohne auch nur irgendetwas aufzunehmen.

Statt zu antworten, zuckt er mit den Schultern und grinst noch mehr.

Ich schaue ihn an und runzle die Stirn.

Er schluckt, ohne sein Grinsen abzulegen, und konzentriert sich auf das Glas, das ich gerade umgestoßen habe. Er dreht es im Kreis. „Ich hab Urlaub. Ich fühle mich… frei."

Und wie er sich das verdient hat. Ich freue mich sehr für ihn, ich fühle die Freiheit auch. Und wieder habe ich das wunderbare Gefühl, den Boden unter den Füßen zu verlieren. „Und was wirst du mit deiner Zeit anstellen?"

Die Kellnerin kommt zu uns und wir bestellen. Als sie wieder weg ist, lehnt sich Sam verschwörerisch zu mir herüber. Ich lehne mich ihm ebenfalls entgegen.

„Ich habe eine Liste."

Ich versuche, mein Lachen zu unterdrücken, aber ich merke, dass ich die Kontrolle darüber verliere. Ich fühle seine *20er Wunsch-Liste* in meiner Tasche, fühle, wie mich das Papier durch meine Jeans hindurch wärmt. „Ach ja?"

„Jep. Und ich werde alle Punkte abarbeiten. Außerdem sollten wir noch so viel wie möglich zusammen unternehmen, während du noch in deinem Sabbatjahr bist. Wirklich reden, weißt du? Wie stehst du eigentlich zu Haien?"

Ganz ehrlich? Ich mag sie nicht. Ich habe sogar totalen Schiss vor ihnen. Aber das sage ich natürlich nicht. Ich zucke mit den Schultern. „Naja, was soll ich dazu sagen? Sind halt Tiere." *Tiere, die dich mit ihren riesigen, mörderischen Kiefern auseinanderreißen.*

„Willst du mit mir zusammen mit ihnen schwimmen?"

Lass einfach das „mit ihnen" weg, und ich bin dabei. „Aber klar."

Er lächelt, und schon dafür gehe ich mit Haien schwimmen.

Er lehnt sich zurück, kneift die Augen zusammen und sieht aus dem Fenster. „Du weißt nicht zufällig, wer Kanye West ist.“

„Klar weiß ich das.“

„Echt? Woher kennst du seine Musik?“

Ich lehne mich zurück und sage hoffnungsvoll: „Ich *bin* immerhin fast *10 Jahre* älter als du.“ Ich hoffe, er hat verstanden warum ich die 10 Jahre so betont habe, jedenfalls wird er rot und schaut zur Küche.

„Warum dauert das so lange?“, sagt er und spielt an seiner Serviette herum.

Wir warten noch gar nicht so lange und es tut mir gut, dass er genauso nervös ist wie ich. Ich möchte seine Hand nehmen und ihm sagen: *Ich möchte deine Sommerliebe sein.*

Für all unsere Sommer, für immer.

Aber das wäre ein bisschen viel auf einmal, ich muss es etwas behutsamer angehen. Ich muss ihm von mir erzählen. „Sam“, sage ich, während ich auf meinem Stuhl herumrutsche und auf den Tisch vor mir schaue. „Ich muss mit dir über etwas sprechen.“

Ich höre, wie er tief einatmet und schaue auf. Er ist auf einmal viel angespannter und hält sich am Tisch fest.

Ich runzle die Stirn. „Was ist los?“

„Nichts.“ Sein Blick wandert über mich hinweg zur Wand hinter mir und dann zum Fenster. „Obwohl—“ Ein nervöses Lachen platzt aus ihm heraus. „Hab ich dir erzählt, dass ich Freitagabend ein Date habe?“

Ich lache. Ich muss mich verhört haben. Und wenn ich mich auf mein Lachen konzentriere, fühlt es sich nicht so an, als ob sich Krallen in meine Brust eingraben würden. „Ein Date…“ Es klingt so, als ob mir jemand die Kehle zuschnürt. „…war das, was du heute zu tun hattest?“

Ich kann es nicht erwarten, dass endlich das Essen kommt, und dass ich bezahlen und gehen kann.

„Ja“, sagt Sam und sieht mich noch immer nicht an. „Es ist eine Arbeitskollegin. Es hat eine ganze Weile gedauert, aber heute Morgen habe ich ihr endlich meine Telefonnummer gegeben. Und sie hat mich gleich eingeladen, mit mir auszugehen. Wir gehen Freitagabend tanzen.“

„Kollegin?“, frage ich. Das Wort schmeckt so sauer, dass es mir die Tränen in die Augen treibt. Ich blinzele sie weg. Was habe ich mir dabei gedacht, mit ihm zu flirten? Wie blöd bin ich eigentlich? Sam ist ein Hetero-Mann. Es ist total sinnlos, sich in ihn zu verknallen und irgendwelchen Fantasien nachzuhängen.

Ich bin ein Idiot. Ein bisschen Tabu ändert nichts.

Er schluckt und nickt. „Äh, sie heißt Hannah.“

Er atmet langsam aus. Im gleichen Moment kommt die Kellnerin an unseren Tisch. Wir warten, bis sie wieder weg ist.

„O.k.“, sagt Sam endlich. Er hält sich noch immer am Tisch fest, seine Finger sind schon ganz weiß angelaufen. „Tut mir leid, du bist dran. Was wolltest du sagen? Ich bin ganz Ohr.“

Ich bringe es nicht über die Lippen. Ich sollte es aber. Er — und Jeremy — sind die einzigen, die noch nicht die Wahrheit über mich kennen. Ich will, dass sie es wissen. Ich will komplett offen sein. Aber all die Worte sind unter denselben Krallen gefangen, die mein Herz umschlingen. Denn wenn ich ihm sage, dass ich Männer liebe, und er reagiert ganz cool und wackelt mit den Augenbrauen und fragt mich ob es einen besonderen Menschen in meinem Leben gibt, so wie mich meine Mutter und Schwester gefragt hatten, dann würde ich das nicht aushalten. Vielleicht würde ich sogar weinen.

Und ich weine nicht. Das letzte Mal habe ich geweint, also meine Mutter mir gesagt hatte, dass sie operiert werden muss. Und davor, als mein Vater uns verließ, als ich 14 war.

Ich schniefe und drücke mir schnell eine neue Serviette an die Nase. „Echt scharf", sage ich und zwinge mich, mich zusammenzureißen. Ich habe Sam nicht verloren. Wir sind immer noch Freunde.

Ich esse.

Er isst.

Es ist unangenehm still und das Klappern unseres Bestecks klingt zu laut.

Dann sieht er mich lange an, bis daraus ein Spiel wird, wer von uns beiden zuerst wegsieht. Und als ich dann endlich wegsehe, er kichert und mir unter dem Tisch einen Tritt mit dem Fuß verpasst — da will ich seinen Nacken mit meiner Hand greifen, ihn zu mir herüberziehen und ihn küssen.

Was ich nun wohl niemals tun werde. Die Tagträume waren nett, aber sie sind auch destruktiv. Ich muss damit aufhören.

Wir essen weiter. Ich schmecke nichts.

„Das war echt gut", sagt Sam und tätschelt seinen Bauch. Dann sieht er zur Kasse hinüber und springt auf. „Ich, ähm… muss kurz für kleine Jungs", sagt er, und als er sich umdreht und hinausgeht, sehe ich ein nervöses Flackern in seinen Augen.

Und da liebe ich ihn nur noch mehr.

Ich lache, denn sonst würde ich einfach nur heulen. Dann gehe ich zahlen.

Kapitel Sieben

SAM

Ich muss grinsen, als ich das Restaurant verlasse. Ich sollte mich schämen, dass er jetzt meine **18** Dollar zahlen muss, aber ich tu's nicht. Ich fühle mich eher… *ungezogen*. Und das hat etwas sehr Befreiendes.

Der Papa in mir hat endlich mal Pause und der neue Sam darf sich ein bisschen austoben.

Ich lache leise und Luke grinst zu mir rüber. Er zieht seine Schlüssel aus der Tasche und zeigt auf seinen Truck, der am Straßenrand steht. „Das ist meiner."

„Mein Honda steht zwei Straßen weiter. Treffen wir uns … wo auch immer wir als nächstes hinfahren?"

„Als nächstes?" Luke sieht mich fragend an. Sein Blick fällt auf meine Hände, die sich gerade in meinen Taschen vergraben.

„Ja, ich dachte wir machen noch was zusammen. Oder hast du was anderes vor?"

Er schüttelt den Kopf. „Nee, klingt gut. Lass dein Auto hier und steig ein."

Ich tue was er sagt und schon **15** Minuten später sind wir an der Küste. Luke ist ein sicherer Fahrer und hat alles unter Kontrolle. Ich mag es, dass ich mich neben ihm so sicher fühle, dass ich immer wieder einnicke, selbst wenn die halbe Fahrt aus lebensgefährlichen, schwer einsehbaren Kurven besteht.

Ich reiße meinen Blick von seinen Händen am Lenkrad los und schaue aus seinem Fenster hinauf zu den steil ansteigenden Hügeln auf denen ein paar vereinzelte Häuser stehen. Dann schaue ich aus meinem Fenster aufs Meer, das die Straße Türkis umrahmt. „Bald wird Jeremy auch seinen Führerschein machen wollen."

„Ist er schon alt genug?" Luke schüttelt seinen Kopf leicht und konzentriert sich dann wieder auf die Straße. Seine Daumen massieren das Lenkrad. „Er wird so schnell erwachsen." Ich höre das Seufzen in seinen Worten und weiß genau, was er meint.

„Ja, das wird er. Ich kann es kaum fassen, dass er jetzt so alt ist wie ich als ich Vater wurde. Es ist … unheimlich."

Ich lehne meinen Kopf ans Fenster und mir entfährt ein Seufzer. Plötzlich muss ich es loswerden und sagen, warum ich in den nächsten Wochen loslassen und die Kontrolle verlieren will.

„Es ist ja nicht so", sage ich, „dass ich ein Naturtalent als Vater war. Ich hab mich irgendwie durch die ersten fünfzehn Jahre von Jeremys Leben durchgemogelt. Die Hälfte der Zeit hatte ich keine Ahnung von dem was ich tue."

Ich muss über mich selbst lachen, aber es hört sich genauso hohl an wie es sich anfühlt. „Und die andere Hälfte…" Meine Gedanken schweifen ab. Was ich sagen will klingt so… *kitschig*, egal wie wahr es ist.

Luke schaltet hoch. „Die andere Hälfte?"

Ich setze mich auf und sehe ihn an. Ich zucke mit den

Schultern, als ob das meinen Worten etwas von ihrer Kitschigkeit nehmen könnte. „Die andere Hälfte der Zeit hatte ich deine Hilfe."

Ein sanfter Atemzug entfährt ihm, dann schaut Luke in den Rückspiegel. Ohne Vorwarnung lenkt er den Truck zur Seite und hält in einer breiten Wendebucht. Er zieht die Handbremse an und dreht sich zu mir. „Wir mogeln uns alle irgendwie durch. Ich bin mir sicher, dass es für Carole nicht anders ist." Und leise fügt er hinzu: „Ich habe meistens auch keine Ahnung."

Ich nicke, aber Carole und er „mogeln" sich doch viel überzeugender durch als ich. „Ich hab Angst, dass Jeremy eines Tages erkennt wen er hier wirklich vor sich hat. Einen Blender. Einen Versager."

Luke setzt an etwas zu sagen, aber ich unterbreche ihn mit einer Handbewegung. „Ich bin so wahnsinnig nervös. Ich weiß einfach nicht, was auf mich zukommt. Er wird vollkommen andere Erfahrungen machen als ich mit fünfzehn. Ich habe Angst, dass ich mich nicht mehr in ihn hineinversetzen kann und alles vermasseln werde."

„Und …" Ich spüre, wie sich die Tränen in meinen Augen sammeln. Ich blinzele sie weg. „Die nackte Wahrheit, Luke? Ich bin ein schlechter Vater."

„Durchmogeln macht dich noch lange nicht zu einem schlechten Vater", sagt er und lehnt sich nach vorn, so als ob er mich umarmen möchte. Das wünsche ich mir auch, aber ich fürchte dass es die Dinge zwischen uns nicht einfacher machen würde. Und außerdem finde ich nicht, dass ich es verdient habe.

Ich rede leise weiter. „Es geht ja nicht nur ums Durchmogeln. Verdammt, ich hasse mich dafür, aber manchmal kann ich einfach nicht anders. Ich bin neidisch auf ihn, Luke."

Luke lehnt sich zurück und blinzelt.

Ich massiere meine Stirn mit meinem Daumen. Dann

zucke ich mit den Schultern. „Ich hatte niemals diese Zeit, die für ihn jetzt beginnt. Ich hätte ein paar richtig gute Freunde finden sollen und ein paar harmlose, dumme Sachen machen sollen über die ich jetzt lachen könnte. Was weiß ich, eine Party feiern wenn meine Eltern nicht zu Hause waren oder so."

Ich schüttle meinen Kopf. Ich war doch erst **14**. „Alles, was ich von meiner Jugend hatte, war mein erstes Mal mit Carole. Und wir waren nicht mal zusammen! Ich hatte keine einzige normale Beziehung. Nur diese eine Nacht. Es war nicht mal so großartig, wie ich es mir ausgemalt hatte. Und das war's. Das letzte, was ich als Jugendlicher getan habe. Und dann kam Jeremy, und — bumm! — ich war Vater."

Ich lache wieder, aber es klingt nervös. „Ich wünsche mir einfach… ich hätte einige Dinge anders gemacht. Wenn ich ihn sehe, dann frage ich mich, wie es sich anfühlt, sich nicht um so viele Dinge kümmern zu müssen. Einfach mal nicht die Verantwortung zu haben."

Ich wende mich von Lukes sanftem Blick ab und schaue wieder aufs Meer. „Ich habe diese Liste nicht ohne Grund. Der gleiche Grund, warum ich mich aus dem Restaurant geschlichen habe …"

Als ich wieder zu Luke herüberschaue, lächelt er zu meiner Überraschung. Als er bemerkt, dass ich ihn anschaue, sagt er: „War das etwa schon das Verrückteste, was du tun kannst? Komm schon, Sam, dieser Urlaub ist doch deine Chance, mal richtig loszulassen. Lass es krachen." Sein Ton wird etwas bitterer. „Dass du Hannah angesprochen hast ist ja schon ein erster Schritt, aber es ist ein bisschen … langweilig, oder? Es gibt so viel, das du ausprobieren könntest."

Und etwas ernster fügt er hinzu: „Ich versteh dich. Und ich halte dich nicht für einen schlechten Vater. Wenn es dich beruhigt, kann ich dir gern eine Zeitlang ein paar Pflichten abnehmen. Ich könnte ja Jeremy wieder von der Schule abholen, so wie früher."

Ich nicke und sinke in meinen Sitz, erleichtert darüber, dass ich Luke habe. „Er nimmt jetzt eigentlich immer den Bus. Außer dienstags nach dem Training. Aber da bin ich sowieso in der Stadt, das musst du also nicht zu übernehmen."

Luke lässt das Auto wieder an. „Wenn es um Jeremy geht, dann geht es nicht darum, dass ich es tun *muss*, sondern dass ich es tun *will.*"

Ich lache wieder, aber diesmal ist es ein echtes Lachen. „Naja, ich hoffe dass du auch dann noch *willst,* wenn du ihm Fahrstunden geben musst! Denn wenn ich das mache, kriege ich ganz sicher einen Herzinfarkt."

Kapitel Acht

JEREMY

Steven schüttelt seinen Kopf schon zum vierten Mal an diesem Nachmittag. „Dafür bist du mir echt was schuldig“, sagt er. Aber am Funkeln seiner Augen sehe ich, dass er gar kein Problem damit hat.

Ich öffne Mamas Haustür. Sie ist noch nicht da aber sie wird jeden Moment nach Hause kommen.

„O.k.“, sagt Steven, während er zum Kühlschrank geht und sich eine Schokomilch schnappt. „Wir halten nur Händchen, oder?“

„Genau. Auf dem Sofa. Und wenn meine Mutter reinkommt, ziehen wir schnell die Hände zurück, so als ob sie es nicht sehen soll.“

Steven gießt uns beiden Milch ein und schiebt mir ein Glas rüber. „Wäre es nicht besser, wenn wir so richtig rummachen?“

Ich muss laut lachen. „Auf keinen Fall.“ Da laufen plötzlich seine Wangen rot an. *Häh?* „Willst du mir was sagen, Steven?“

Jetzt ist er knallrot.

„Echt?“, sage ich, „Ist das dein Ernst? Kerle?“

Er nimmt sein Glas und trinkt. Als er es in die Spüle stellt, zuckt er mit den Schultern. „Und du bist nie neugierig?“

„Nicht wirklich. Du bist doch nicht in mich verknallt, oder?“

Steven verdreht die Augen. „Du bist echt ein arroganter Arsch.“

Ich grinse.

„Aber wenn ich auf Jungs stehe …“

Er wartet darauf, dass ich etwas sage. Ich kenne ihn schon ewig und merke, wenn ihm etwas unangenehm ist. Ich schlürfe meine Milch. „Ist mir vollkommen egal, auf wen du stehst“, sage ich. „Solange du dich nicht in mich verknallst … Wir machen das hier nur zur Täuschung, klar?“

„Fick dich“, sagt er und lacht wieder. „Du wärst sowieso nicht mein Typ. Ich hab deinen Schwanz gesehen und er ist winzig.“

„Fick dich doch selber! Und außerdem ist er nicht winzig.“

„Ach ja?“

„Du willst doch nur, dass ich dir meinen Schwanz zeige.“

Er lacht. Und dann kann ich sehen, wie es in seinem Hirn arbeitet. Ich weiß genau, was er als nächstes sagen wird. „Auf keinen Fall!“, sage ich und gehe rückwärts aus der Küche.

Er grinst wie verrückt und schleicht sich an mich heran. „Du bist mir doch noch etwas schuldig.“

„Mein winziger Schwanz steht nicht zur Verfügung. Also … lass deinen bitte auch in deiner Hose, o.k.?“

Er lacht, als wir das Wohnzimmer betreten. „Ich mach doch nur Scherze, Alter. Außer darüber, wie klein er ist.“

Ich lasse mich auf das Sofa fallen und Steven plumpst neben mich. Er schnappt meine Hand und drückt sie leicht. Dann sagt er mit ernster Miene: „Danke, Mann. Dass du so cool bist.“

Die Haustür schnappt auf. Mama ist zu Hause. Ich rutsche näher an Steven ran. Da geht mir durch den Kopf, ob meine Mutter unsere Hände überhaupt sehen wird.

Ach, verdammt. „Okay, scheiß drauf", flüstere ich. „Küss mich einfach. Deine Belohnung."

Mamas Schritte kommen näher. Ich schaue zur Tür, dann zu Steven. Ich hoffe, ich verzieh' nicht das Gesicht so sehr, dass sie gleich merkt was los ist.

Aber mehr kann ich nicht denken, denn in dem Moment schnappt sich Steven mein T-Shirt und presst mich an seine Lippen. Dabei lehnt er sich zurück bis wir aufeinander liegen.

Ich schwanke zwischen Fluchen und Stolz auf unsere schauspielerische Leistung.

Die Schritte meiner Mutter hören sich jetzt langsamer an. Leise, aber hoffentlich hörbar, presse ich hervor: „Scheiße, meine Mutter ist zu Hause."

Wir springen so auf, dass sie noch sieht, wie wir uns voneinander losreißen. Dann bin ich ganz lässig, so als ob nix passiert wäre. „Hey, Mama", sage ich.

Sie runzelt die Stirn. „Was ist denn mit euch beiden los?"

Ich zucke mit den Schultern. „Ach, du weißt schon, nix weiter."

„Ich dachte du bist diese Woche bei deinem Vater?"

„Ja, wir wollten nur die Hausaufgaben abholen, die ich hier vergessen hab."

Ihr Blick wandert von mir zu Steven und ihr Gesichtsausdruck bringt mich beinahe zum Lachen. Aber ich muss mich zurückhalten, sonst weiß sie gleich, dass was nicht stimmt.

Steven sieht aus, als ob ihm alles total peinlich ist und ich frag' mich, ob das Teil seiner Nummer ist, oder ob es ihm wirklich komisch vorkommt. Und dann seh ich die Beule in seiner Hose und wie er sich von meiner Mutter wegdreht.

Einerseits passt es perfekt, denn jetzt muss es meine Mutter kapiert haben. Aber andererseits tut mir Steven auch ein bisschen leid. Meine Mama kennt ihn, seit er ein kleiner Junge war, und jetzt outet er sich hier.

Ich geh zu ihm rüber, schnapp ihn am Arm und beide drücken wir uns an Mama vorbei in den Flur. „Wir geh'n jetzt zu Papa", sage ich, während wir auf die Tür zusteuern.

Ich stoppe, als sie mir hinterherruft. „Was ist mit deinen Hausaufgaben?" An ihren hochgezogenen Brauen kann ich sehen, dass sie genau weiß, dass ich nicht wegen der Hausaufgaben hier war. Aber sie weiß nicht, dass ich genau das erreichen wollte. Und dass ich diese Runde an mich geht.

„Oh, richtig", erwidere ich. „Steven, geh doch schon mal raus. Ich bin gleich da."

In weniger als einer Minute bin ich nach oben gerannt, hab was geschnappt das irgendwie nach Hausaufgaben aussieht, und bin wieder unten. Ich schau nochmal kurz in die Küche, wo Mama am Schrank lehnt und eine Banane isst.

„Tschüss", sage ich und winke.

Vielleicht war das endlich das Ende des Bananen-Kondom-Trainings.

Kapitel Neun

SAM

Ich betrachte die Packung Haarfarbe in meiner Hand und schütte den Inhalt des Kartons ins Waschbecken. Plastikhandschuhe, eine Farbtube und die Anleitung. Scheint alles ganz einfach zu sein.

Ich streiche durch mein hellbraunes Haar. „Wir werden uns eine Weile nicht sehen“, sage ich zu meinem Spiegelbild.

Ich ziehe die Handschuhe über und nehme die Tube in die Hand.

In dem Moment klopft es an der Haustür. „Einen Moment!“ Ich lasse die Tube wieder fallen und ziehe mir auf dem Weg zur Tür ein Hemd über. Ein lautes Quietschen beim Drehen des Türknopfs erinnert mich daran, dass ich die Handschuhe noch anhabe.

Die Morgensonne schiebt sich in den Flur, sie riecht nach Parfum und zeichnet den Umriss von Jeremys Mutter an die

Wand. Carole sieht meine Hände und schmunzelt. „Darf ich reinkommen?"

„Jeremy ist schon zur Schule."

Sie nickt und geht an mir vorbei in die Küche. Ihre Absätze klacken dabei auf den Boden. „Ja, ich weiß. Ich wollte warten bis er weg ist."

„Ist was passiert?" frage ich und bin plötzlich beunruhigt. Ich versuche mich daran zu erinnern, wann Carole jemals mit mir über Jeremy reden wollte ohne dass er dabei ist. Mir fällt kein einziges Mal ein.

„Es ist nicht wirklich was passiert", sagt sie und setzt sich auf Jeremys Platz.

Ich setze mich ihr gegenüber. Sie zeigt auf meine Handschuhe. „Ich hoffe, du färbst dir nicht selbst die Haare."

Ich ziehe sie schnell aus.

„Du musst das jemand anderen machen lassen. Ich hab das auch mal versucht, und meine Haare waren monatelang gescheckt, weil ich's nicht richtig gemacht habe."

„Vielleicht will ich ja gescheckt sein."

Sie lacht. „Welche Farbe?"

„Schwarz."

Sie stöhnt auf. „Bring bloß Jeremy nicht auf komische Gedanken. Und hattest du deine schwarze Phase nicht schon in der Schule?"

„Warum bist du hier, Carole? Du machst mich nervös. Ist mit Jeremy alles in Ordnung?"

Sie lacht wieder. „Äh, ja, es ist alles in Ordnung mit ihm, ja."

„Aber…"

Sie seufzt, wahrscheinlich hat sie mein Stirnrunzeln gesehen. „O.k., ich wollte einfach mit dir über etwas reden das ich gesehen hab. Ich möchte dich vorbereiten, falls Jeremy mit dir darüber sprechen will."

„Worauf vorbereiten?"

„Dass unser Sohn möglicherweise… schwul ist.“

Ich kratze mich am Hinterkopf. Was Carole mir erzählt ergibt überhaupt keinen Sinn. „Schwul?“

„Und deshalb wollte ich mit dir reden. Sam, wir müssen richtig reagieren, nicht so als ob wir das Wort zum ersten Mal hören. Wir müssen ihm zeigen, dass wir hundertprozentig hinter ihm stehen. Dass wir ihn genauso lieben wie immer.“

„Carole, lass uns mal zu dem Schwulen-Thema zurückkommen. Jeremy ist schwul? Wie kannst du—?“

„Ich hab ihn erwischt, wie er mit Steven auf unserem Sofa rumgeknutscht hat. Ich glaub nicht, dass sie es mitbekommen haben. Sie sind wie vom Blitz getroffen aufgesprungen.“

Ich bin sprachlos. Nichts hätte ich weniger erwartet als das, was Carole mir gerade gesagt hat.

„Den offenen Mund gewöhnst du dir besser schnell wieder ab. Das kannst du Jeremy gegenüber nicht machen, der weiß doch gar nicht, was er denken soll. Das sieht so aus als ob du ihn nicht so akzeptieren kannst wie er ist.“

„Hä? Natürlich akzeptiere ich ihn! Er ist mein Sohn. Ich werde ihn immer lieben.“ Ich stehe auf und renne in die Küche. Ohne richtig hinzuschauen, schnappe ich **2** Tassen und fülle sie mit **4** Teelöffeln Instant-Kaffee.

„Gut“, sagt Carole. „Ich hätte mir auch nicht vorstellen können, dass du ein Problem damit hast. Ich möchte nur, dass du vorbereitet bist.“

Ich starre auf das Kaffeepulver in den Tassen. „Sollten wir … keine Ahnung, ihn darauf ansprechen?“

Carole schüttelt den Kopf. „Lass ihm Zeit.“

Und dann muss ich plötzlich lachen. Mir fällt wieder ein, wie viele Sorgen ich mir wegen der Abschlussfeier gemacht hatte, zu der Jeremy gehen wollte. Carole sieht mich fragend an und ich teile ihr meine Gedanken mit: „Dann müssen wir uns wohl keine Sorgen mehr wegen der Mädchen machen.“

Sie lacht. „Ich dachte auch, es wäre eine Mordserleichterung. Aber jetzt habe ich Angst, dass er es schwer haben wird, weil er schwul ist. Es hört wohl nie auf mit den Sorgen."

„Zweifellos."

„Sam?"

„Carole?"

„Es gibt noch etwas anderes. Es ist … ich habe es schon mal erwähnt, aber jetzt …" Sie sieht zu mir hoch und ihr Gesicht leuchtet geradezu. Sie hat ein Lächeln auf den Lippen und ihre Augen scheinen zu tanzen. „Du erinnerst dich, dass ich ein paarmal mit Greg aus war?"

„Von deiner Arbeit?"

Sie nickt. „Naja, ich glaube, es wird was Ernstes. Er möchte eine Beziehung. Ich glaube, ich bin so weit, Jeremy davon zu erzählen. Dass die beiden sich kennenlernen."

„Scheint so, dass du wirklich so weit bist", sage ich und greife nach ihrer Hand. „Ich freu mich für dich, Carole. Du verdienst, dass er dich glücklich macht."

„Danke, mein Lieber." Sie schaut nach draußen in den Garten und drückt meine Hand. „Und ich bin mir sicher, dass dort draußen auch jemand auf dich wartet."

Ich denke an Hannah von der Arbeit. Ich mag sie und bin gern bei ihr, aber wäre sie die Richtige? Ich zucke mit den Schultern. „Das werden wir wohl abwarten müssen. Wie willst du's Jeremy sagen?"

Carole beißt sich auf die Lippe. „Ich weiß es nicht. Aber es muss bald passieren."

~

Carole geht **5** Minuten später, zur gleichen Zeit kommt Luke rein.

Ich schleife ihn gleich in die Küche. Ich bin immer noch wie in Watte gepackt wegen Jeremy. Ich will, dass Luke erstmal die Klappe hält, also laufe ich mit erhobenem Zeigefinger auf und ab. Warum bin ich plötzlich so aus dem Gleichgewicht geraten nur weil mein Sohn schwul ist?

Es macht mich nicht wütend, nur ist da irgendetwas anderes, das mich sehr aufwühlt.

Luke verschränkt seine Arme und betrachtet mich eingehend. „Alles o.k.?“

Ich nicke. „Ja. Mir geht’s gut. Wirklich.“

„So hörst du dich an.“

Ich halte an und lache. Dann hole ich tief Luft und biete ihm einen Kaffee an.

Er schüttelt den Kopf. „Erst will ich wissen was mit dir los ist. Hat es was mit Carole zu tun? Hat sie einen Neuen? Oder heiratet sie sogar?“

Ich gehe zur Küchenbank, an die er sich lehnt, und stelle mich dazu. „Nein, das ist es nicht.“ Ich schlucke und schaue ihn aus dem Augenwinkel an. „Jeremy steht vielleicht auf Jungs. Carole hat mir gerade erzählt, dass sie ihn mit Steven erwischt hat.“

Luke erstarrt und ich frage mich, ob ich es ihm lieber nicht hätte erzählen sollen.

„Und“, sagt er schleppend, „ist das ein Problem?“

Ich versuche irgendwie, das Durcheinander in meinem Bauch in Worte zu fassen.

„Nein. Das glaub ich nicht. Es ist nur… ach, keine Ahnung.“ Ich reibe mein Gesicht mit meinen Händen und lache halbherzig. „Vielleicht versteh ich es einfach nicht, weißt du? Ich liebe ihn ja und eigentlich ist es mir egal, in wen er sich verliebt. Aber irgendwie…“ *Etwas.* Irgendwie *etwas.*

Luke erhebt sich langsam von der Küchenbank und schaltet den Wasserkocher ein. Er redet mit dem Rücken zu mir. „Ich glaub, ich versteh es. Du hast einfach noch nie darüber nachgedacht und deshalb kommt es dir … fremd vor.“

Ich bin mir nicht sicher, ob das alles ist, aber es ist nah genug dran. „Vielleicht.“

Ich schaue Luke dabei zu, wie er in den Schrank greift und zwei Tassen herunterholt. Seine Bewegung ist elegant und entschlossen, und ich stelle fest, dass er meine Küche besser kennt als ich selbst. Ich bin froh, dass er meine Neuigkeiten so gut aufgenommen hat. Und ich bin dankbar, dass ich ihm so vertrauen kann.

Nicht, dass wir es wirklich tun würden — wir halten eigentlich immer den unausgesprochenen „Kumpel-Abstand" ein — aber manchmal möchte ich den Typen einfach in den Arm nehmen und ihm sagen, wie viel er mir bedeutet. Ich lasse es aber bei dem Gedanken und hoffe er merkt es irgendwie.

„Wieso bleibst du eigentlich so ruhig? Kommen manchmal Schüler zu dir und reden darüber?"

Luke schaut mich über seine Schulter hinweg an, seine Stimme klingt rauer als sonst. „Sowas in der Art."

30 Minuten sitzen wir beide am Tisch und trinken unseren zweiten Kaffee. Luke sieht die Handschuhe, die ich neben den Tisch geworfen habe, und schnappt sich einen. „Wofür sind die denn?"

Er strahlt, als ich ihm von meinen Haarfärbe-Plänen erzähle.

„Ich mag deine Haare eigentlich so wie sie sind", sagt er. „Aber ich muss zugeben, dass ich schon neugierig bin, ob dir die Farbe steht."

„Kannst du mir vielleicht dabei helfen?", frage ich ihn ganz unvermittelt, als ich den anderen Handschuh aufhebe. „Könnte lustig werden."

Er sieht zu mir herüber und dabei zittert seine Unterlippe leicht, so als wäre er sich nicht ganz sicher, ob er wirklich will.

„Komm schon", sage ich und stehe auf. Mit dem Kopf deute ich in Richtung Badezimmer. „Das werden wir nie vergessen."

„Na, wenn das so ist ..."

Dicht hinter mir zieht sich Luke mit einem lauten

Schnipsen den Handschuh über. Wir gehen beide ins Bad. Ich grinse ihn im Spiegel an und halte den anderen Handschuh vor sein Gesicht.

Er schnappt ihn sich und schlüpft hinein. „Wenn sich hier einer die Haare färbt, sollte ich das sein."

Ich drehe mich um und betrachte seine Haare. Sie sind dicht und dunkel. Wenn meine so wären, würde ich nicht über Färben nachdenken. „Auf keinen Fall."

Er kommt näher und zeigt auf eine Stelle über seiner Schläfe. „Siehst du das?"

„Was soll ich sehen?"

„Da sind fünf graue Strähnen."

Ich schaue hin, aber ich kann keine sehen. „Das bildest du dir ein."

„Na, bald werden aber auf jeden Fall welche da sein."

Er ist erst **36**! „Komm schon, ganz so alt bist du nun auch wieder nicht." Ich streife mein T-Shirt ab und betrachte meinen Bauch im Spiegel. Noch sieht man nicht, dass das Laufen und Gewichtheben irgendetwas bringt. Ich sehe immer noch zu dünn aus. Egal. Ich schaue wieder Luke und seine Haare an. „Außerdem", sage ich, „steht dir Grau. Es würde sehr heiß aussehen."

Luke runzelt die Stirn und betrachtet seine behandschuhten Hände. „Denkst du?"

„*Jeder* wird das denken. Also… sollen wir loslegen?"

Ich klappe den Klodeckel runter und setze mich. Ich trage nur Shorts und der Toilettendeckel fühlt sich kühl an, wo meine Haut ihn berührt. „Ich glaube, du musst die ganze Tube auf meinem Kopf verteilen. Dann 'ne halbe Stunde warten und dann auswaschen."

Luke nimmt die Tube, öffnet sie und will gerade Farbe herausdrücken. Da hebe ich warnend meinen Zeigefinger. „Du solltest erst dein Hemd ausziehen. Ich möchte nicht, dass du es dir mit Farbe versaust."

Er zögert kurz. Sein Adamsapfel hüpft auf und ab als er schluckt. Dann legt er die Tube auf den Rand des Waschbeckens und schält sich langsam aus seinem Hemd.

Unter seiner Haut zeichnen sich deutlich Bauchmuskeln ab. Seine breiten Schultern und seine Hüfte bilden ein fast perfektes „V". „Ich will deinen Körper", platzt es aus mir heraus.

Luke verschluckt sich und ich schaue nach oben in sein errötetes Gesicht. „Alles o.k. bei dir?"

„Du willst meinen Körper?", wiederholt er.

„Ja. Glaub mir, ich arbeite dran."

Luke starrt mich an, seine Augen sind im dämmrigen Licht des Badezimmers dunkler als sonst.

Ich schalte das Licht ein. „Was denkst du, wie lange ich Gewichte heben muss, bevor man meine Bauchmuskeln sehen kann?"

Er schüttelt den Kopf und wendet seinen Blick ab, über meine Schulter und dann zum gekippten Fenster. Ein Windstoß streicht durch sein Haar und auf seinen Armen stellen sich die Härchen auf. „Eine ganze Weile", sagt er und öffnet erneut die Tube. Er sieht mich direkt an und lächelt. „O.k., los geht's." Er drückt ein bisschen von der grauen Paste auf seine Finger. „Boah, das Zeug stinkt."

Ich stehe auf, öffne das Fenster weit und setze mich wieder. Ich winke ihn mit meinem Finger heran. „Na, dann komm mal her. Schäum mich ein."

Sein Lachen, das darauf folgt, klingt so gepresst, dass ich ihn schon wieder fragen möchte, ob es ihm gut geht. Dann kommt er zu mir rüber.

Er zögert, bevor er seine Hände auf meinen Kopf legt, und ich frage mich, ob ihm klar ist, dass er jetzt unsere Regel verletzt, immer einen Kumpel-Abstand einzuhalten. Nicht dass wir uns nicht schon früher mal berührt hätten, aber ich kann die Male an **2** Händen abzählen — und an **1** Fuß … Naja, jedenfalls kann ich sie zählen.

Ich zucke mit den Schultern, als ob ich ihm sagen möchte, dass es kein Problem ist. Mir macht es jedenfalls nichts aus.

Er lacht leise in sich hinein — und dann fühle ich seine Finger in meinem Haar.

Diese erste Berührung, mit der er die Paste in meine Haarwurzeln einmassiert, jagt einen Schauer durch mich hindurch. Und man kann den Schauer wohl auch sehen, denn Luke fragt mich gleich, ob mir kalt ist.

„Nein", sage ich. Denn mir ist nicht kalt. Es fühlt sich einfach gut an, wenn jemand seine Finger durch mein Haar und über meinen Kopf wandern lässt. Ich war schon eine ganze Weile nicht mehr beim Frisör, aber das Haarewaschen ist für mich immer das Beste daran.

Luke drückt noch etwas mehr Paste raus und kämmt meine Haare vorsichtig mit seinen Fingern. Mir entfährt ein unwillkürliches Stöhnen. Für einen Moment denke ich darüber nach, ob es mir peinlich sein sollte, aber dann macht Luke weiter und plötzlich ist es mir vollkommen egal, was ich vor mich hin murmele. Luke ist es sowieso egal. Er hat viel schlimmere Dinge von mir gehört. Zum Beispiel als ich **3**-mal von einer Wespe gestochen wurde und den ganzen Weg vom Park nach Hause gewimmert habe.

„Das fühlt sich gut an", sage ich zu Luke. „Ich könnte jetzt sofort einschlafen. Oder sabbern."

Er lacht. Und obwohl ich weiß, dass er schon die ganze Paste aufgetragen hat, massiert er meinen Kopf weiter.

„Das muss jetzt für 'ne halbe Stunde drauf bleiben?"

Ich brumme, während er mit meinen Haarspitzen spielt.

„Hast du eine Uhr hier?"

„Ich hab eine Eieruhr im Schrank", sage ich und grummle, als er seine Hände von meinem Kopf nimmt.

Er zieht die klebrigen Handschuhe aus und schmeißt sie in

den Mülleimer. Dann holt er die Eieruhr. „Darf ich fragen, warum du sie im Badezimmer hast?"

Ich lache und zucke mit den Schultern. „Heißes Wasser ist teuer. Jeremy und ich stellen die Uhr immer auf fünf Minuten, damit wir wissen, wie lange wir in der Dusche waren und wann wir raus müssen."

Luke blinzelt überrascht. „Fünf Minuten? Nicht länger?"

Ich seufze und Luke brummt ein „Verdammt." Er wäscht seine Hände und sieht verärgert aus. „Manchmal", sagt er plötzlich und sieht mich im Spiegel an, „wünschte ich mir, ihr würdet bei mir einziehen. Ihr könntet euch die Miete sparen und auf jeden Fall könntet ihr länger duschen. Du müsstest auch nicht das ganze Jahr wie ein Verrückter arbeiten. Egal, wie sehr du es dir schön redest, aber doppelte Schichten wenn Jeremy nicht hier ist, und dann auch noch die Wochenenden, das ist einfach zu viel."

„Ich muss meine Rechnungen bezahlen", sage ich. „Und danke für dein Angebot, aber du würdest uns nicht als Mitbewohner haben wollen. Wir würden viel zu viel Platz beanspruchen. Und ganz nebenbei …", ich denke an die geheimnisvolle Frau aus Auckland, von der mir Luke noch nichts erzählt hat. „Ich denke nicht, dass das deiner Frau gefallen würde."

Luke dreht sich zu mir, zieht die Stirn in Falten, und verschränkt seine Arme. „Meine Frau?"

Ich schaue auf meine Hände, die auf meinen Oberschenkeln ruhen. Vor diesem Moment hatte ich schon die ganze Zeit über Angst — dem Moment, in dem Luke endlich zugibt, dass er in Auckland jemanden kennengelernt hat. Ich wollte es weiterhin ignorieren, aber jetzt ist es mir rausgerutscht. „Du wirst bald wegziehen und eine Familie gründen."

Luke ist kurz ganz still und ich kann seinen Gesichtsausdruck nicht deuten. Er kommt zu mir rüber und beugt sich herunter, sodass sein Gesicht fast auf meiner Höhe ist. „Wovon zum Teufel redest du, Sam?"

Mit einem Mal frage ich mich, ob ich mir das alles nur eingeredet habe, und diese Hoffnung wärmt mich von innen. Ich atme erleichtert aus. „Heißt das, du ziehst nicht weg? Aber was wolltest du mir denn sonst sagen?"

Seine Augen lachen, als er seinen Arm ausstreckt und mein Knie berührt. Die Berührung dauert nur eine Sekunde, bevor er seine Hand wieder zurückzieht. „Es gibt keine Frau. Und ich werde euch nicht verlassen."

„Oh, Gott sei Dank!", sage ich und greife nach seinem Arm. Ich will meinen Kopf daran lehnen aber denke gerade noch rechtzeitig an die Farbe in meinem Haar. „Dann haben wir uns wohl umsonst Sorgen gemacht."

„Ihr habt euch Sorgen gemacht?"

„Seitdem du wieder hier bist. Ich dachte … aber du warst wohl einfach nur glücklich, wieder hier zu sein?"

Luke entfährt ein nervöses Lachen. „Du hast ja keine Ahnung."

Ich schaue ihm in die Augen und versuche herauszufinden, warum er so angespannt ist. „Aber da gibt es doch etwas, das du mir sagen willst, oder?"

„Woher wusstest du das?"

„Ich wusste es nicht, aber ich hatte da so ein Gefühl. Und jetzt weiß ich es ganz sicher — irgendwas ist da los."

Luke steht auf. „Ich glaube, wir können jetzt die Farbe auswaschen."

Ich stehe auch auf. „Die Eieruhr wird uns das schon sagen." Er schaut von mir weg als ich auf ihn zugehe. „Jetzt sag's mir schon."

„Na gut." Er schluckt und öffnet seinen Mund, aber schließt ihn gleich wieder. Er versucht's nochmal. „Es ist so … erinnerst du dich, dass meine Mutter dich gern kennenlernen würde? Und dass wir Weihnachten zusammen hochfahren sollten?"

„Ja", sage ich zögernd.

„Wenn ich ganz ehrlich bin, dann hab ich's ihr schon versprochen. Es ist mir einfach so rausgerutscht, und jetzt macht sie schon große Pläne."

Oh. „Verdammt. Luke, ich will sie ja auch kennenlernen, aber ich glaub nicht, dass ich Weihnachten frei kriege."

Da klingelt die Eieruhr und Luke drückt sie schnell aus. „Ich hätte es nie versprechen sollen. Ist nicht schlimm. Mein Fehler."

Ich greife in die Dusche und schalte sie ein. „Ja, wie gesagt, ich möchte sie auch gern mal treffen. Aber als ich gestern Hannah auf unser Date eingeladen habe, habe ich auch mit meinem Chef gesprochen, um schon mal vorzufühlen. Und er hat immer wieder gesagt, dass er es kaum erwarten kann, wenn sein bester Kellner wieder da ist. Ich war kaum einen Tag weg und er bereut es schon, dass er mir so lange frei gegeben hat."

Ich stecke meine Daumen in meine Shorts und streife sie ab. Luke dreht sich wieder von mir weg.

„Oh, tut mir leid", sage ich lachend und stelle mich unter das heiße Wasser. „Ich wollte dir nicht meinen blanken Arsch ins Gesicht strecken, nur schnell duschen. Mein Kopf fühlt sich schon ganz taub an. Ich wollte schwarz, nicht kahl."

„Das ist schon … in Ordnung."

Wasser mit Farbe läuft mir in den Mund und ich pruste, um es wieder rauszubekommen.

„Alles in Ordnung da drin?", fragt Luke. Ich kann ihn durch das beschlagene Glas auf der Toilette sitzen sehen.

„Ich hoffe nur, diese Farbe sieht besser aus als sie schmeckt." Ich massiere die Farbe aus meinen Haaren und es fühlt sich nicht annähernd so gut an wie bei Luke vorhin. „Lass uns nochmal zu deiner Mum zurückkommen", sage ich und wasche den Rest meines Körpers. „Wie wäre es … vielleicht könnten wir schon etwas früher fahren? Oder warum kommt sie nicht hierher? Ich hab noch gar nicht darüber nachgedacht, wie ich die große **30** feiern will." Ich zucke zusammen, als ich die Zahl ausspreche, und schrubbe mich weiter. „Aber es klingt gut, die Familie hier zu haben. Vielleicht lade ich sogar meine ein.“

Luke brummt: „Du willst meine Familie zu deinem Geburtstag einladen?“

Ich öffne die Tür und stecke meinen Kopf raus. Das Wasser tropft auf den Boden. „Luke, klar will ich das. Ich will dich ja von allen Seiten kennenlernen.“

Ich taste nach dem Wasserhahn und stelle ihn aus. „Würdest du mir ein Handtuch reichen?“

Luke bringt mir eins. Bevor er es mir gibt, fragt er: „Bist du sicher?“

Ich schnappe mir das Handtuch. „Natürlich.“ Dann wickle ich mir das Handtuch um die Hüfte und steige aus der Dusche.

„Das … ja, das wäre toll.“ Er hebt eine Hand und wuschelt durch mein Haar. „Das wird etwas dauern, bis ich mich daran gewöhnt habe.“

Ich föhne meine Haare und stelle ein paar Spitzen mit Gel hoch. „Sieht es total verrückt aus?“, frage ich und als ich mich umdrehe, sehe ich, dass Luke lacht und mit seinem Handy Fotos macht.

„Verrückt?“ Er lacht. „In ein paar Jahren werden dir diese Bilder sowas von peinlich sein. Jeremy wird sich einpinkeln.“

Und ich lächle. Genau diese Reaktion will ich erzielen.

Noch etwas, das ich von meiner 20er Wunsch-Liste streichen kann.

Kapitel Zehn

LUKE

Ambivalent. Das ist es. Die perfekte Beschreibung meines Seelenzustands als ich neben Jack hergehe, während er die Mittagsaufsicht hat. Es beschreibt mich eigentlich schon seit heute Morgen, seit ich bei Sam war.

Vielleicht versteh ich es einfach nicht, weißt du? Ich liebe ihn ja und eigentlich ist es mir egal, in wen er sich verliebt. Aber irgendwie…

Ich schlucke einen Seufzer hinunter und warte, während Jack einen Streit schlichtet.

Ja, Sam hatte es akzeptiert. Ich sollte mich darüber freuen. Aber … es war nicht so, wie ich es mir erhofft hatte. Andererseits wäre ich wohl in jedem Fall enttäuscht gewesen, außer, Sam hätte sich selbst geoutet.

Warum musste es Jeremy sein, der rausfindet, dass er schwul ist?

Ich schiebe meine Hände tiefer in meine Taschen, als ob ich dort drin meine innere Ruhe finden würde. Aber ich finde nichts, außer dem Stück Papier, das an meiner rechten Hand kratzt: Sams *20er Wunsch-Liste*.

Als ich meine Hand aus der Tasche ziehe, kitzelt das Papier meine Haut. Es ist das gleiche Gefühl das ich hatte, als ich mit meinen Fingern durch Sams Haar fuhr und er stöhnte — mit dem Unterschied, dass dieses Kitzeln direkt in meinen Schwanz gefahren war und ich mir ein paar echt eklige Bilder vorstellen musste, um nicht direkt vor ihm hart zu werden.

Es hatte kaum funktioniert. Als Sam seinen Kopf an mich lehnte, war ich fast soweit. Ich wollte seinen Nacken greifen und ihn zu mir ziehen, trotz der Farbe.

Jack redet mit dem größeren Jungen und schickt ihn weg. Er schaut zu mir rüber, verdreht die Augen und lacht. Als er gerade wieder zu mir kommen will, tippt ihn ein Mädchen an und fragt etwas.

Ich kann sie von hier aus nicht hören und während ich ihnen zuschaue, denke ich immer noch an diesen Morgen. An den Moment, als Sam sagte, dass wir eine Familie sind. Diese einfachen, liebevollen Worte gehen mir einfach nicht aus dem Kopf. Sie bringen ein Lächeln auf meine Lippen. Und ein Runzeln auf meine Stirn. Wir sind eine Familie. Seit sieben Jahren schon. Wir haben nur in zwei Häusern gelebt.

„Warum schaust du so nachdenklich?“, fragt Jack und stupst mich am Arm.

„Nichts weiter.“ Aber das ist nicht wahr. Von den getrennten Häusern war ich zum nächsten Gedanken gesprungen. Wie ich Sam davon erzählt hatte, dass ich gern mit ihm zusammenleben würde, und wie er dann irgendwie zu meiner geheimnisvollen Freundin gekommen war.

In dem Moment wollte ich gleichzeitig lachen und weinen. Lachen, weil ich gemerkt hatte, dass Sam die Vorstellung überhaupt nicht gefallen hatte. Und weinen, weil klar wurde, dass Sam mich maximal als guten Freund sieht. Mitbewohner! Ich dachte, ich hätte meine tiefsten Gefühle ausgebreitet, und Sam hatte mich komplett missverstanden.

„Na, wenn das nichts ist“, sagt Jack mit einem Grinsen und gibt mir ein Zeichen, mit ihm zu den hinteren Sportplätzen zu laufen, wo die Kinder sich hinter den Büschen küssen und Händchen halten, „dann möchte ich nicht wissen wie es aussieht, wenn es etwas ist.“

Für ein paar Minuten gehen wir stumm nebeneinander her. Nur die Münzen in Jacks Tasche und die entfernten Geräusche der Kinder sind zu hören. Ich atme tief ein und rieche das frisch gemähte Gras. Jack schaut gerade nach vorne und wartet geduldig, bis ich etwas sage.

Ich gehe etwas langsamer und er tut es mir gleich. „Ich konnte es ihm nicht sagen.“ An seinem Nicken sehe ich, dass er weiß, dass ich von meinem Nachbarn spreche. Ich fahre fort: „Ich weiß nicht warum. Ich hatte die perfekte Gelegenheit.“

Jack steckt die Daumen in die Hosentaschen. „Ich weiß warum.“

„Du weißt es?“

„Ja.“ Er hält an und lächelt verlegen. „Du hast Angst, ein für alle Mal zu hören, wie er wirklich fühlt. Denn dann hast du keine Ausreden mehr, dir weiter Hoffnungen zu machen.“

Seine Worte treffen mich- und ich hasse es, wie Recht er hat. „Du triffst den Nagel auf den Kopf. Woher wusstest du das?“

Er zuckt mit den Schultern und ich habe das Gefühl, dass ich jetzt nichts weiter aus ihm herausbekommen werde. Dann dreht er sich um und will in eine andere Richtung davongehen, hält dann aber inne und sieht mich an. „Weil es mir auch schon so ging.“

So wie er mich anschaut, wird mir klar, dass er über uns spricht. Es ist schmeichelhaft und unangenehm zugleich — und ich weiß überhaupt nicht, was ich antworten soll. Glücklicherweise muss ich nichts sagen. Er zieht eine Hand aus der

Tasche und knufft meinen Arm. „Aber ich bin darüber hinweg. Und du wirst auch darüber hinwegkommen."

~

Um halb fünf rolle ich mit meinem Truck auf den Parkplatz von Jeremys Schule. Er hat heute Fußballtraining. Ich will ihm ein bisschen zuschauen und danach mit seinem Team den Plan für das Spiel am Sonntag durchsprechen.

Ich laufe zum Sportplatz hinter der Schule. Das Team steht zusammen und ein paar Jungs klatschen sich ab. Jeremy sagt etwas zu einem Mitspieler, dann schüttet er sich mit einem Lachen Wasser aus seiner Trinkflasche übers Gesicht. Der Trainer spricht mit Steven und zeigt aufs Tor.

Ich gehe langsamer, meine Schritte quietschen auf dem frisch gemähten Rasen. Als ich meine Hand hebe und Jeremy zuwinke, habe ich ein Déjà-vu. Es ist, als ob ich nie weg gewesen bin, gerade so, wie an einem dieser ganz normalen Tage, an denen ich einfach vorbeikomme und den Jungs beim Training oder beim Spiel helfe.

„Luke!", ruft Jeremy und grinst breit. Er winkt mich zu sich herüber. „Steht das Spiel gegen die Oriental Lions noch?"

Ich beuge mich zu ihm. „Wie wär's mit Sonntagmittag?"

„Cool!"

Simon und Darryl, die beiden Verteidiger, grunzen und klopfen sich auf die Schultern. „Die nehmen wir auseinander."

Ein Fußball rollt aus dem Netz neben Jeremy. Ich nehme ihn auf und balanciere ihn auf meinem Fuß. „Es ist nur ein Freundschaftsspiel", sage ich zu den Jungs.

„Ja, ist schon klar", erwidert Simon, „aber ich hab da 'ne Wette laufen."

Ich kicke den Ball hoch, fange ihn und klemme ihn unter den Arm. „Eine Wette?"

Da kommt Steven zu uns geschlendert und legt einen Arm

um Jeremys Schultern. Für einen Moment sieht es so aus, als ob er sich mit dem anderen Arm auch Simon schnappen will, aber er überlegt es sich anders und lässt ihn bleiben wo er ist. Was unter Freunden erlaubt ist und was nicht, folgt offenbar ganz eigenen Regeln. „Die Verlierer laden die Gewinner zu „Pizza Hut“ ein — egal, was man essen will“, sagt Steven.

„Die lassen wir bezahlen“, stimmt Darryl mit ein.

Ich nicke dem Trainer zu und sage den Jungs: „Um 12 an der Kresley Intermediate. Entschuldigt mich für einen Moment.“ Dann schiebe ich mich zum Trainer durch und schüttle seine Hand. Eigentlich müsste ich alle Lehrer von Jeremy kennen, aber sein alter Trainer hatte die Schule ungefähr zur gleichen Zeit verlassen wie ich.

Wir stellen einander vor. Er heißt Mr. Charleson und ich erkläre ihm, dass ich üblicherweise aushelfe, und dass ich zum nächsten Schuljahr wieder einsteigen möchte. „Ich kann auch gern bei Freundschaftsspielen oder im Training pfeifen.“

„Ich nehme jede Hilfe, die ich kriegen kann.“ Er lacht und greift nach den Hütchen, die sie für Sprints benutzen. „Simon! Hilf mir mal und trag‘ die hier und die Bälle zurück zur Umkleide.“

Ich werfe Simon den Ball zu, den ich aufgehoben hatte — nur dass Simon mit seinen Gedanken gerade ganz woanders ist und rüber zu Jeremy und Steven schaut. Der Ball trifft ihn an der Brust und fällt auf den Boden. Er schreckt auf und schnappt ihn sich.

Der Trainer grinst und zeigt auf Jeremy. „Das ist doch Ihr Sohn, oder? Hat 'ne Menge Talent. Bisschen sehr von sich überzeugt, aber schon jetzt fast perfekt mit dem Ball am Fuß.“

Ich nicke und meine Brust schwillt vor Stolz. *Ja, das ist mein Junge.* „Er war immer ganz gut im zentralen Mittelfeld oder als Linksaußen.“

Mr. Charleson nickt. „Er versteht sich blind mit Steven. Die beiden kennen sich dermaßen gut — sie überbrücken das ganze Spielfeld mit zwei, drei Pässen, ohne dass jemand dazwischenkommt."

Ich strahle innerlich so sehr, dass ich gar nicht antworten kann. Mein Blick wandert zu Jeremy hinüber, der mit dem Ball jongliert, den ich ihm kurz vor meiner Abreise geschenkt hatte. „Die beiden sind schon seit Ewigkeiten Freunde." *Und jetzt vielleicht sogar mehr als das.* Ich verdränge den Gedanken. Es ist einfach seltsam, in Jeremy mehr zu sehen als ein Kind. „Sie trainieren schon so lange zusammen."

„Hey, Luke", ruft Jeremy, „wetten, du schaffst es nicht, mir den Ball abzunehmen?"

„Da hat mich wohl gerade jemand herausgefordert", sage ich zum Trainer. „Dann werd' ich dem Jungen mal zeigen, dass er noch lange nicht alle Tricks kennt. Mal sehen, ob ich ihm ein bisschen was von seiner Großspurigkeit austreiben kann."

Er lacht auf. „Na gut, ich bin dann mal weg. Tut mir leid, dass ich es am Sonntag nicht zum Spiel schaffe."

Plötzlich steht Steven neben mir. „Danke für das Training heute, Mr. Charleson. Wir werden Sie am Sonntag nicht enttäuschen, Ehrenwort."

„Danke, mein Junge", antwortet Mr. Charleson, „aber vergesst nicht, auch ein bisschen Spaß zu haben. Darum geht's schließlich."

Ich gebe Steven einen freundschaftlichen Klaps auf die Schulter. „Wir seh'n uns sicher nochmal vor Sonntag."

„Wie wär's mit morgen, Mr. Luke?" Steven erblickt einen Ball unter einem Haufen orangener Übungshütchen, hebt ihn auf und läuft dann hinter Simon her, der bereits den halben Platz überquert hat.

Ich gehe zu Jeremy hinüber, der mit ausgestreckten Armen dasteht und seinen Ball im Nacken balanciert.

„Gib her", sage ich und er lässt den Ball zwischen uns fallen. Bevor ich ihn mit meinem Fuß zu fassen bekomme, hat er ihn schon wieder zurückgeholt und rollt ihn um mich herum.

„Du Angeber! Noch lachst du. Na warte."

Ich renne hinter ihm her, während er auf ein Tor zudribbelt. Wir spielen dieses Spiel schon so lange wir uns kennen. In den ersten Jahren musste ich mich noch nicht sonderlich anstrengen, um ihm den Ball abzunehmen. Manchmal habe ich ihn auch einfach gewinnen lassen.

Aber jetzt — jetzt ist es viel schwerer. Ich muss schon alles geben, um den Ball zu bekommen.

„Wer als Erster trifft, gewinnt!", sage ich, während ich den Ball mit dem Außenrist kicke; aber nur so weit von Jeremy weg, dass ich ihn noch kriegen kann — wenn ich schnell genug bin.

Beinahe schaffe ich es. Aber Jeremy sprintet kurz, dreht sich in die andere Richtung und nimmt den Ball mit. Es ist eine wunderschön ausgeführte Aktion und ich will ihn gerade dafür loben, als er zu mir herüberruft: „Na, alter Mann, ist das schon alles was du kannst?"

Jetzt mache ich ernst.

Damit lass ich ihn nicht davonkommen. „Ich zeig dir gleich, wer hier alt ist."

Wir spielen fast zwanzig Minuten so weiter. Bald sind wir die einzigen auf dem Platz und die Abendsonne steht schon tief über uns.

Ich konnte ihm den Ball zweimal stehlen, doch Jeremy gelang es, mich immer knapp vor dem Abschluss abzublocken. Aber das passiert mir kein drittes Mal …

Unter meinem langärmeligen Shirt läuft mir der Schweiß den Rücken hinunter. Ich krempele die Ärmel hoch. Jeremy steht da, mit dem Fuß auf dem Ball, und grinst mich an. Er steht knapp außerhalb des 16ers.

„Freu dich nicht zu früh. Du hast noch nicht getroffen."

„Ja, aber das werde ich noch. Wirst schon sehen." Er

täuscht einen Pass mit seinem Innenrist an und holt den Ball mit der Sohle wieder zurück. Dieses Mal bin ich vorbereitet.

„Das war ja nur Glück, Luke“, sagt Jeremy und verzieht das Gesicht, als ich mit dem Ball davonziehe.

Jetzt bin ich derjenige, der grinst. „Sieht du jetzt wer’s noch drauf hat? —Dieser alte Mann!“ Ich dribble bis zum 11-Meter-Punkt zurück und mache mich dann wieder auf den Weg zum Tor.

Jeremy bleibt eng an mir dran und ich decke den Ball. Ich steige über den Ball um ihn zu verladen, aber er ist zu gut. Doch das werde ich ihm nicht sagen. Ich verstehe jetzt, was sein Trainer mit „von sich überzeugt“ meinte.

„Wenn ich dir den Ball in den nächsten fünf Minuten abnehme und treffe“, sagt Jeremy, „kaufst du uns dann Fish & Chips zum Abendessen?“

„Lass es uns doch so machen“, sage ich, während ich mich dem Tor weiter nähere, „ich kauf dir Fish & Chips wenn du gewinnst. Aber wenn *ich* treffe, kochst du heute das Abendessen. Und zwar allein. Ich hab nen ganzen Sack dreckige Kartoffeln, die geschält werden müssen. Dann machst du uns Shepherd’s Pie.“

Ich weiß nämlich genau, wie sehr er Kartoffelschälen hasst und lache, als er stöhnt. Aber schon bald ist die Großspurigkeit wieder da. „Abgemacht, Luke. Ich werde mir Fisch, eine Frühlingsrolle und einen frittierten Maiskolben bestellen… Und einen frittierten Schoko-Riegel.“

Mit einer plötzlichen, schnellen Bewegung überlaufe ich ihn.

Die Aktion überrascht Jeremy und er schimpft leise.

Ich sprinte zum Tor. Mit einem Schrei trete ich den Ball ins Netz. „Jaaa!“ Ich renne zum Torpfosten und klatsche ihn ab. „So wird’s gemacht, mein Sohn!“

Er rauft sich die Haare und ächzt, als er zu mir aufschließt. „Mist. Das hätte nicht … wie hast du …? — verdammt.“

Ich umarme ihn und zerzause ihm das Haar. Dann strecke ich meine Nase in die Luft. „Riechst du das?“

„Sag nicht, dass das der Duft des Sieges ist. Das ist so lahm …“

Ich schüttele den Kopf und hebe den Ball auf. „Nee. Aber ich rieche Shepherd’s Pie.“

„Nochmal mit doppeltem Einsatz?“ fragt er mit einem hoffnungsvollen Ausdruck im Gesicht.

Ich habe genug für heute und schüttele erneut den Kopf. Außerdem wäre es ganz schön blöd von mir, das Risiko einzugehen. Wo doch Jeremy während unseres Spiels die meiste Zeit der Bessere war. „Sind doch nur Kartoffeln. Sei froh, dass du nicht meine alten, kaputten Füße massieren musst.“

Er verzieht seine Nase. „Ihhh. Ekelhaft.“

Ich lache und nehme den Ball in die andere Hand. „Lass uns…“

Gehen. Der Rest des Satzes bleibt mir im Hals stecken als ich aufsehe. Auf der anderen Seite des Platzes steht Sam, die Hände in den Hosentaschen und ein Lächeln auf den Lippen. Die Sonne lässt ihn in einem warmen Orange erstrahlen. Er nimmt die Hände aus den Taschen und klatscht. „Gute Show, Jungs.“

„Was. Zum. Teufel?“ Jeremy bleibt stehen und zischt mir zu: „Was ist denn das für ein Ding auf Papas Kopf?“

„Meinst du seine Haare?“ Ich kann meine Augen nicht von Sam nehmen, der mit großen Schritten auf uns zu kommt.

„Was ist denn da passiert?“ Er muss lachen und wird immer lauter als wir Sam entgegengehen. Tränen stehen in seinen Augen. „Heiliger Strohsack! Das darf doch nicht wahr sein? Ein Iro?“

Ich unterdrücke ein Lachen. „Nicht ganz.“

„Aber nah genug!“

„Luke.“ Sam fängt den Ball, den ich ihm zuwerfe. „Ich

hätte mir denken können, dass du ihn nach dem Training abholst. Hab deinen Truck auf dem Parkplatz gesehen."

„Ich wollte noch mit dem Team den Plan für ihr großes Spiel durchsprechen."

Sam wirft den Ball hoch und versucht, ihn mit dem Fuß zu jonglieren. Doch der Ball fällt herunter. „Es sieht bei dir so einfach aus", sagt er mit einem verlegenen Lächeln.

Jeremy grunzt, schnappt sich den Ball und zeigt seinem Vater wie man's richtig macht. „Du siehst so albern aus, Papa."

Sam scheint damit kein Problem zu haben, aber ich schnappe mir den Ball aus der Luft und lasse ihn gegen Jeremys Kopf prallen. „Er sieht gut aus, Kleiner."

Man kann es zwar im Abendlicht nicht gut sehen, aber ich glaube, dass Sam etwas errötet. Ich möchte am liebsten meine beiden Jungs in den Arm nehmen.

Ein Tagtraum überkommt mich und ich stelle mir vor wie es wäre, mich einfach zu Sam rüberzulehnen und ihn auf den Mund zu küssen, genau hier vor Jeremy.

Während ich mich in diesem Gedanken verliere, verpasse ich, was Sam sagt. „Was?" Ich versuche, nicht auf seine Lippen zu starren.

„Sieht so aus, als ob du diesmal gewonnen hast", sagt Sam und steckt seine Hände zurück in die Hosentaschen.

Ich schnappe mir den Ball wieder von Jeremy. „Na klar." Dann laufe ich Schulter an Schulter neben Sam zurück zum Parkplatz. „Ach, und übrigens, Jeremy kocht heute Abend."

Jeremy stöhnt.

Kapitel Elf

SAM

Als Luke anruft, um uns zu sagen, dass wir jetzt zum Kochen rüberkommen sollen, grummelt Jeremy und bewegt sich wie in Zeitlupe. Sein Herumgeschlurfe raubt mir den letzten Nerv. „Heb deine Füße“, ermahne ich ihn. „Man kann fast nicht glauben, dass du so gut Fußball spielst aber kaum über den Teppich laufen kannst.“

Jeremy blinzelt und schaut zu mir. „Häh?“ Dann zuckt er mit den Schultern und wir gehen nach draußen.

Ich klopfe bei Luke gar nicht erst an, sondern gehe gleich durch die offenstehende Tür hinein. „Luke?“

„Im Esszimmer“, kommt seine Antwort.

Ein vertrauter Geruch liegt in der Luft und ich folge ihm zum Tisch, wo **2** große Pakete Fish & Chips liegen. Luke ist nicht hier, aber ich höre ihn in der Küche.

Jeremy stößt einen Freudenschrei aus. „Mann, Luke ist der

Beste!“ Und dann nochmal lauter, damit es auch Luke hört: „Du bist der Allergrößte!“

„Ich weiß“, ruft er zurück.

Jeremy setzt sich und beginnt sofort, die frittierten Leckereien auszupacken. Gerade als ich mich auch setzen will, kommt Luke herein, und ich halte inne. Er hat sich umgezogen: tiefsitzende Jeans, Muskel-Shirt und Sandalen.

Ich wollte immer so einen Körper haben, so knackig und ausdefiniert, aber ohne aufgeblasen zu wirken. Jetzt will ich ihn wirklich haben. Er sieht einfach so gut aus. Würde ich zwar nie so zu einem anderen Kerl sagen, aber — verdammt!

Bevor sich noch jemand wundert warum ich Lukes Arme anstarre, konzentriere ich mich lieber auf ein Stück Fisch auf einem Haufen Pommes.

Aber schon als Luke sich rüber beugt und sich ein paar Fritten nimmt, ist mein Kopf wieder woanders. Sogar seine Hände sind perfekt …

Ich schüttele den Gedanken ab und sage das erste, was mir in den Kopf schießt. „Wie kommt es denn, dass Jeremy jetzt doch nicht kochen muss? Ich hatte mich schon drauf gefreut, ihn leiden zu sehen.“ Ich zwinkere meinem Sohn zu und der rollt mit den Augen als ob ich der lahmste Typ bin den er sich vorstellen kann.

Ich seufze und nehme mir ein paar Pommes.

Lukes Blick wandert von Jeremy zu mir und er schüttelt den Kopf. „Das nächste Mal zieh ich’s durch. Vielleicht würde Kartoffelschälen der Charakterbildung helfen.“ Er dippt eine Pommes in den Ketchup, den er auf das Papier gequetscht hat. „Aber diese Abende mit euch haben mir gefehlt. War ganz nostalgisch, als ich bei *Fins* vorbeigefahren bin.“ Er lacht in sich hinein und zeigt dann auf die Fish & Chips. „Und das kommt dann dabei heraus.“

Als er mich ansieht, sind seine Grübchen etwas weniger stark ausgeprägt, aber noch immer sichtbar. Unsere Blicke treffen sich, und ganz ohne Worte sage ich ihm, dass ich das hier genauso vermisst habe, und dass ich froh bin, dass es ihm auch so geht.

Er nickt und atmet tief ein. „So, morgen ist also dein letzter Schultag, Jeremy. Muss sich gut anfühlen." Er grinst mich an. „Und welche abgedrehten Dinge hast *du* geplant?"

„Nichts Besonderes." Aber das stimmt nicht. Morgen werde ich total abdrehen. Und ich freue mich drauf.

Meine Finger sind von den Pommes fettig geworden. Ich streife sie an meiner Hose ab, bevor ich mir ein Stück Fisch nehme. Ich beiße hinein und es fühlt sich an wie eine Zeitreise, zurück zu dem Tag in Petone, als wir am Strand zum ersten Mal alle zusammen Fisch & Chips aßen — und uns die Möwen dabei halb aufgefressen haben.

Der Gedanke daran lässt mich kichern. Luke war total ausgeflippt, was zu einem Lachanfall bei Jeremy und mir führte. Ich konnte erst wieder aufhören zu lachen, als Luke mir den Mund zuhielt und mich mit dem grimmigsten Gesicht anschaute, das ich je bei ihm gesehen habe.

Wenn ich daran zurückdenke, kann ich immer noch seine kräftige Hand auf meinen Lippen spüren. Die ganze Aktion hatte mich und ihn überrascht; und wenn Kerle so etwas tun würden, hätte ich wohl auch noch seine Hand abgeleckt damit er sie zurückzieht.

Aber das wäre wohl zu seltsam gewesen.

„Woran denkst du, Sam?" fragt Luke und quetscht noch mehr Ketchup auf das Papier.

Ich fühle, wie plötzlich eine Hitzewelle meinen Nacken hinauf klettert und versuche, sie weg zu schütteln. „Ach, nur so Zeug. Wie oft wir schon so zusammensaßen."

Jeremy meldet sich. „Ich kann mich noch erinnern, wie ihr mich einmal im Fish & Chips-Laden vergessen habt. Ich kann's immer noch nicht glauben, dass ihr vergessen habt, dass ihr ein Kind dabei hattet."

Die Hitze erreicht jetzt meine Wangen und glücklicherweise wird Luke auch rot. „Das tut uns leid“, sagt er. „Dein Vater und ich waren einfach so in unser Gespräch vertieft.“

„Und wir sind ja auch nur einen halben Block weit gefahren, bevor wir es bemerkt haben“, sage ich und verziehe mein Gesicht.

Jeremy sieht uns verwundet an. „Na das muss aber ein spannendes Gespräch gewesen sein.“

Und das war es auch. Obwohl es mehr Geplänkel war. Ich weiß auch gar nicht mehr, worum es genau ging, nur dass ich nicht mehr aufhören konnte zu lachen, meinen Kopf schüttelte und Luke sagte, dass er wegen irgendetwas Unrecht hatte. Und er bestand darauf, dass das nicht stimmte. Die **20** Minuten hatten sich wie **3** angefühlt.

„Von all den großartigen Erlebnissen deiner Kindheit“, murmele ich, „musst du dich an dieses erinnern.“

Jeremy verneint mit einem Kopfschütteln. Dann dreht er sich zu Luke. „Jetzt du, an welche Fish & Chips-Geschichte erinnerst du dich?“

Luke lehnt sich zurück und isst schweigend noch eine Pommes. Doch seine Lippen zucken und seine Grübchen werden tiefer. Er nimmt noch ein paar Pommes in die Hand und konzentriert sich darauf, während er redet. „Ich erinnere mich daran, wie du eine Lebensmittelvergiftung hattest, Jeremy. Du hattest am Morgen irgendetwas Schlechtes gegessen und als ich das Abendessen nach Hause gebracht habe, hast du nur einen Blick darauf geworfen und bist gleich ins Badezimmer gerannt.“

Er wirft eine Pommes in seinen Mund. „Dein Vater und ich haben die Nacht damit verbracht, nach jedem deiner Ausflüge das Bad zu putzen. Es war kein schöner Anblick.“

„Eklig.“

Ich lache über Jeremy aber kann meine Augen nicht von Luke abwenden. Wenn ich an diese Nacht vor zwei Jahren zurückdenke, kommt eine weitere Erinnerung hoch. Wie Luke auf unserem Sofa liegt und sich dreht und wendet um eine gute Schlafposition zu finden. Ich war aus meinem Zimmer gekommen um mir ein Glas Wasser zu holen und da lag er im milchigen Mondlicht und warf sich auf der Couch herum.

Ich stand in der Tür zum Wohnzimmer und beobachtete ihn. Ich wollte ihm sagen, dass er in mein Bett kommen sollte. Ich machte sogar einen Schritt ins Zimmer. Aber dann hatte Jeremy seine nächste Runde im Badezimmer und Luke sprang vom Sofa auf und wankte zu mir rüber. „Brauchst Hilfe, oder?“ hatte er gesagt, in der Annahme dass ich deswegen dort stand.

Und ich hatte nur genickt und zusammen hatten wir Jeremys Bett neu bezogen und das Bad gewischt.

Luke schaut zu mir. „Und jetzt bist du dran, Sam. Erzähl uns deine Geschichte.“

Und mit einem Lachen, das etwas Sanftes in mir löst, erzähle ich sie. Aber während ich beschreibe, wie die Vögel Lukes Finger attackierten, als er seine Pommes verteidigen wollte, sehe ich unentwegt Jeremy an. Ich sehe ihn an, denn wenn ich jetzt zu Luke schauen würde, würde ich rot anlaufen — und ich will keine Fragen aufwerfen, die ich nicht beantworten möchte.

Kapitel Zwölf

JEREMY

Papa benimmt sich seltsam. Sein schwarzer Möchtegern-Iro hat mich gestern so zum Lachen gebracht, dass ich echt Tränen in den Augen hatte.

Ich dachte erst, es wäre ein Witz und die Farbe wäre auswaschbar. Aber dann hab ich die Verpackung im Bad gesehen und das nach Honig riechende Haargel, für das er sage und schreibe zehn Dollar ausgegeben hat. Ein bisschen viel für 'nen Witz.

Aber na gut, die schwarzen Haare kann ich akzeptieren, Papa probiert halt mal was Neues aus. Was soll's, tut mir nicht weh.

Aber heute … heute mach ich mir echt Sorgen.

Papa steht in der Küche und macht irgendwas mit Schokolade. „Essen ist gleich fertig", sagt er.

Aber es ist gar nicht die Schokolade, die mir Sorgen macht, obwohl wir heute zum ersten Mal was Süßes zum Abendessen haben. Nein, es ist der metallene Ring in seinem rechten Ohr, der im Licht der Küchenlampe blinkt.

„Was zur Hölle?“ sage ich, lasse meine Sachen auf den Boden fallen und gehe zur anderen Seite der Küche. „Sag mir, dass der nicht echt ist. Nur ein Anstecker, oder?“

Papa zwinkert mir zu. „Da muss ich dich enttäuschen. Hab ich mir heute Nachmittag stechen lassen. Wollte einfach mal was Neues ausprobieren.“

Ich will ihm sagen, wie absolut lächerlich es aussieht, aber dann kommt mir ein anderer Gedanke: Macht er das, um mir zu zeigen, dass er kein Problem damit hat, wenn ich schwul wäre? Vielleicht hat Mama mit ihm gesprochen und er will mir irgendwie zeigen, dass er es akzeptiert oder so. Ich mein‘, der Ohrring?!? Wie schwul ist das denn bitte?

Und ich muss sagen, egal wie seltsam er damit auch aussieht, es ist schon verdammt cool, dass er das macht um mich zu unterstützen.

Ich schüttele den Kopf. „Du siehst aus wie ein Punk, bei dem irgendwas schief gelaufen ist“, sage ich und grinse. „Und ich weiß nicht wie, aber trotzdem schaffst du es, noch cool zu sein.“

Papa hört auf, den schokoladigen Teig in der leuchtend gelben Schüssel zu rühren. „Entschuldige bitte“, sagt er, „aber das Piercing muss wohl meine Ohren beschädigt haben. Mir ist so, als hättest du mich gerade cool genannt?“

Ich werde rot und zucke mit den Schultern. „Na vielleicht hättest du vorher über dauerhafte Schäden nachdenken sollen, bevor du dir 'ne Nadel durchs Ohr stechen lässt.“ Ich stecke meinen Finger in den Teig und lecke ihn ab. Der Teig ist klebrig, schokoladig und schmeckt ein bisschen nach Karamell. „Mama wird ausflippen“, sage ich und versuche, mir noch mehr Teig zu holen. Aber Papa klatscht mir auf die Hand. „Sie wird denken, dass du jetzt auch ein schlechter Einfluss für mich bist. Was passiert, wenn ich mir jetzt auch ein paar Löcher stechen lassen will?“

Papa gießt den Teig in eine Backform und murmelt dabei etwas darüber, dass er wohl nicht soweit gedacht hat.

„Was sagst du?“ frage ich.

Er schaut mich an. „Deine Mutter muss auch nicht alles wissen. Und du bekommst keine Ohrlöcher bis du sechzehn bist. Mindestens.“

„Ohren kommen eh nicht in Frage. Vielleicht die Augenbrauen. Oder die Brustwarzen.“

Papa muss tief Luft holen bevor ein Lachen aus ihm herausbricht. „Glaub mir, nicht die Brustwarzen. Es schmerzt wie S…“ Er bricht ab, aber ich bin mir sicher, dass er etwas Schmutziges sagen wollte.

Ich grinse. „Woher weißt du das denn?“ Und dann merke ich, dass ich es gar nicht so genau wissen will, denn in diesem Moment greift sich Papa an die Brust und jetzt *weiß* ich es. „Das ist jetzt nicht wahr. Du hast dich *da* piercen lassen?“

Und in diesem Moment kommt Luke herein.

Dann passieren ein paar Dinge auf einmal. Papa läuft knallrot an und stammelt irgendwas von wegen, dass ich aufpassen soll was ich sage. Luke bleibt so plötzlich stehen, dass es wie im Comic wirkt, und fragt „Da?“, als ob er vollkommen durcheinander ist. Und dann sieht er Papas Ohr und er blinzelt angestrengt. „O.k., also das ist wirklich eine Überraschung.“ Seine Stimme sinkt eine Oktave, er schaut zwischen mir und Papa hin und her, und fragt nochmal: „Da?“ Als ob es ihm jetzt langsam dämmert.

Ich schnipse durch mein T-Shirt gegen meine Brustwarze. „Luke, er ist durchgedreht.“ Papa strahlt, als ob ich ihm ein Kompliment gemacht habe. „Im Ernst, vollkommen durchgedreht.“

„Wie dem auch sei“, sagt Papa und lächelt Luke an, als der in die Küche kommt, „ich würde gern wissen“ — und damit dreht er sich wieder zu mir —„wie dein letzter Schultag war. Und was hast du für diese Matheaufgabe bekommen?“

„B+. Und es war ganz o.k.“

In Wahrheit war es verdammt großartig. Die gute Note war nur das Sahnehäubchen obendrauf. Das eigentlich Abgefahrene war, als Suzy ihre Beine unter dem Tisch spreizte, als ich einen Bleistift aufhob.

Sie trug diesen weißen Slip mit den kleinen Sonnenblumen drauf und als ihre Hand an ihrem Bein entlangstrich, war ich kurz davor, nach Luft zu schnappen. Und dann, beim Aufheben des Bleistifts, streifte ich die Innenseite ihres Schenkels ganz leicht mit dem Radiergummi-Ende … In der Mittagspause haben wir dann ganz schön rumgemacht, was mich zu der Frage führte was wohl passiert wäre, wenn ich mit dem Stift *ganz* nach oben gegangen wäre …

Vielleicht finde ich das ja heute Abend bei Simons Abschlussparty heraus.

„Worüber freust du dich denn so?“ fragt Luke, als er zu mir rüberkommt und wie ich die Ellenbogen auf die Küchenbank stützt.

„Äh, nix.“

Er hebt eine Augenbraue, sieht zu Papa rüber und glaubt mir kein Wort.

Ich gebe ihm einen Stoß in die Rippen. „Nix, was dich interessiert“, füge ich hinzu, und dann beginne ich, meinen Tag bis zur Party zu planen. „Papa, Steven kommt gleich rüber. Kann er mit uns essen?“

Papa läuft rot an und ist ganz durcheinander, als er den Schokokuchen in den Ofen schiebt. Erst lässt er die Backform fast runterfallen und dann verbrennt er sich die Hand. Er hält sie unter den Wasserhahn. „Klar. Steven. Essen… klingt gut.“

Neben mir schüttelt Luke den Kopf und ich frage mich, ob sich die Neuigkeiten meines angeblichen Schwulseins schon verbreitet haben. Für einen Moment habe ich ein echt mieses

Gefühl im Magen, als ob ich was richtig Schlechtes mache. Und irgendwie ist es ja auch so. Aber ich habe nie wirklich gelogen — und das werd' ich auch nicht tun. Sie fallen ja schließlich auf ihre eigenen Vermutungen rein.

Trotzdem werde ich dieses flaue Gefühl nicht los.

Aber der Gedanke, Suzys Unterwäsche wieder zu sehen, unterdrückt es ausreichend. Also platzt es nicht aus mir heraus, dass ich gar nicht schwul bin.

Ich fühle Lukes Blick. Als ich mich zu ihm drehe, betrachtet er mich nachdenklich. „Wie geht's Steven?"

„Gut, denke ich. Aber du kannst ihn ja beim Essen selbst fragen." Ich schaue zum Ofen. „Oder sollte ich sagen: beim Nachtisch?"

„Vorausgesetzt, dass ich auch eingeladen bin", sagt Luke und starrt wieder meinen Punk-Papa an.

„Wann bist du denn mal nicht eingeladen? Und wann haben wir eigentlich mal nicht zusammen gegessen?" Ich höre Steven klopfen und vorsichtig rufen, ob jemand zu Hause ist, und gehe zur Tür.

„Komm rein", sage ich und ziehe ihn am Arm ins Haus. „Aber bitte flippe nicht aus, wenn du meinen Vater siehst, o.k.?" Ich spreche leiser weiter. „Er hat 'ne komische Art, mir zu zeigen, dass er kein Problem mit dem ganzen Schwulsein hat."

„Mann", sagt er und streift seine Schuhe ab — eine Mühe, die ich mir nicht gemacht hatte — „Deine Eltern haben *beide* kein Problem damit? Verdammt, und du bist nicht mal schwul. Es ist nicht fair."

„Ja, aber warte erstmal bist du meinen Vater siehst, bevor du dir wünschst, er wär' deiner."

Steven wackelt mit den Augenbrauen und sieht mich hoffnungsvoll an. „Kann ich dir diesmal meine Zunge in den Hals stecken?"

„Schieb ab. Das kannst du vergessen!" Dann lege ich

meinen Arm um seinen Hals und ziehe ihn rein zu Papa und Luke.

„Hallo Mr. Sam, Mr. Luke.“ Das mag ich an Steven — er kann echt gut mit Eltern umgehen. Papa und Luke haben ihm schon vor Jahren gesagt, dass er sie mit Vornamen ansprechen kann, aber Steven findet, dass das einfach unhöflich ist. Und nach etwa einem Jahr haben sie sich dann auf Mr. Sam und Mr. Luke geeinigt. Manchmal nenne ich sie auch so, wenn ich sie aufziehen will.

„Mr. Steven“, sagt Luke, so wie immer.

Steven nickt, aber seine Aufmerksamkeit gehört ganz dem halben Iro und dem Ohrring meines Vaters. „Neuer Look, Mr. Sam.“ Ich kann mir vorstellen, dass er noch was anderes denkt, aber das erfahre ich erst als wir uns in mein Zimmer verziehen.

Und dann wünsche ich mir, ich hätte es nie erfahren.

„Jetzt ist er ein DILF.“

Ich werfe ein Kissen ans Ende des Bettes, wo er sich breitgemacht hat. „Ekelhaft. Sag das nie, nie wieder. Echt verstörend.“

Steven lacht. „Aber im Ernst“, sagt er, „es ist echt cool, dass wir so darüber reden können. Sonst weiß es noch keiner. Aber ich denke, ich werde es bald meinen Eltern erzählen. Hey, … würdest du mir helfen und mich vor ihnen küssen?“

Ich werfe mein letztes Kissen. „Mein kleiner Schwanz verzieht sich nach innen, wenn ich nur daran denke.“

„Autsch, der war echt böse. Versuchst du immer noch, Suzy Livingstone an die Wäsche zu gehen?“

„Genauso wie sie’s bei mir versucht.“ Ich fange die Kissen, die er mir zurückwirft. „Aber du weißt, was du zu dem Thema beim Essen sagen musst!“

Er rollt die Augen. „Ich weiß es noch. Du bist ein böser Junge, Jeremy.“

Kapitel Dreizehn

LUKE

Beim Abendessen — *Nachtisch* — weiß ich nicht, worauf ich mich konzentrieren soll. Instinktiv starre ich Sams Ohr und Brust an und frage mich, ob mich der zweite Ring genauso anmachen würde wie der erste.

Aber gleichzeitig versuche ich, mich auf Jeremy und Steven zu konzentrieren. Ich hab keinen besonders guten *Gay*dar, aber trotzdem wundert es mich, dass ich bei Jeremy nie etwas bemerkt habe.

Jetzt, wo ich darauf achte, fallen mir ein paar Dinge an Steven auf, die darauf hindeuten. Erstens, wie er Sam angesehen hat, und zweitens, wie er rote Wangen bekam, als *Mr. Sam* in anlachte.

Aber von Jeremy kam nichts und irgendetwas kam mir an der ganzen Sache faul vor. Sollte Jeremy seinen *Freund* nicht auch mal ansehen, wenn er denkt, dass keiner hinschaut?

„Ich gehe heute Abend zu Simons Jahresabschlussparty“,

sagt Steven auf Sams Frage nach seinen Plänen für den Rest der Woche, jetzt wo die Schule vorbei ist. „Und danach werde ich wohl mit meinen… Freunden abhängen.“ In dem Moment sieht Steven Jeremy an. „Kommst du heute Abend auch?“

Jeremy schüttelt den Kopf. „Nee, Papa will sich 'nen Film mit mir ansehen, wenn ich mich recht erinnere.“

Sam zuckt auf seinem Stuhl zusammen und es ist glasklar, dass er seine vorgeschobenen Pläne total vergessen hat. „Oh ja, stimmt…“ Er sieht seinen Sohn und Steven an. „Also wenn du willst, kannst du meinetwegen gehen.“

Jeremy strahlt. „Echt jetzt?“

„Äh, ja“, sagt Sam, „aber benimm dich.“ Ich muss ein Kichern unterdrücken, weil Sam ganz rot wird, als er das sagt. Dann fügt er hinzu: „Und ich will nicht, dass du dort übernachtest. Um elf bist du zu Hause.“

„Er darf also nie irgendwo übernachten, oder wie?“, sage ich, nachdem Jeremy und Steven gegangen sind und Sam und ich es uns auf der Couch gemütlich gemacht haben. Wir schalten den Fernseher ein — irgendein Film über eine Frau, die das Gesetz in ihre eigene Hand nimmt und Sachen in die Luft jagt.

Sam starrt auf den Bildschirm, der sein Gesicht in Blau- und Grüntönen anstrahlt. „Ich habe kein Problem mit schwulem Sex, falls du denkst, dass es das ist.“

„Oh, du hast kein Problem damit?“, sage ich und ziehe eine Augenbraue nach oben.

Er zuckt mit den Schultern und errötet. Dann sieht er mich finster an. „Er ist zu jung für *jede Art* von Sex.“

„Ja.“ Ich verstehe ihn. Es ist so komisch, dass der kleine Junge, den ich mit großgezogen habe, jetzt sexuell aktiv wird. „Ich hab ihm ein paar Kondome mitgegeben“, sage ich und konzentriere mich wieder auf den Fernseher. „Nicht dass ich will, dass er loszieht und es tut. Aber wenn schon, dann sicher, verstehst du?“

Ich hoffe, dass ich damit nicht zu weit gegangen bin. Mir entfährt ein erleichterter Seufzer, als Sam sagt: „Gottseidank, daran hatte ich überhaupt nicht gedacht.“ Er zittert. „Es ist so seltsam, darüber nachzudenken. Es sollte andersrum sein. Ich, der Erwachsene, sollte ein Liebesleben haben.“

„Naja…“ Mir wird schlecht, aber ich zwinge ein Lächeln auf meine Lippen. „Vielleicht klappt's ja mit deinem Date am Freitag.“ Und dann füge ich mit einem echten Lächeln hinzu: „Kann ja sein, dass sie auf deine Haare und dein Metall steht.“

Sams Wangen erröten wieder und er schnappt sich ein Stück der Decke, die ich über meine Beine gezogen habe. „Der Stil passt nicht wirklich zu mir, aber das ist mir egal. Ist ja nicht für ewig.“

„Ich finde, es passt zu dir.“

Er schließt die Augen, lächelt und lehnt seinen Kopf gegen die Rückenlehne der Couch. „Passt echt gut, oder?“

Und dieses Lächeln und wie er sich ausstreckt, seine Füße auf dem Couchtisch und die Decke auf seinen Beinen, das T-Shirt eng über seiner Brust, so dass man einen Hügel auf seiner Brustwarze sieht, wo ein Pflaster das Piercing schützt — all das, und der Seufzer, den er dann ausstößt, senden verräterische Signale an meinen Schwanz.

Er wird total hart und reibt an meiner Jeans und die Beule wird mehr als offensichtlich. Egal woran ich denke, ich kann mich nicht von dem wunderbaren Anblick direkt vor mir ablenken.

Ich greife eine Ecke der Decke und ziehe sie über mich. Und als ich sie zurechtgezogen habe, öffnet Sam wieder die Augen und zieht die Decke mit einem frechen Grinsen wieder zu sich zurück.

Die Decke streicht dabei über meine empfindliche Beule

und es fühlt sich so gut an, dass ich am liebsten die Hände hinter dem Kopf verschränken und stöhnen würde — und meine Hüften nach oben schieben, damit er das Ganze nochmal macht.

Aber das tue ich nicht. Natürlich nicht. Ich beuge mich nach vorn, stütze meine Ellenbogen auf meine Knie und verschränke meine Hände. „Ich sollte wahrscheinlich wieder rüber gehen.“ Ich stehe langsam auf und drehe mich von ihm weg.

Sam lacht. „Falls du nicht irgendein heißes Date hast, von dem ich nichts weiß, setzt du dich gefälligst wieder hin. Du lässt mich hier nicht einfach sitzen.“

Ich sehe zu ihm runter und er beißt sich auf die Lippe.

„Ich werde hier sitzen und mir Sorgen machen bis Jeremy wieder zu Hause ist“, sagt er. „Und ich würde mir wünschen, dass du dir mit mir zusammen Sorgen machst.“

Ich atme aus und setze mich wieder hin. Ich mache mir auch Sorgen. Habe ich immer getan und werde ich immer tun. „Nur wenn ich die Decke kriege“, sage ich und versuche es, sie wieder zu mir zu ziehen.

Er schüttelt den Kopf. „Wie wäre es, wenn wir sie uns teilen?“

Ich sitze noch näher an ihm dran als vorher und obwohl da ein paar Zentimeter Platz zwischen uns sind, fühle ich seine Wärme an meiner Seite. Warm genug, um mir die Tränen in die Augen zu treiben. Also versuche ich wieder, meinen Mut zusammen zu nehmen, meine Hoffnungen aufzugeben und ihm endlich die Wahrheit zu sagen.

Aber immer wenn ich meinen Mund öffne, kommt kein Laut heraus und ich schließe ihn wieder.

Einige Zeit später wird Sam immer unruhiger. Er nimmt die Fernbedienung, schaltet den Fernseher aus und die tiefblaue Dunkelheit hüllt uns ein. „Der Film ist langweilig“, sagt er und steht vom Sofa auf. „Ich hab ne bessere Idee.“

„Und die wäre?"

Sam macht eine Handbewegung in Richtung Küche und als ich ihm dahin folge, hat er schon eine Flasche Bourbon in der Hand. „Lass uns was trinken und ein Brettspiel spielen oder so."

Ich nehme die Flasche, öffne sie und rieche dran. Das Zeug ist übel.

„Lass den Mist hier und lass uns gehen." Ich weise mit dem Kopf zur Tür. „Schnapp deinen Schlüssel."

Wir gehen rüber zu mir, wo ich einen halbwegs guten Whiskey habe. Ich gieße zwei Gläser ein und wir setzen uns an meinen stabilen Esstisch. „Was willst du spielen?"

Sam blinzelt ein paar Mal und schüttet das halbe Glas in einem Zug runter. „Wie wär's mit Tabu?"

Ich erstarre, habe sofort seine Liste im Kopf und frage mich, ob er gerade das gleiche denkt. Warum wählt er gerade dieses Spiel, wo ich doch zig andere da habe?

„Oder… keine Ahnung. Wir können auch einfach Karten spielen?" Er zuckt mit den Schultern.

Ich trinke mein ganzes Glas in einem Zug. Dann gehe ich raus und komme kurz darauf mit einer staubigen Schachtel Tabu zurück.

„Lange nicht gespielt, oder?"

„Du kannst dir nicht vorstellen, wie lange."

Er betrachtet es eine Weile. Langsam fangen seine Augen wie in freudiger Erwartung an zu leuchten. Und als er mich ansieht, wirkt er aufgeregt. Aber dann runzelt er die Stirn, schüttelt den Kopf und stürzt den restlichen Whiskey herunter.

„Hast du schon mal… darüber nachgedacht?"

„Worüber?", sage ich, nehme die Flache und gieße uns beiden nach.

„Wie es mit einem Mann wäre, nicht mit einer Frau?" Sam richtet seinen Blick auf den Tisch zwischen uns.

Ich schlucke. Jetzt ist der Zeitpunkt gekommen. Ich kann es

nicht weiter aufschieben. „Sam“, sage ich, „ich muss etwas klarstellen. Ich bin…“

Aber er unterbricht mich und lacht. „Du musst mir nicht sagen, dass du nicht schwul bist. Ich weiß. Ich wollte nur wissen, ob du mal darüber nachgedacht hast. Zumindest einmal.“

Ich weiß nicht, was ich sagen soll. Es kommt mir so vor, als ob die ganze Welt verhindern will, dass ich Sam die Wahrheit sage. Naja, vielleicht nicht ganz, aber ich rede mich trotzdem damit heraus. Es ist blöd und es zeigt, dass ich keinen Arsch in der Hose habe, aber ich kann nicht anders. „Du weißt, dass ich nicht schwul bin?“

„Klar“, sagt Sam und lacht noch immer. „Ich hab keine Sekunde was anderes gedacht. War nur 'ne Frage.“

Ich sage nichts. Und dann: „Klar hab ich darüber nachgedacht, wie es mit einem Mann wäre.“ *Jeden einzelnen Tag.* „Und du?“

Er errötet. Und das, zusammen mit dem, was er als nächstes sagt, macht meinen Schwanz schon wieder hart.

„Ich weiß nicht. Nicht wirklich. Vielleicht.“

„Na wenn du es mal ausprobieren willst, dann können wir es gern zusammen tun.“

Scheiße.

Das hab ich gerade nicht laut gesagt. Bitte lass mich das nicht laut gesagt haben. Das war der Whiskey. Muss es gewesen sein.

Ich zwicke mich ins Bein. Halt den Mund und hör auf, mit dem Schwanz zu reden. Aber er will nicht auf mich hören. Sogar wenn ich weiter im Stuhl versinke, wächst er und wartet auf Sams Antwort.

„Du verarschst mich, oder?“, lacht er, nippt an seinem Drink und schaut mich über den Rand des Glases hinweg an. Sein Blink wandert an meinem Gesicht hinunter und über meine Brust. Der Whiskey läuft an seinem Mund vorbei und über sein Kinn auf den Tisch. „Mist. Tut mir leid.“ Er wischt mit seinem Ärmel über die Tischplatte und tut alles, um mich nicht anzusehen.

Ich wünschte, er würde mich ansehen. Vielleicht könnte er dann die Wahrheit erkennen, ohne dass ich es sagen muss.

„Kein Problem“, sage ich und greife nach meinem eigenen Glas. Ich zwinge mich, nichts mehr zu sagen. Aber ich kann mir nicht helfen und die Worte sprudeln aus mir heraus: „Ich hab dich nicht verarscht.“

Kapitel Vierzehn

JEREMY

Boah, wie peinlich... Es dauert die ganze Fahrt zu Simons Haus bis ich die Sache mit Luke und den Kondomen halbwegs verdaut habe. Steven fragt mich, warum ich so rot angelaufen bin, aber ich zucke nur mit den Schultern, steige aus dem Bus und gehe die Auffahrt hinauf.

Als Simon mit einem Grinsen die Garage öffnet, kann der Spaß losgehen. Naja, zumindest für *mich.* Steven ist ein Nervenbündel. Er kann Simon nicht mal richtig ansehen.

Und dann trifft es mich wie ein Vorschlaghammer. *Oh.* Er kann *Simon* nicht ansehen.

Als der uns allein lässt, um uns Getränke zu besorgen, ziehe ich Steven in eine Ecke. Ich stoße ihn mit dem Ellenbogen an. „Simon? Echt jetzt?"

Steven zuckt mit den Schultern.

„Aber er ist so groß und... *männlich.* Er könnte dich wahrscheinlich mit dem kleinen Finger hochheben."

So wie Steven jetzt fast anfängt zu sabbern, hab ich wohl seinen feuchten Traum beschrieben. Ich versteh's einfach nicht.

Aber Titten schon. Die versteh' ich.

Ich suche nach Suzy, aber sie ist noch nicht da. Ich hoffe sie kommt bald, denn ich hab ein paar nette Sachen mit ihr vor und ich will es später pünktlich nach Hause schaffen. Nicht, dass mir Regeln so am Herzen liegen, aber wenn ich mich diesmal dran halte, lässt mich Papa vielleicht öfter mal raus.

Simon kämpft sich langsam durch die wogende und Punsch trinkende Masse und Steven zieht ihn — nicht gerade unauffällig — mit den Augen aus.

„Frag' ihn doch einfach wo sein Zimmer ist und schlag ihm vor, euch zusammen einen runter zu holen. Und dann schau einfach, was passiert."

Steven schüttelt den Kopf und kurz bevor Simon wieder bei uns ist, sagt er schnell: „Ich würde mich verraten."

„So, der ist für dich, Jeremy", sagt Simon und gibt mir einen Becher. Dann reicht er meinem Freund, dessen Mund weit offen steht, den zweiten. „Steven."

„Danke", sagt er und es klingt so gehaucht, so dass ich mich verschlucke.

Steven starrt mich zornig an und ich forme ein stummes „Sorry" mit den Lippen.

Und in dem Augenblick kommt *sie* herein.

Ein Windstoß von draußen lässt ihr Haar um ihr Gesicht tanzen und ihr Rock rutscht so weit nach oben, dass ich ihre Oberschenkel sehen kann. Suzy.

Und kaum hab ich den Gedanken zu Ende gedacht, hat sie mich auch schon gesehen. Sie kichert noch ein bisschen mit ihren Freundinnen und kommt dann zu mir stolziert. Ihr Mund bewegt sich langsam und sexy, als sie mich begrüßt, und ihre Lippen fordern mich geradezu auf, sofort an ihnen zu saugen.

Sie nimmt mir meinen Becher aus der Hand und stellt ihn auf die Fensterbank hinter sich. Steven unterbricht sein Gespräch mit Simon und zieht seine Augenbraue nach oben.

Ich lege meinen Arm um ihre Schultern und frage, ob ich ihr ein Getränk holen kann.

„Nö", sagt sie und schmiegt sich enger an mich. „Ich bin so froh, dass du hier bist, Jer." Dann stellt sie sich auf die Zehenspitzen und gibt mir einen langen, tiefen Kuss. Ich bekomme eine wahnsinnige Erektion davon wie sie sich so an mich lehnt und ziehe mich etwas zurück. Nicht, dass ich nicht weitermachen will, aber dann doch lieber ohne Publikum.

Suzy wird etwas rot, als sie sieht, wie Steven und Simon uns mit großen Augen anglotzen. Aber das geht sofort wieder vorbei. Das finde ich so cool an ihr: dass sie fast nichts erschüttern kann. Sie beginnt ein Gespräch mit den beiden anderen über das Rugby-Team unserer Schule und dass dieses Jahr wohl keine großen Siege zu erwarten sind. Darüber regt sich Simon ziemlich auf und schneller als wir denken sind zwei Stunden vergangen.

Irgendwann hatten wir uns auf ein paar Stühle gesetzt; nur Suzy hatte es sich auf meinem Schoß bequem gemacht und war ab und zu umhergerutscht, so als ob sie sehen wollte, ob ich noch heiß auf sie bin.

Und wie.

Als sie ihre kleine Bewegung ungefähr zum zehnten Mal macht, komme ich fast in meinen Jeans. Ich schiebe sie von mir runter. Sie lacht und macht einen Schmollmund, den ich gleich weg küsse. „Simon, wo ist denn das Bad?"

„Oben, gegenüber von meinem Zimmer."

Steven dreht sich zu Simon. „Du wohnst über der Garage? Das ist cool. Ich wünschte, ich hätte so viel Privatsphäre."

Simon grinst. „Willst du's mal sehen?"

Und dann wackeln wir alle die Treppe hoch, Simon und

Steven nach links in Simons Zimmer und ich und Suzy nach rechts.

Es überrascht mich — und macht mich noch mehr an — als Suzy mich ins Bad schiebt. Ich hatte irgendwie gedacht, sie würde draußen warten, während ich mich wieder in den Griff kriege.

Sie schließt hinter uns ab und zieht mich in einen tiefen Kuss hinein. So wie der am Anfang des Abends. Meine Hände rutschen nach unten und bleiben auf ihrem Hintern liegen. Das scheint ihr zu gefallen, denn sie wiegt sich gegen mich. Ich glaube, ich bin mittlerweile hart genug, um durch eine Wand zu stoßen.

„Haben wir genug Zeit, ein bisschen weiter zu gehen?"

„Wir nehmen uns die Zeit", sage ich und lasse meine Hand unter ihr T-Shirt und über ihre Hüfte gleiten. Es dauert ewig lange, bis ich ihren BH geöffnet habe, aber kurz danach liegen ihre beiden Oberteile auf dem Boden. Meine Hände spielen verrückt. Sie zittern, während ich ihre Brüste umkreise.

Als sie gegen meine Jeans drückt und reibt, weiß ich zwei Dinge ganz genau: 1.) Dies ist der beste Moment in meinem bisherigen Leben — und 2.) Ich werde keine Minute länger aushalten.

Leider kann ich das zweite nicht mehr beweisen, denn irgendjemand schlägt gegen die Tür und ruft, dass wir uns beeilen sollen.

Suzy verdreht die Augen. „Stimmungskiller", ruft sie in Richtung der Tür und hebt ihre Oberteile auf. Während sie sich anzieht, werfe ich mir kaltes Wasser ins Gesicht. „Nächstes Mal, Jeremy, o.k.?"

Sie geht und schließt die Tür.

Ich zähle bis zehn, bevor ich auch rausgehe.

Dann schubse ich die Tür zu Simons Zimmer mit der Hüfte auf und will mir Steven schnappen, um ihm alle Details zu erzählen. Aber sobald sich die Tür öffnet, sehe ich, wie Simon seine Hand von Stevens Knie zieht.

Aargh! Scheiße. Ich will gerade einen Witz darüber machen, dass sie eine Socke über die Türklinke stülpen sollen, aber so wie Steven aufspringt und auf mich zustürzt, hebe ich mir das lieber fürs nächste Mal auf. „Wir müssen bald los, oder?“ sagt Steven.

„Jep“, sage ich und schaue die beiden an.

Ohne sich umzudrehen winkt Steven Simon über seine Schulter hinweg zu. Ich kann mich gerade noch von Suzy verabschieden und schon sind Steven und ich wieder auf dem Weg zur Bushaltestelle.

„Das sah ja vielversprechend aus“, sage ich zu ihm.

„Es war *nicht,* wonach es aussah“, antwortet Steven und seufzt. „Er hat mir nur gezeigt, wo sich sein Bruder hat tätowieren lassen.“

Häh? „Und warum bist du dann so rausgestürzt?“

„Weil es mich verdammt angemacht hat, o.k.? Ich wollte nicht, dass er das sieht. Du hast mich gerettet.“

„Na dann war’s ja gut, dass ich mich mit meinem Kommentar zu Socken und Türen zurückgehalten habe.“

Er errötet. „Sehr gut.“

Kapitel Fünfzehn

SAM

Ich hab dich nicht verarscht.

Lukes Worte gehen mir den ganzen Donnerstag und Freitag nicht mehr aus dem Kopf. Und ich bin ihm seitdem auch aus dem Weg gegangen. Ich erfinde Ausreden und Verabredungen mit Freunden, die es gar nicht gibt. Ich sehe ihn nur, wenn Jeremy auch da ist.

Ich muss mich endlich flachlegen lassen.

Wenigstens hab ich heute mal ein Date. Zeit mit einer Frau verbringen — vielleicht bringt mich das ja auf andere Gedanken als diese verwirrten, aufdringlichen, *verbotenen*.

Nachdem ich drei T-Shirts anprobiert habe, nehme ich das, was Jeremy mir letztes Jahr geschenkt hat. Es hat eine intensive türkise Farbe; und wenn Hannah und ich nichts mehr zu reden haben, kann ich ihr wenigstens erzählen, von wem ich es bekommen habe.

Ich style meine Haare mit meinem Honigduft-Haargel nach oben. Als ich damit fertig bin, klingelt das Telefon.

Meine Hände sind verschmiert, also beeile ich mich, sie abzuwaschen und zu trocknen, bevor ich rangehe.

Ich verpasse den Anruf. Es war Carole.

Jeremy plündert gerade den Kühlschrank als ich in die Küche komme. Er nimmt sich die Schokomilch, die ich gestern gekauft habe, und trinkt gleich aus der Packung.

„Hey!“

Er zuckt zusammen und schüttet sich Milch über sein T-Shirt. „Mensch, Papa, jetzt sieh mal, was du angerichtet hast.“

„Das geschieht dir recht. Ich bin hier der einzige, der aus der Packung trinken darf.“

Er betrachtet die Milch in seiner Hand und verzieht das Gesicht. „Iih. Das machst du?“

„Ich werde das machen, wenn du nicht damit aufhörst.“

Ich nehme den Hörer und rufe Caroles Festnetznummer an. Sie nimmt nicht ab, also rufe ich sie auf dem Handy an.

„Sam, danke für deinen Rückruf.“

„Klar, was ist los?“ Ich höre Stimmen im Hintergrund. „Wo bist du gerade?“

„Deshalb rufe ich an“, sagt sie. „Ich komme nicht aus dem Büro raus. Unser Chef hat ein Meeting einberufen. Er ist wegen irgendwas stinksauer. Könnte Jeremy heute Abend bei dir bleiben?“

Frustriert trommle ich mit meinen Fingern gegen die Küchenbank und starre an die Decke. Carole und ich waren immer so flexibel wie möglich mit den Zeiten, zu denen Jeremy bei mir oder ihr ist. Ich sollte mich nicht ärgern. So ist das Leben. Aber… das ist mein erstes Date seit Jahren und ich will nicht absagen. „Ich habe eigentlich heute Abend schon Pläne“, sage ich. Jeremy kommt zu mir rüber und ruft, „Er hat ein heißes Date.“

Carole lacht. „Echt? Ein Date, Sam?“

Ich gebe Jeremy einen Klaps auf den Hinterkopf und er lacht beim Hinausgehen. „Ja. Ein Date."

„Ach, Mist", sagt sie. „Vielleicht kann Sarah auf ihn aufpassen."

Ich schüttele den Kopf. Jeremy *ist* fast **15**. Alt genug, um selbst auf andere Kinder aufpassen zu können. „Mensch, Carole. Kann er heute nicht einfach allein hier bleiben?"

Sie seufzt. „Ich denk' schon."

Ich halte meine Hand über den Hörer und rufe in den Flur. „Jeremy, ist es o.k., wenn du heute hier bleibst?"

Ich höre seine Schritte durch den Flur schlurfen und dann schaut er um die Ecke. „Klar. Kann ich jemanden einladen und einen Film schauen?"

Carole muss die Frage gehört haben, denn sie sagt mir, ich solle Jeremy fragen, ob sein Gast ein Junge oder ein Mädchen ist.

Ich frage Jeremy. „Wen?"

Er zuckt mit den Schultern. „Vielleicht Steven… Mist, der ist heute beschäftigt. Suzy könnte vielleicht rüberkommen."

„Suzy?", frage ich gleichzeitig mit Carole am anderen Ende der Leitung. „Wer ist Suzy?"

„Eine Freundin."

„Eine Freundin?"

„Ja", lacht er. „Glaub mir, Papa, nur eine Freundin."

„Was denkst du?", frage ich Carole. Sie sagt nichts, und dann höre ich, dass jemand mit ihr spricht. Sie antwortet kurz, „Ja. Ist in Ordnung. Solange Suzy danach sicher nach Hause kommt."

Ich schaue aus dem Fenster rüber zu Luke. „Klar, sie kommt sicher nach Hause."

Ich weiß, dass er „ja" sagen wird — und uns mal wieder rettet. Denn ich muss *unbedingt* zu diesem Date heute Abend.

Und am Ende des Dates ist dann auch hoffentlich Lukes Angebot wieder aus meinem Kopf verschwunden.

Kapitel Sechzehn

JEREMY

Ich hab Suzy seit Simons Party nicht mehr gesehen. Es wird echt Zeit, das zu ändern.

Und mein Plan hat ja super gut funktioniert, wenn Mama und Papa mir jetzt schon erlauben, Suzy zu mir einzuladen.

Ich hab mich allein in meinem Zimmer eingeschlossen, als ich sie anrufe und ihr sage, dass ich heute Abend allein zu Hause bin.

Ihre Stimme schnurrt durch die Leitung und vibriert von meinem Ohr direkt zu meinem Käpt‘n. Ich muss ihn neu platzieren als sie sagt: „Klar komme ich, aber…“ Nach einer kurzen Pause fügt sie hinzu: „Aber wir können heute nicht ficken, ich hab meine Tage.“

„Äh….“ Too much information! „Ist cool. Ich hatte… das auch gar nicht erwartet.“

Das Wort *ficken* scheint übergroß in der Luft zu schweben und klingt immer noch nach. Ich zittere nervös, während mein

Schwanz gleichzeitig vor Vorfreude ein paar Tropfen vergießt. Ich drücke dagegen und runzele die Stirn. *Nicht heute, Kumpel. Beruhig dich wieder.*

Suzy lacht am anderen Ende. „Komm schon. Ich weiß doch, dass du's vor deinem 15. tun willst. Und ich will ja auch vor meinem 16., also… muss es bald passieren. Nur nicht heute."

Ich trage nicht wirklich viel zu unserem Gespräch bei, nur ein paar „Hmmms" und etwas Gemurmel. Als sie auflegt, klatsche ich mein eigenes Spiegelbild ab. Der Spiegel wackelt und fällt runter. Ich stoppe ihn noch geradeso mit meiner Hüfte und rette mich vor sieben Jahren Unglück.

Ich hänge den Spiegel wieder an die Wand und rufe Steven an. „Hey Alter, du wirst nicht glauben was für 'nen Anruf ich gerade hatte…"

Kapitel Siebzehn

SAM

Das Date.

Naja....das keines war.

Ich lache über meine eigene Blödheit, während ich in einer stickig-heißen Bar in Wellington City meinen **4**ten Jack&Coke trinke. Hannah und die **2** Freundinnen, die sie mitgebracht hat, unterhalten sich mit dem Barkeeper. Es ist alles so verdammt unangenehm. Und das schon seit dem Zeitpunkt, als ich zu ihrer Wohnung gekommen war und sich **3** Mädels — angeheitert und kichernd — in meinen zweitürigen Honda zwängten.

Hannah hatte mir auf die Schulter geklopft, gesagt, dass ich gut aussehe und gefragt, ob ich die Nacht durchtanzen wolle. Ich hatte sie nur angestarrt und gesagt: „Klar."

Einen Moment lang hatte ich noch gehofft, dass sie mich vielleicht doch mögen könnte, und dass sie ihre Freundinnen als moralische Unterstützung dabei hatte. Aber auch diese

Hoffnung war verflogen, als sie auf den Barkeeper gezeigt und geflüstert hatte: „Der ist doch heiß, denkst du nicht auch?“

Ich hatte keine Ahnung, was ich darauf hätte antworten sollen, also zuckte ich mit den Schultern und begann damit, das Beste aus dem Abend zu machen — also mich zu betrinken.

„Hey, Sam“, sagt Hannah und stupst mich von der Seite an. „Willst du mit uns tanzen?“

Ich schüttle den Kopf. Eigentlich würde ich schon gern, aber ich bin zu nervös und brauche noch mindestens einen Drink, bevor ich mich auf die Tanzfläche traue. Ich scanne die Menschenmenge nach Frauen, die allein da sind und mit denen ich tanzen könnte — oder zumindest in deren Nähe. Aber wenn ich mir die Leute so ansehe, habe ich gar keine Lust mehr.

Aber es steht auf meiner *20er Wunschliste*, also werde ich es auch tun. Ich leere meinen Drink und bestelle zwei Tequila.

Der **1**ste brennt in der Kehle und der **2**te könnte auch gebrannt haben, aber mein Hals ist schon so betäubt, dass ich es nicht mehr fühle. Als ich von meinem Barhocker aufstehe und mich zur Tanzfläche schlängele, dreht sich schon alles um mich herum. Die Musik pulsiert durch meinen gesamten Körper und ich lache auf, als ich mich dem Rhythmus hingebe.

Hannah und ihre Freundinnen winken mir zu und ich schiebe mich an springenden Körpern vorbei zu ihnen. Sie ziehen mich zu sich heran und wir tanzen. Plötzlich stehe ich im Mittelpunkt ihrer Aufmerksamkeit und sie pressen sich an mich, reiben sich an mir und lachen.

Diese Aufmerksamkeit gefällt mir und mein Herz klopft heftig. Ich wirbele Hannah herum. „Es macht so viel Spaß mit dir“, sagt sie in mein Ohr. „Es ist schön, mit einem Typen tanzen zu gehen, der mir nicht an die Wäsche will.“

Und in dem Moment wird mir klar, dass ich ihr wirklich

nicht an die Wäsche will. Tanzen ist genug. Ich tanze durch die Menge und fühle nichts, für niemanden. Vielleicht liegt es am Alkohol, dass mich keine der Frauen hier interessiert. Vielleicht ist es einfach nicht meine Szene. Tanzen macht Spaß, aber damit hat sich's auch.

Hannah holt mich an der Bar ein. „Die Mädels und ich ziehen weiter zur nächsten Kneipe. Kommst du mit?"

Ich nippe an meinem Wasser und schüttele den Kopf. „Nee, das lass ich lieber."

„Ach, komm schon. Lass dich mal gehen, Sam."

Bist du nicht deshalb hier? sagt eine Stimme in meinem Kopf.

Ja, schon… entgegne ich der Stimme, aber sie unterbricht mich.

Bald bist du dreißig. Wie willst du deine Zwanziger in Erinnerung behalten?

Also schaue ich Hannah an und nicke.

Und die Kneipentour beginnt.

Kapitel Achtzehn

JEREMY

Suzy kuschelt sich an mich und ich spüre ihre Wärme an meiner Seite. Wir sagen nicht viel während des Films und ich glaube, ich habe überhaupt nichts davon mitbekommen. Ich bin noch immer bei unserem Telefongespräch — als sie mir sagte, dass wir es bald *tun werden*. Ich schnuppere an ihrem Haar. Es riecht fruchtig.

Als der Film vorbei ist, schalte ich den Fernseher aus und schaue Suzy an. Das Licht vom Flur scheint herein, sodass ich sie deutlich sehen kann.

Sie beißt leicht in mein Ohr und ihre Hand wandert über meinen Oberschenkel nach oben. Mein Kopf sagt mir, dass das wohl keine gute Idee ist. Was mache ich, wenn Luke reinschaut? Ja. Mein Kopf sagt, dass wir damit aufhören müssen.

Aber es ist schwer, auf meinen Kopf zu hören, wenn mein Schwanz mich plötzlich anschreit, näher an Suzy ran zu rücken. Er erinnert sich noch immer an das Versprechen, das ihm heute Nachmittag gegeben wurde. Und er möchte Suzy sagen, wie gut ihm die Idee gefällt.

Mein Mund findet ihren Mund und ich sauge an ihrer Lippe, während sie mich durch meine Hose hindurch streichelt. Jetzt wo ich einmal angefangen habe kann ich nicht einfach aufhören. Es geht weiter und weiter und je mehr sie an mir herumfummelt, desto härter wird mein Schwanz.

„Ich wünsche mir so, dass wir es jetzt tun könnten", sagt Suzy, während sie ihre Finger unter meinen Hosenbund schiebt und den empfindlichen Kopf meines Käpt'n umkreist. „Dann muss ich mich wohl mit Blasen zufrieden geben."

Und schon hat sie meine Hose und Unterhose so weit runtergezogen, dass die wichtigste Stelle freiliegt. Meine Hormone rasen und ich winsele. Suzy sieht mich an und lächelt. Ich kann an nichts anderes mehr denken als daran wie groß ihr Mund ist und wie er sich über mir anfühlen wird.

Dann beugt sie sich herunter und plötzlich hämmert es in meinem Kopf: Nicht ohne Schutz. Meine Gedanken kreisen um Bananen und mit einer mir unbekannten Superkraft schiebe ich sie sanft von mir weg.

„Was?", sagt sie und blinzelt.

Ich greife in meine Tasche und ziehe ein Kondom hervor.

„Ich blase dir nur einen. Meinst du, wir brauchen wirklich ein Kondom?"

Es ist das Schwerste, das ich je getan habe, aber ich nicke und reiße die Folie auf. All meine Übung zahlt sich jetzt aus, denn ich kann es ohne Probleme überziehen. Sogar Suzy ist ein bisschen beeindruckt. Bei mir gibt's kein ungeschicktes Herumfingern.

Ich sollte wohl all den verdammten Bananen dankbar sein.

Während sie an mir hoch- und runtergeht, rollen Wogen der Freude durch mich hindurch. Mein Gott, wenn sich schon ein Blowjob so gut anfühlt, wie wird dann erst das volle Programm sein? Suzy saugt stärker und dann kann ich mich nicht mehr halten und schreie auf, als ich in heißen Wellen komme.

Suzy lässt los, ihre gekräuselten Lippen sagen mir, dass sie stolz auf sich ist.

„Das war unglaublich“, sage ich und lehne mich zu ihr, um ihr einen Kuss zu geben. Aber ich halte mich nicht lange auf. Ich ziehe das Kondom ab, knote es zu und wickele es in ein Papiertaschentuch, bevor ich aufstehe, um es in den Müll zu werfen. Ich will nicht, dass jemand das Beweisstück findet.

Ich fühle mich ziemlich gut als ich zurück ins Wohnzimmer komme, wo Suzy auf mich wartet.

„Nächste Woche wird richtig Spaß machen“, sagt Suzy mit einem frechen Glitzern in den Augen.

Ich schlucke und lehne mich wieder zu ihr, um sie weiter zu küssen. Aber nachdem mein Schwanz bekommen hat was er wollte, hat mein Kopf wieder die Kontrolle übernommen. Ich bin vorsichtig und lasse genügend Abstand zwischen uns, falls Luke plötzlich reinkommt.

Kapitel Neunzehn

LUKE

Jeremy scheint zu glühen, als er zu mir kommt und sagt, dass ich Suzy jetzt nach Hause fahren kann. Ich frage ihn, was los ist, aber er schweigt. Nur ein Lächeln kann er nicht zurückhalten.

„Kommst du mit?“, frage ich, als ich mir meine Schlüssel schnappe und zum Truck gehe.

Er schüttelt den Kopf. „Nee, passt schon. Ich schick’ sie rüber.“

Und das war’s. Er dreht sich um und geht zurück ins Haus. Nachdem ich den Truck gewendet habe und vor dem Nachbarhaus warte, kommt ein hübsches Mädchen mit zu viel Makeup im Gesicht heraus.

„Fünfzehn“, antwortet sie auf meine Frage wie alt sie ist, aber sie sieht älter aus. Sie scheint nicht mit mir quatschen zu wollen, also mache ich das Radio an und schweige bis wir bei ihr sind.

Als wir ankommen, bedankt sie sich und springt aus dem Auto. Ich zucke zusammen, als ich sehe, dass sie auf ein total heruntergekommenes Haus zugeht. Das Gras steht so hoch, dass man den betonierten Weg zum Haus kaum noch sieht, und es liegen verrostete Autoteile davor.

Ich warte bis sie drin ist, bevor ich wieder zurück nach Hause fahre. Auf halber Strecke klingt mein Handy. Es ist Mitternacht, eine seltsame Zeit für einen Anruf. Instinktiv mache ich mir Gedanken, ob was passiert ist. Ist Jeremy plötzlich krank… oder ist meiner Mutter was passiert… oder —

Der Name des Anrufers leuchtet auf meinem Telefon und ich nehme rasch ab, während ich rechts ranfahre. „Sam?"

„Luuuuke."

Mein Herz schlägt schneller, als ich seine Stimme höre. „Hey, Mann. Alles in Ordnung?"

„Ich bin besoffen, ey!"

Ich lächele. „Ja, das höre ich. Was ist los? Bist du noch auf deinem Date?"

„Meinem Date?" Sams Worte klingen verwirrt und dann stößt er ein „*Ohhhh*" aus. „Nee. War kein Date. Ich glaube, sie denkt ich bin vom anderen Ufer, wenn du verstehst, was ich meine. Erst hab ich's gar nicht kapiert, aber sie und ihre Freundinnen wollten ständig wissen wie ich den Barkeeper finde."

Er klingt so perplex, dass ich noch breiter lächeln muss. „Und?", sage ich und treibe den Witz noch ein bisschen weiter: „Wie hat er dir gefallen?"

„Nicht annähernd so gut aussehend wie du, mein Freund."

Ich weiß, dass da der Alkohol aus ihm spricht und dass er wahrscheinlich eh nur Scherze macht, aber trotzdem habe ich ein enges Gefühl in der Brust. Ich brauche einen Moment, bevor ich wieder etwas sagen kann. „Also… warum hast du mich angerufen? Vermisst du mich etwa?"

Er lacht und klingt so glücklich und frei. „Wär schön, wenn du hier wärst und ein bisschen mehr Männlichkeit in den

Abend bringen würdest.“ Dann wird seine Stimme leiser, so als ob er nicht mehr direkt ins Telefon spricht. „Aber eigentlich rufe ich an, weil ich ein kleines Problem habe.“

Als ich das Wort „Problem“ höre, setze ich mich wieder auf. Sams Stimme klingt wieder klarer. Ich höre im Hintergrund Autos hupen. Er ist wohl draußen. „Das Problem ist, dass ich zu betrunken bin, um nach Haus’ zu fahren, und mir auch kein Taxi leisten kann. Der Bankautomat hat gerade meine Karte abgelehnt. Mein Lohn ist nächsten Montag fällig und ich hab nur noch ‘nen Zehner in bar. Und Hannah hab ich auch irgendwie verloren.“

„Kein Problem“, sage ich, „ich hol’ dich ab.“

Ich höre seinen Atem in der Leitung. „Das würdest du tun?“

„Na sicher.“

Er seufzt. „Du bist mein Lebensretter, weißt du das?“

„Du kannst mir später danken. Sag mir einfach, wo ich dich finde.“ Während ich das sage, wende ich bereits das Auto.

„Ähm, ich bin irgendwo auf der Vivan Street.“ Er gibt mir noch den Namen der Bar, vor der er wartet.

Ich will nicht, dass er draußen im Wind rumsteht, während er auf mich wartet, und bitte ihn, wieder reinzugehen. Ich würde ihn dann schon finden.

Nach zwanzig Minuten bin ich in der Innenstadt. Ich parke und fahre mir nochmal durch die Haare, bevor ich mich in die gut gefüllte Bar aufmache. Es riecht nach abgestandenem Bier und Schweiß. Ich schiebe mich durch die Menge, auf der Suche nach Sam. Es dauert nicht lange bis ich ihn sehe. Er lehnt entspannt an der Bar, seinen Ellenbogen auf dem Tresen. Er schaut immer wieder zur Tür und ich grinse.

„Sam!“, rufe ich, aber meine Stimme wird von der brüllend lauten Musik übertönt.

Kurz bevor ich vor ihm stehe, sieht er mich endlich und kommt sofort zu mir. „Luke!“

Seine Umarmung überrascht mich, aber ich mache mit und drücke ihn auch. Seine Finger liegen fest auf meinem Rücken und es kitzelt, als er sie wieder zurückzieht.

Er hat ein benebeltes, betrunkenes Lächeln im Gesicht und seine Augen sind glasig. Ich schüttele den Kopf. „Wie viele hattest du?“

Er zuckt mit den Schultern. „Hab aufgehört zu zählen.“

„Na dann komm’ mit. Ich bring’ dich nach Hause.“

Er nickt, aber zögert dann, als ich ihn an den tanzenden Menschen vorbeischieben will. Gerade beginnt ein neues Lied. Es hat einen wirklich guten Beat und ist genau Sams Musikrichtung.

„Äh“, sagt er und sein Blick wandert von mir zur Tanzfläche. „Willst du ein Lied tanzen bevor wir gehen?“

Ich schaue mir die Menge Zwanzigjähriger an, die sich aneinander reiben. Mit einem Mal fühle ich mich so verdammt alt. Scheint noch gar nicht so lange her, dass ich mich auch auf der Tanzfläche hab gehen lassen. Aber die Leute hier sehen alle so *jung* aus. Das ist nicht mehr mein Ding.

Doch als Sam an meinem Arm zieht, komme ich mit ihm. Wir gehen zu einer Ecke, wo nur ein paar Frauen zusammen abrocken. Ich versuche, ein Gefühl für die Musik zu kriegen und mich ein bisschen hin und her zu wiegen, aber ich komme nicht richtig rein. Und Sam dabei zuzusehen, wie er die Frauen antanzt, zerreißt mich innerlich.

Ich lehne mich zu ihm rüber. „Ich warte einfach draußen auf dich. Lass dir Zeit.“

Sam dreht sich zu mir und greift meinen Arm, bevor ich weg kann. „Ach nö, Luke, bleib hier.“ Er legt seine Arme um meinen Hals und wackelt weiter mit den Hüften.

Ich stehe da wie angewurzelt. Das ist was Neues. Sam und ich berühren uns nur äußerst selten. Immer bemüht, den Kumpel-Abstand zwischen uns einzuhalten.

Meine Nackenhaare stellen sich auf und ich atme den Honigduft von Sams Haaren ein. „W-was tust du?“

„Na, wenn das nötig ist, damit du weitertanzt, dann nehme ich dich hiermit in Gewahrsam.“ Er lallt die Hälfte seiner Worte und lacht dann.

Das Lied ist zu Ende und das nächste ist kitschig und langsam. Sam legt seine Hände auf meine Schultern und ich warte darauf, dass er mich jetzt loslässt, aber er beißt sich auf die Lippe und zuckt mit den Schultern. Seine Arme wandern wieder hinter meinen Kopf. Dann geht er noch weiter und zieht mich so nah an sich heran, dass sich unsere Wangen berühren. Er kichert und seine Lippen streifen mein Ohr.

Ich erschaudere und mein Körper schaltet auf Autopilot. Ich lege meine Arme um ihn. Er seufzt und lehnt sich an mich. „Hmmm, interessant“, sagt er.

Und sofort beginnt eine Hassliebe zwischen mir und diesem Wort. Interessant im positiven Sinne, so wie: Ja, das gefällt mir? Oder interessant im negativen Sinne, von wegen: Jetzt hab ich’s ausprobiert und weiß sicher, dass es nichts für mich ist?

Ich bete, dass es Ersteres ist.

Ich will eigentlich nicht loslassen, aber ich muss, denn ich kriege schon eine Beule und er würde es sicher merken. Dann wäre zwar endlich die Wahrheit draußen, aber so soll er es nicht erfahren. Nicht, wenn er so betrunken ist.

Und ich finde, dass das ganz vernünftig klingt — aber auch wie eine weitere Ausrede.

Als ich mich von ihm löse, hält mich Sam noch fester und sieht mich an. „Wo willst du hin?“

Ach, ich will doch einfach in seine Haare greifen und ihn küssen. So hart, dass er nach Luft schnappt; und so sanft, dass er stöhnt.

„Wird ein bisschen heiß hier.“

Sam sieht mich enttäuscht an und zuckt wieder mit den

Schultern. Dann lässt er mich los. Er folgt mir schweigend, bis wir draußen sind und in eine verlassene Straße einbiegen.

„Danke, dass du mich abgeholt hast“, sagt er und bleibt vor der Beifahrertür meines Autos stehen. Ich habe die Türen bereits entriegelt, aber Sam macht seine Tür nicht auf. Er lehnt sich mit dem Rücken gegen das Auto und sieht mich an.

Ich bleibe bei ihm stehen, unsicher ob ich zur Fahrertür gehen soll oder nicht.

„Alles o.k. bei dir?“, frage ich.

Obwohl er sich ans Auto lehnt, wankt er und ich strecke meinen Arm aus, um ihn zu stützen. Meine Hand greift den Ärmel seines T-Shirts, halb auf dem Stoff und halb auf ihm.

Sam schluckt hörbar und als ich zu ihm schaue, sind seine Augen fest auf mich gerichtet. Auf meine Lippen.

„Du meintest es ernst, oder? Das wir ‘rumprobieren können?“

Bevor ich etwas sagen oder mich bewegen kann, lehnt er sich zu mir rüber und küsst mich. Seine Lippen drücken fest gegen meine und schmecken colasüß.

„Sam“, presse ich hervor und kämpfe mit aller Kraft dagegen an, ihn auch zu küssen. Aber dann neigt er sich wieder zu mir, voller Neugier, und ich kann mich nicht mehr halten. Ich rieche seinen warmen Honigduft und zittere innerlich, als ich meinen Kopf senke und ihn küsse. Ich streife seine Lippen und kitzele sie mit meiner Zungenspitze, bis er sie öffnet.

Sam greift nach meinem Kopf als ob er Angst hat, dass ich mich sonst zurückziehe. Und das bringt mich fast zum Lachen, denn darum muss er sich nun wirklich keine Sorgen machen. Es ist das Letzte, woran ich jetzt denke, obwohl es das Erste sein sollte.

Seine Zunge trifft auf meine, zurückhaltend und unsicher. Dann zieht er sich zurück und lächelt schwach. Seine Augen wandern wieder zu meinen Lippen. Ich bin nervös und aufgeregt, aber auch verärgert. Nervös, weil er mich gleich wieder küssen wird, aufgeregt, weil ich mich darauf freue, und verärgert, weil er betrunken ist.

„Ist das auch interessant?“, murmele ich in seinen Nacken, während ich mich zu seiner Kehle hinunterküsse.

Er nickt. „Ich will es einfach kapieren, weißt du? Ich will Jeremy verstehen.“

Und als ob ein Kübel Eiswasser über meinem Kopf — und andern Körperteilen — ausgeschüttet wurde, ist es vorbei. Da ist es wieder, das wahre Leben, und zeigt sein hässliches Gesicht.

Scheiße.

Natürlich — Sam verarbeitet die Sexualität seines Sohns. Nicht seine eigene.

Natürlich. Wusste ich doch, dass es nichts anderes ist.

Und wenn es nicht um Jeremy ginge, dann um etwas, das er auf seiner *20er Wunsch-Liste* durchstreichen kann.

„Luke?“, fragt Sam. „Geht’s dir gut?“ Er schwankt wieder und ich helfe ihm auf.

„Ich glaube, das sollte ich dich fragen.“ Ich helfe ihm ins Auto, was er aus einem unerfindlichen Grund total lustig findet.

„O.k.“, sage ich, als ich mich ans Steuer setze, „ab nach Hause.“ Ich blicke hinüber zu ihm, wie er sich grinsend gegen die Tür lehnt, und schüttele meinen Kopf. „Du hast dich echt abgeschossen, oder?“

„Noch was, das ich abhaken kann.“

Ich drehe den Zündschlüssel und das Auto erwacht mit einem Grollen. „Wie läuft’s denn so mit deiner Liste?“

Er zuckt mit den Schultern und dreht sich herum, sodass sein Kopf jetzt wieder gegen die Kopfstütze lehnt und dabei seinen Iro platt drückt. „Ich glaub nicht, dass ich alles schaffen werde — sicher nicht, mit Haien zu schwimmen.“ Er seufzt.

„Entweder nicht genug Zeit oder nicht genug Geld. Warum müssen wir älter werden, Luke?“

Ich lache. „Ich weiß, was du meinst. Ich kann es kaum glauben, dass ich schon Mitte Dreißig bin. Ich schaue in den Spiegel und irgendwie passt das, was ich dort sehe, nicht dazu wie ich mich fühle.“

„Du bist doch fit. Du siehst nicht einen Tag älter als…“, er denkt kurz nach, „29,12 aus.“

Ich gebe ihm einen Klaps auf den Arm. „Also dreißig.“

Er lacht in sich hinein und schließt die Augen. Seine nächsten Worte sind wieder gelallt, aber trotzdem höre ich sie klarer als die vorherigen. Vielleicht, weil sie mein Herz flattern lassen. „Aber im Ernst, Luke, du siehst genauso gut aus wie an dem Tag an dem ich dich kennengelernt habe.“

„Ich sehe gut aus, ja?“

Er grinst. „Und du weißt es.“

Ich kann mein Lächeln nicht unterdrücken. Es ist den ganzen Rückweg lang auf meinen Lippen. Als Sam einschläft und sein Kopf mit den Fahrbewegungen nach rechts und links kippt, fahre ich langsamer, um mir jedes Detail dieses Moments einzuprägen.

Er wird sich wahrscheinlich nicht mal an die Hälfte erinnern und ich will ihm später keine Einzelheit seines Rausches vorenthalten. Wie niedlich er die Worte vor sich hin gelallt hat und wie ihm nun die Spucke aus dem Mundwinkel läuft.

Wenn ich ihn jetzt ansehe, muss ich daran denken, wie oft ich so betrunken war, dass ich nicht mehr wusste, wo ich war. Einmal hab ich sogar in einem Straßengraben geschlafen.

Manchmal erschreckt es mich, wenn ich daran denke, wieviel Mist ich gebaut habe. Aber es bringt mich auch zum Lachen. Ich hab eine Geschichte zu erzählen. Und ich weiß, dass ich gelebt habe.

Ich parke das Auto vor Sams Haus und schaue zur Tür. Ich

verstehe, warum Sam es tut. Und *ich* will auch, dass er alles auf seiner Liste tut.

Er musste viel zu früh erwachsen werden. Ich *will*, dass er sich ein bisschen gehen lässt, dass er so sorglos und unbekümmert ist, wie er es nie sein konnte.

„O.k., mein Lieber“, sage ich leise, während ich mich abschnalle und mich dann zu ihm rüber lehne und das Gleiche bei ihm tue.

Er bewegt sich, öffnet und schließt seinen Mund, und fängt dann an zu schnarchen. Lachend steige ich aus dem Auto und gehe zur Beifahrertür. Ich stecke meinen Kopf rein und tätschele seine Wange. „Wach auf, Sonnenschein.“

Er rollt seinen Kopf zur anderen Seite, sein Mund klappt wieder auf und er schnarcht weiter.

„Wenn du jetzt nicht aufwachst“, brumme ich, „muss ich dich reintragen. Und daran werde ich dich noch lange erinnern.“

Er macht ein leises Geräusch, aber seine Augen sind noch immer geschlossen.

„O.k., du willst es nicht anders.“ Damit greife ihn unter den Schultern und Knien. Ich kriege ihn kaum aus dem Auto, aber danach habe ich ihn fest an meiner Brust. Nur sein Kopf hängt über meinem Arm und gibt seinen Hals frei.

Ich schließe die Autotür mit einem Tritt und trage ihn zum Haus. Er ist nicht gerade leicht und in dem Moment bin ich all meinem Hanteltraining sehr dankbar. Ich fluche, während ich meine Schlüssel aus der Tasche fische, und ihn dabei auf meiner Hüfte balanciere.

So wird das nichts. „Sam, kannst du mir mal kurz helfen, bitte?“ Ich halte seine Arme und stelle ihn vorsichtig auf die Füße. Er bewegt sich und murmelt etwas, aber wenigstens hält er jetzt sein eigenes Gewicht.

Ich hole den Schlüssel raus und schließe die Tür auf.

Als ich das Licht anschalte, stöhnt Sam und blinzelt.

„Wo…? Oh.“ Er legt seine Stirn auf meine Schulter. „Ach,… ich fühle mich nicht gut.“

Er rülpst und hält seinen Magen. „Behalt’s noch einen Moment drin“, sage ich und führe ihn schnell den Flur hinunter. Er macht noch ein Geräusch, das sich nicht gesund anhört. Ich schlage die Tür zum Badezimmer auf und reiße den Toilettendeckel hoch. „Und rein damit.“

Sam verschwendet keine Zeit. Er fällt auf die Knie, umarmt die Toilette und übergibt sich.

Ich öffne das Fenster, in der Hoffnung, dass ihm die frische Luft ein bisschen hilft. Dann setze ich mich neben ihn und massiere seinen Rücken. Neben der Toilette liegt ein Buch. Als ich es aus der Gefahrenzone schiebe, sehe ich, dass es *Moby Dick* ist.

Sam kotzt weiter und flucht nach jeder Runde. Ich lache leise in mich hinein.

Etwas bewegt sich im Flur. Ich schaue zur halb geöffneten Tür, wo Jeremy mit verschlafenen Augen steht. Er reibt sich das Gesicht, als er mich neben seinem Vater sitzen sieht. „Häh?“, sagt er und runzelt die Stirn.

„Mach dir keine Sorgen“, sage ich. „Geh wieder schlafen.“

„Muss pinkeln“, erwidert er, „Was ist mit Papa los?“

Jeremy stößt die Tür ganz auf und seine Augen weiten sich. „Das gibt’s doch nicht!“ Er lacht. „Das ist ein Bild für die Ewigkeit.“

„Lass deinen Papa in Ruhe“, sage ich. „Er hat was Schlechtes gegessen.“

„Verarsch mich doch nicht, Luke. Ich riech’ den Schnaps. Papa ist total blau.“ Er schüttelt den Kopf und aus seinen Augen blitzt die Schadenfreude. „Das lass ich ihn nie vergessen.“

Ich lasse Sam los und schiebe Jeremy aus dem Bad. „Pinkel im Garten und dann zurück ins Bett.“

Er lacht wieder, tut aber dann, was ich ihm gesagt habe.

Ich schließe die Badezimmertür. „Wie geht's dir?", frage ich Sam.

Er murmelt etwas und drückt dann die Toilettenspülung zum vierten Mal. Dann stützt er sich auf und schafft es, zum Waschbecken zu stolpern. „Oh, Scheiße. Ich seh' aus wie ein Wrack." Sam dreht das Wasser auf und wäscht sich Hände, Gesicht und Mund. Nach der zweiten Runde Zähneputzen schaut er mich im Spiegel an. Er sieht müde aus. „Ich will mich nur noch zusammenrollen und schlafen."

Ich passe auf, dass er es ins Schlafzimmer schafft, und während er auf dem Bett sitzt und sich aus seinen Schuhen quält, hole ich ihm Wasser und einen Eimer. „Nur falls noch was kommt", sage ich und stelle den Eimer neben das Bett.

Er zieht noch die Jeans aus, aber das war's auch schon. Dann legt er seinen Kopf aufs Kissen und verdeckt die Augen mit seinem Arm. „Ich hab das komische Gefühl, dass ich morgen dafür bezahlen werde."

Ich lache und ziehe mich aus dem Zimmer zurück. „Bis morgen", sage ich, schließe die Haustür und gehe zu mir rüber.

Kapitel Zwanzig

SAM

Ein Kater ist eine gemeingefährliche Kreatur. Mein Kopf hämmert, als ob er die Musik von letzter Nacht nachspielen will. *Boom-boom-boom.*

Ich trinke **3** große Gläser Wasser und springe dann unter die Dusche. Als die Küchenuhr piept, beiße ich die Zähne zusammen. Das kann nicht wahr sein. Das waren doch niemals **5** Minuten. Ich steige aus der Dusche, das Wasser tropft auf den Boden, und ich schalte das verdammte Ding aus. Dann hüpfe ich wieder unter das heiße Wasser und gönne mir noch ein bisschen länger. Wenigstens dieses eine Mal.

Leider habe ich nur noch **2** Minuten, weil dann schon Jeremy vor der Tür steht. „Papa, beeil dich, du brauchst ja ewig."

Ich stöhne und will ihn wegschicken.

„Ich muss duschen und dann zu Steven."

Ich lehne meinen Kopf gegen die Plastikwand und hoffe,

dass das meine Kopfschmerzen etwas lindert. „Kannst du nicht bei deiner Mutter duschen und mich in Ruhe lassen?“

Mein Sohn lacht. „O.k., Papa. Aber so einfach kommst du damit nicht davon. Hast du dich schon gefragt, was Mama denken wird?“

Ich höre, wie er weggeht, öffne die Dusche und rufe hinter ihm her: „Lass deine Mutter aus dem Spiel!“

Dann drehe ich das Wasser ab, schnappe mir ein Handtuch und wickle es mir um die Hüfte. „Jeremy?“, sage ich, während ich den Flur hinunterrenne. Ich reiße die Haustür auf, in der Hoffnung, ihn noch zu erwischen, aber stattdessen stoße ich mit Luke zusammen.

Ich schaue über seine Schulter und frage: „Du hast nicht zufällig Jeremy gesehen?“

Luke schaut mich von oben bis unten an und grinst. „Er ist die Straße runtergerannt.“

„Verdammt. Carole wird mich ewig damit aufziehen.“

Das Grinsen auf Lukes Lippen nimmt einen gemeinen Zug an. „Sie ist nicht die Einzige.“

Wenn ich ihn hier so sehe, seine Lippen sehe, kommen wieder einige Bilder von letzter Nacht hoch.

Ich trete wieder ins Haus und halte mein Handtuch fest. Eine warme Brise weht von draußen herein und lässt meine Haut kribbeln. Es könnte aber auch daran liegen, dass ich mich an letzte Nacht erinnere, daran was Luke und ich getan haben. Das Blut schießt mir ins Gesicht und plötzlich ist mir nicht ganz wohl dabei, dass ich halbnackt bin.

„Äh… komm rein und setz ‘nen Kaffee auf. Ich zieh’ mich schnell mal an.“

Luke folgt meiner Aufforderung. Jetzt bemerke ich erst, dass er eine Einkaufstüte dabei hat. „O.k., du hörst auf, dein Brust-Piercing hier zur Schau zu stellen und ich mache uns Brunch.“

Ich lege meine Hand auf mein Piercing und werde noch

roter. Ich spiele mit dem Metallring und mir fällt nicht ein, was ich darauf antworten könnte. Luke nimmt die Einkaufstüte in die andere Hand und ich erwische ihn dabei, wie er wieder auf mein Piercing starrt. Ich lasse den Ring los. „Fühlt sich echt gut an."

Luke verzieht sein Gesicht und beißt sich auf die Lippe.

„Zuviel Info?", frage ich und lache. Dann drehe ich mich um und gehe den Flur hinunter.

Er murmelt etwas, aber ich verstehe es nicht. Ich ziehe Shorts und ein T-Shirt an. Ein bisschen Gel ins Haar und als letztes Detail: meine Sonnenbrille. Ich schaue über den Rand der Brille in den Spiegel und zwinkere mir zu. „Du siehst verdammt lächerlich aus, Sam. Gut gemacht."

Als ich in die Küche komme, schiebt Luke gerade ein Blech in den Ofen. Er schaut zu mir und richtet sich auf. „Wie fühlst du dich heute Morgen?"

„Hör auf, über mich zu lachen." Ich lasse mich auf einen Stuhl fallen und schlage die Beine übereinander. „Aber um deine Frage zu beantworten: Ich hab mich schon mal besser gefühlt."

Luke kommt mit **2** Tassen Kaffee rüber und reicht mir eine davon. „Naja, zumindest gestern Abend sah's so aus, als ob du Spaß hattest."

Er schaut auf meine Lippen und ich bin mir sicher, dass er an unser kleines Experiment denkt. Ich weiß nicht, ob ich es ansprechen sollte. Vielleicht einen Witz darüber reißen? — Oder ob ich so tun sollte, als ob ich alles vergessen habe. Vielleicht hofft er ja, dass ich zu betrunken war, um mich an irgendwas zu erinnern.

„Tanzen war ganz lustig. Aber ich bin mir nicht sicher, ob es das wert war, mich heute so zu fühlen." Ich trinke einen Schluck Kaffee und brumme, dass er gut schmeckt. Luke sitzt mir gegenüber und schaut aus dem Fenster. „Ähm", sage ich, „danke."

„Wofür?"

Ich trinke noch einen Schluck. „Dass du mich nach Hause gebracht hast. Und das Bad sauber gemacht hast."

Er zuckt mit den Schultern. „Kein Ding."

Der Tisch knarzt unter dem Gewicht meiner Tasse. „Und… ich weiß, ich bin `ne Nervensäge, aber könntest du mich heute nochmal in die Stadt fahren, damit ich mein Auto holen kann?"

„Hab ich für heute alles schon mit eingeplant."

Ich stütze mich auf den Tisch und lehne mich zu ihm. „Du hast einen Plan? Erzähl' mal."

„OK, also… es ist ein bisschen ungewöhnlich. Ein Freund von mir gibt Tischlerkurse. Ich dachte, wir könnten das mal ausprobieren."

Ich beiße mir auf die Lippe. Es klingt großartig und ich will es unbedingt machen — auch, weil es noch etwas ist, das ich von der Liste streichen kann. Aber ich denke auch an die mageren **10** Dollar, die ich noch habe. „Ich würde echt gern, Luke… aber, ähm, könnten wir es auf nächstes Wochenende verschieben? Oder irgendwann nach meinem Zahltag?"

Er schüttelt den Kopf und setzt sein Doppel-Grübchen-Grinsen auf. „Nein. Und mach' dir keine Sorgen. Das erste Mal ist kostenlos."

Ein köstlicher Duft strömt durch die Küche. Ich springe von meinem Stuhl auf und gehe ihm nach. Als ich in den Ofen schaue, sehe ich **4** Hackfleischpasteten. Als ob Luke meine Gedanken gelesen hat.

Ich schaue über die Küchenbank zu ihm rüber. Die Sonne strahlt ihn an und sein Profil schimmert golden und warm. Ein paar haselnussbraune Strähnen seiner dunklen Haare leuchten, und seine Lippen…

Ich muss schlucken und im selben Moment sieht er mich an. Schnell ducke ich mich aus seinem Blickfeld und schaue mir nochmal die Pasteten im Ofen an.

Ich höre, wie sein Stuhl über den Boden kratzt und dann seine Schritte, als er in die Küche kommt. Er schaut zu mir herunter, verschränkt seine Arme und runzelt die Stirn. „Vom Danebenstehen und Warten wird so `ne Pastete auch nicht schneller fertig, wie du weißt", sagt er. Trotzdem hockt er sich neben mich.

Er schaut allerdings nicht in den Ofen. Er schaut mich an. „Du erinnerst dich, was gestern Abend zwischen uns passiert ist."

Es ist keine Frage. Es ist eine Feststellung. Panik steigt in mir hoch und ich weiß nicht, warum ich es tue, aber ich schüttele meinen Kopf.

Luke neigt seinen Kopf und schaut mich eindringlich an. „Ich glaub dir nicht", sagt er. „Aber was soll's." Er betrachtet die Pasteten. „Wenn du willst, können wir's dabei belassen."

Ich weiß nicht was ich sagen soll. Er hat mir gerade einen Ausweg aus der Situation serviert, einen ganz einfachen, und ich nehme ihn.

Aber danach schmecken die Pasteten nicht halb so gut wie erwartet. Ich sehe Luke auf eine Art wie nie zuvor und es macht mich tierisch nervös. Er ist jetzt nicht mehr nur ein Freund, der dasitzt und aus dem Fenster schaut, sondern auch der Mann, dessen Lippen ich auf meinen gespürt habe, dessen Zunge mit meiner gespielt hat. Es ist schon seltsam, daran zu denken, dass ich einen *Typen* geküsst habe; aber noch seltsamer ist es, wie dieser Gedanke meinen Schwanz in Aufruhr versetzt.

Es ist das Tabu, denke ich. Der Nervenkitzel, etwas zu tun, was viele Menschen befremdlich finden. Und, dass ich mich so frei fühlte, als ich ihn gestern Abend geküsst habe. Als ob ich endlich wirklich meine **20**er auslebe.

Das ist es, was mich aufwühlt. Kein *Typ*. Die Freiheit, die er symbolisiert.

Freiheit, von der du gerne mehr hättest. Ich schlucke mein Verlangen mit der Pastete herunter. Aber mein Körper kribbelt innerlich vor Aufregung und ich weiß nicht, wie lange ich es drin halten kann.

Ich lasse etwas von der Pastetenkruste auf meinem Teller und lehne mich zurück, in dem aussichtlosen Versuch, es mir bequem zu machen oder zumindest so auszusehen. Ich bin zu steif und in meinem Kopf hämmert es immer noch — sowohl die Kopfschmerzen, als auch die Gedanken an Luke.

Er sieht mich an — und Schatten seiner eigenen Gedanken legen sich über seine Augen. Ich frage mich, ob ihn die Ereignisse der letzten Nacht überhaupt beschäftigen — und, ob er den Kuss vielleicht auch als befreiend empfunden hat, befreiend und aufregend?

„Bist du fertig?“, fragt er, stapelt unsere Teller und trägt sie in die Küche. „Der Kurs beginnt um eins. Es ist in der Stadt und danach kann ich dich zu deinem Auto fahren.“

Ich stehe langsam auf und schiebe meine Sonnenbrille hoch. Ich bin froh, dass ich sie aufhabe, wo ich doch die ganze Zeit meinen Freund anstarre. „Japp.“ Ich klatsche in die Hände um ein bisschen Begeisterung zu zeigen, auch wenn ich sie nicht fühle. „Ich bin dabei bei deinem Kurs. Lassen wir’s krachen!“

Normalerweise würde Luke über so einen lahmen Kommentar lachen, aber diesmal zucken seine Lippen nicht mal. Er ist wieder am Tisch und wischt ihn ab.

Dann schmeißt er den Wischlappen in die Spüle und nickt in Richtung des Tisches. „Alles klar. Los geht’s.“

Und dann hebt er das morsche Ding hoch als wäre es leicht wie eine Feder und trägt den Tisch auf dem Rücken zu seinem Auto.

Kapitel Einundzwanzig

JEREMY

Mama fuchtelt in der Küche herum. Sie hat wieder diesen verkniffenen Gesichtsausdruck, der normalerweise direkt zur Goldenen Kondomregel und den verdammten Bananen führt.

Wär ich doch noch ein bisschen länger bei Steven geblieben.

Ich lege mein Handy weg und warte was kommt. Kurz denke ich darüber nach, einfach abzuhauen. Wenn ich nur nicht vom Tisch eingeklemmt wäre. Bis ich mich von meinem Stuhl befreit hätte, wäre Mama schon zwischen mir und der Tür.

Ich spiele an meinem Handy rum und versuche, es durch Gedankenkraft zum Klingeln zu bringen.

Ich brauche irgendwas, das mich ablenkt.

Also beginne ich, eine Nachricht an Steven zu schreiben. *Ruf mich JETZT an.*

Mama schiebt ihr schwarzes, schulterlanges Haar hinter ihr Ohr und kommt zum Tisch. Als sie einfach so am Obstkorb vorbeigeht, werde ich langsam nervös.

Worüber will sie mit mir reden?

Weiß sie die Wahrheit über Steven? Ich schlucke und sehe sie genauer an. Sie scheint eher nervös als wütend zu sein. Ich könnte also nochmal Glück gehabt haben.

Aber trotzdem habe ich ein ungutes Gefühl. Eine kleine Stimme in meinem Hinterkopf flüstert mir etwas zu: *Komm schon, Jeremy, du weißt was es ist. Mama wird dir endlich ihr kleines Geheimnis verraten.*

Ich schüttele meinen Kopf, denn für dieses Geheimnis bin ich noch nicht bereit. „Äh…“, ich springe auf, „ich muss pinkeln.“

Sie betrachtet mich, den Kopf zur Seite geneigt. So wie immer, wenn sie mich durchschauen will. „Du warst doch gerade. Kannst du dich nochmal kurz hinsetzen? Ich möchte mit dir über etwas reden.“ Der Stuhl, den sie herauszieht, quietscht entsetzlich und ich hoffe, dass das kein schlechtes Omen ist.

Ich lasse mich wieder auf meinen Platz fallen. „Und… das wäre?“ Ich drücke auf meinem Handy herum und möchte jetzt *wirklich,* dass Steven anruft und mich rettet.

„Magst du diesen Tisch?“, fragt Mama und reibt mit ihrer Handfläche über das polierte Holz.

Ich runzele die Stirn. Es klingt, als ob sie mich in eine Falle locken will. „Er ist stabil. In jedem Fall viel stabiler als der von Papa.“

„Na“, sagt sie, „das ist doch gut.“

„Ja?“ Ich weiß nicht, was ich darauf antworten soll.

Mama atmet langsam aus und knetet ihre Hände. „Ich weiß, was du gerade durchmachst. Es ist eine Zeit voller Veränderungen.“

Mir ist klar, dass sie über meine angebliche sexuelle

Neigung spricht — und ich schlucke mein Schamgefühl, das mit dieser Lüge verbunden ist, herunter. „Richtig. Und?"

„Ich will nicht noch mehr Veränderungen in dein Leben bringen, nicht mehr als notwendig, verstehst du?"

„Mama, du sprichst in Rätseln. Aber ich glaube, so langsam steige ich dahinter." Auch wenn ich das nicht will.

Sie rollt mit den Augen. „Ich wollte dir nichts davon erzählen, solange ich mir nicht sicher war wie ernst es ist, aber…" Sie schaut mir in die Augen und ihr ganzes Gesicht lacht — „Ich habe jemanden kennengelernt, Jeremy."

Mein Kopf ist leer, doch die Stimme ist zurück: *Aha, da ist es. Das Geheimnis. Tu nicht so, als wärst du überrascht.* Ich befehle der Stimme, die Schnauze zu halten, und lass' mich weiter in den Schock sinken. Oder in die Verleugnung. Irgendwas. „Häh?"

„Greg und ich kennen uns jetzt seit ungefähr einem Jahr."

„Einem Jahr", wiederhole ich. Und dann verfliegt der Nebel, der mich noch eben umgeben hatte. Ich höre, was sie sagt, schiebe meinen Stuhl vom Tisch weg und springe auf. „Das T-Shirt. Kämme…" Ich will nichts mehr hören. Will nicht hören, was genau mir Mama sagt.

Aber sie lässt mich nicht gehen. Sie hält meinen Ärmel fest, als ich an ihr vorbeigehen will. „Er hat in den Wochen, in denen du bei deinem Vater warst, schon hier gewohnt."

Das ist jetzt zu viel. *Er hat hier gewohnt, hier geschlafen und —* Ich schaudere bei dem Gedanken.

Sie neigt ihren Kopf. „Vielleicht hätte ich es dir schon früher sagen sollen. Ich wollte dich nur nicht verwirren."

„Und warum erzählst du es mir dann jetzt?"

„Weil ich möchte, dass du ihn kennenlernst."

Ich reiße mich los. „Und warum würde ich das wollen?" Ich mag überhaupt nicht, wohin dieses Gespräch führt, und ich hoffe, ich bin laut und unausstehlich genug, dass ich es nicht hören muss. Mama wird ihre Meinung schon ändern und alles wird so bleiben wie es ist.

„Weil er will, dass wir bei ihm einziehen.“

Es fühlt sich so an, wie wenn ich auf dem Platz umgehauen werde, nur noch viel schlimmer. So ein dahergelaufener Kerl, den ich überhaupt nicht kenne, will mein ganzes Leben umschmeißen. „Auf keinen Fall, verdammte Scheiße.“

„Pass auf was du sagst. Du hast ihn noch nicht `mal kennengelernt. Gib ihm eine Chance. Wir können es langsam angehen lassen, wir ziehen ja nicht schon morgen um. Nur irgendwann in der nächsten Zeit. Triff dich doch einfach mal mit ihm. Ich glaub', du wirst ihn mögen.“

„Du musst vollkommen wahnsinnig geworden sein. Ich will doch nicht wegen diesem Typen die Schule wechseln, meine Freunde verlieren, mein Team. Ich will „Greg“ nicht mögen. Ich will keinen anderen Vater, verstanden? Ich hab einen und das reicht mir. Fuck.“

„Ich weiß, dass das alles viel auf einmal ist, aber Jeremy, bitte. Ich will auch ein Leben haben, verstehst du?“

Darauf habe ich keine Antwort. Auch wenn ich sie sogar ein bisschen verstehen kann, die Wut und der Schmerz haben meine Kehle zugeschnürt und ich bringe kein Wort mehr 'raus.

Und da klingelt endlich mein Handy.

„Steven“, sage ich und stakse davon. Bevor ich abnehme, bleibe ich nochmal in der Tür stehen und starre sie zornig an. „Hast du mich deshalb wegen des Tischs gefragt? Du überlegst schon, was mit ins neue Haus kommt?“

Mama dreht sich zu mir. Sie verschränkt die Arme und versucht, streng zu schauen, aber ihre Augen sehen traurig aus. „Ich wollte dich fragen, ob du ihn als Schreibtisch haben möchtest.“

Ich schüttele den Kopf und nehme den Anruf entgegen. Dann wende ich mich von Mama ab und einer ganzen Latte neuer Probleme zu.

Kapitel Zweiundzwanzig

LUKE

Wir reparieren den Tisch in Jacks Tischlereikurs. Naja, „wir“ ist wohl etwas übertrieben. *Ich* repariere den Tisch, während Sam ins Nichts starrt. Als ich ihn um Nägel bitte, gibt er mir einen Hammer.

Ich nehme den Hammer aus seiner Hand und lege ihn auf die Werkbank. Uns gegenüber baut ein Paar eine Uhr zusammen. Sie streiten und meckern ständig, aber nach jedem zweiten Satz gibt es einen oder drei Küsse. Ich mag sie und gleichzeitig beneide ich sie.

Sam starrt den Hammer an, den ich beiseite gelegt habe, und lässt seinen Blick zu meinen Händen schweifen. Ich will wissen, was er denkt. Ich bin mir fast sicher, dass er immer noch über unseren Kuss von letzter Nacht nachgrübelt, so komisch wie er sich schon die ganze Zeit benimmt.

Ich wünsche mir, er würde es nicht dabei belassen wollen.

Und dass ich ihm nie erlaubt hätte, so zu tun, als ob nichts passiert wäre.

Ich hole ein paar kleine Nägel und beginne zu hämmern.

Vielleicht muss ich ihn nochmal anstupsen.

Vielleicht sollte ich aber auch endlich mal den Arsch in der Hose haben und ihm sagen, dass ich schwul bin.

In diesem Moment kommt Jack zu uns und schaut, wie weit wir sind. Er stellt sich zwischen uns und klopft uns beiden auf die Schultern. „Wie läuft's bei euch?"

Die Frage holt Sam ins Hier und Jetzt zurück und er konzentriert sich wieder auf den Tisch und mich. Er weiß nicht, wie er die Frage beantworten soll, und ich kann mir ein Lächeln nicht verkneifen. Zu Jack sage ich: „Wir machen gute Fortschritte. Wir müssen noch ein paar Kanten abschleifen, aber dann sollten wir fertig sein." Und dann füge ich hinzu: "Schaffst du es, auch was für dein Haus fertigzustellen? Oder halten wir Amateure dich zu sehr davon ab?"

Jack zuckt mit den Schultern, aber schenkt mir kaum Beachtung. Seine ganze Aufmerksamkeit gilt Sam. „*Du* bist das also", sagt er.

Sam ist überrascht. „Häh?"

„Lukes Nachbar. Das bist du."

„Das bin ich."

„Ich hab schon so viele wunderbare Dinge über dich gehört."

Ich verkrampfe und Jack spürt das irgendwie. Er schaut zu mir und zwinkert mir zu, als ob er mir sagen will, dass ich mir keine Sorgen machen muss.

Aber ich mache mir trotzdem Sorgen und wie ein Wahnsinniger halte ich mich am Hammer fest. Ich sollte ihn lieber wieder hinlegen.

Jacks Worte lassen Sam erstrahlen und er lacht mich an. „Ach, stimmt das?" Dann wendet er sich Jack zu. „Aber ich muss zugeben, dass noch nicht so viel über dich weiß. Er erwähnt dich manchmal, wenn er über die Jungs von der Arbeit redet, aber ich höre heute das erste Mal von deinem Tischlereikurs."

Für einen Moment huscht ein Schatten der Enttäuschung über Jacks Gesicht, aber dann lacht er und der Schatten ist weg. „Naja, manchmal muss man sich richtig anstrengen, damit dieser Kerl… sich ein bisschen mehr öffnet." Jack sieht mich streng an.

Sam lacht gutmütig und sein Ohrring glänzt im Sonnenlicht wenn er sich bewegt. „Na, das stimmt. Aber ich habe meine Mittel und Wege. Wenn ich es drauf anlagen würde, könnte ich alles über dich erfahren, was ich jemals wissen wollte. Und noch mehr."

Ich schaue Jack an und zucke mit den Schultern. Dabei schlage ich aus Versehen mit dem Hammer gegen die Werkbank und lasse ihn beinah fallen. „Er *wollte* es wohl einfach nicht wissen", knurre ich leise und packe den Hammer wieder sicher mit der Hand.

Jack blickt finster aber seine Lippen zucken. „Sei vorsichtig, Luke. Du willst doch nicht, dass jemand verletzt wird." Er zeigt auf den Hammer aber hält meinen Blick.

„Ja", sage ich.

Dann verlässt er uns wieder, aber für den Rest des Kurses bin ich total abgelenkt.

Als wir fertig sind steht der reparierte Tisch wieder hinten in meinem Truck und wir sitzen vorne drin. Sam setzt seine Sonnenbrille auf und legt seinen Gurt an. Ich drehe den Zündschlüssel und fädle mich in den Verkehr ein. An der nächsten Kreuzung wechsle ich auf die Abbiegerspur.

Jedes Mal wenn ich zu ihm rüber schaue, legen sich meine Hände enger um das Lenkrad. Ich muss es ihm sagen. Ich biege ab und suche einen Parkplatz in einer ruhigen Seitenstraße. Nachdem wir angehalten haben, räuspere ich mich und lege los. „Wir müssen über etwas reden", beginne ich. Sam dreht sich ruckartig zu mir und schluckt laut.

Bevor ich etwas sagen kann, redet er. „Ich weiß", sagt er und seufzt.

„Du weißt?", frage ich und runzle die Stirn.

„Ich erinnere mich daran, Luke." Er wird rot und schaut aus seinem Fenster, hinüber zu einem kleinen Park auf der anderen Straßenseite.

Plötzlich weiß ich, wovon er spricht. Er hat mich missverstanden. Auf der einen Seite will ich ihn unterbrechen und ihm endlich die Wahrheit sagen, solange ich noch den Mut dazu habe. Aber auf der anderen Seite will ich, dass er weiterredet. Ich will endlich wissen, was ihm durch den Kopf geht, und jetzt lässt er es mich wissen.

Also nicke ich. „Und du hast kein Problem damit?"

Er schaut wieder zu mir und nickt schüchtern, während er an seinem gepiercten Ohr herumspielt. „Ja, also… es… warte mal. Hast *du* ein Problem damit?"

Ich will laut lachen und rufen: *Nein, nie im Leben!* aber ich halte mich zurück und sage: „Nein, Sam, habe ich nicht."

Sein Lächeln ist voller Erleichterung. „Gut." Er trägt zwar eine Sonnenbrille, aber sie ist nicht zu dunkel — und darum kann ich hindurch sehen. Ich weiß, dass er jetzt meine Lippen betrachtet. Und als er errötet, spüre ich dieses Kribbeln in meiner Magengrube, wie wenn ich um enge Kurven fahre und es neben der Straße direkt in den Abgrund geht.

Ich will, dass er mich weiter so ansieht, aber nach kurzer Zeit schaut er wieder nach vorn. Ich spüre die Gummiknubbel auf dem Lenkrad. „Also…"

Da vibriert mein Handy. Verdammt. „Eine Sekunde." Ich greife nach dem Telefon, das auf dem Armaturenbrett liegt. Sam kommt schneller dran als ich und reicht es mir.

Es ist meine Mutter.

„Hallo, mein Schatz", sagt sie. „Ich wollte dir nur kurz

sagen, dass ich zur Party nächste Woche komme. Ich freue mich schon, deinen Freund kennenzulernen."

Meine Kehle ist wie zugeschnürt und ich werfe einen Blick auf Sam. Er hat seine Sonnenbrille ins Haar geschoben und durchsucht mein Handschuhfach. Ich weiß, dass er die Minzbonbons sucht, also öffne ich eine kleine Klappe am Armaturenbrett und hole eins für ihn raus. „Nächste Woche. Bist du *hier*?"

„Das hab ich doch gesagt, Liebling. Ich bin so begeistert von deinem Vorschlag. Ich kann es kaum erwarten, mal ein paar Tage rauszukommen."

Jetzt sieht Sam endlich das Minzbonbon, mit dem ich ihm winke. Er nimmt es mir aus der Hand und schon diese sanfte Berührung seiner Finger bringt mich aus dem Konzept.

Es dauert einen Moment, bevor ich mich wieder auf das Telefonat konzentrieren kann.

„… du kannst dir *gar nicht vorstellen* wie glücklich und erleichtert ich bin, dass du jemanden in deinem Leben hast, Luke. Was ich noch fragen wollte", sie hält inne und ich höre die Schiebetür, die von der Küche auf die Veranda führt, „was soll ich mitbringen? Als Geschenk. Für die beiden. Sam und Jeremy, so hießen sie doch?"

Ich kann ihr nicht sagen, wie die Dinge wirklich stehen. Sie macht sich zu viele Sorgen, und das kann sie im Moment nicht gebrauchen. „Mama, ich bin mir sicher, dass du etwas Schönes findest. Aber ich kann gerade nicht lange telefonieren. Kann ich dich später anrufen?"

„In Ordnung. Mach das. Hab dich lieb."

„Ich dich auch."

Als ich auflege, grinst Sam mich an, eine Minzbonbon-Beule in der Wange. „Deine Mutter kommt zur Party?"

Ich nicke und starte das Auto.

„Großartig. Ich kann's kaum erwarten sie kennenzulernen."

Ich schon.

ICH SETZE SAM AN SEINEM AUTO AB UND FAHRE NACH HAUSE. Ich komme vor ihm an und lasse mich selbst schon mal bei ihm rein, dann kann ich uns gleich was kochen. Ist zwar noch ein bisschen früh fürs Abendessen, aber ich habe schon Hunger.

Ich hole Hackfleisch aus dem Kühlschrank. Vielleicht Bolognese. Oder Chili con Carne…

Die Haustür schlägt zu.

Ich schrecke auf. Jeremy rennt an der Tür vorbei und den Flur hinunter. Sekunden später knallt seine Tür so laut zu, dass die Wände wackeln.

Ich stelle das Hack auf die Küchenbank und gehe zu seinem Zimmer. Während ich mich nähere, höre ich schon ohrenzerfetzenden Heavy Metal. Ich klopfe an seine Tür und schaue vorsichtig ins Zimmer hinein.

Jeremy hat sich — ganz dramatisch — auf sein ungemachtes Bett geworfen und seinen Kopf unter der Decke vergraben. Er prügelt mit der Faust auf die Matratze ein.

„Jeremy?", frage ich und klettere über einen Stapel Dreckwäsche und ein Kissen zu seiner Stereoanlage. Ich drehe die Lautstärke runter und Jeremy erstarrt, bevor er sich langsam umdreht. Seine Augen sind rot unterlaufen.

„Hey", sage ich und setze mich an den Fuß des Betts. „Was ist denn los, Jeremy? Harter Tag?"

„Nix", sagt er. Dass das gelogen ist, ist so offensichtlich wie seine verrotzte Nase. „Hab nur meinen Ball hier vergessen." Er rollt sich an den Rand des Betts. „Ich hol' ihn nur und dann bin ich wieder weg."

Er steht auf, doch ich fasse ihn am Arm und ziehe ihn sanft wieder runter bis er neben mir sitzt. „Tut mir leid, Kleiner, aber ich merke doch, dass irgendwas los ist. Und ich will wissen, dass es dir gut geht."

Jeremy schnieft und nickt, aber schüttelt dann den Kopf. „Mir geht's gut."

Ich warte nur drauf und da ist es auch schon: Er fängt an zu schluchzen. Einen Moment lang sehe ich wieder den kleinen Jeremy, den ich so gut kenne. Aber sofort ist die Vertrautheit wieder weg und der Teenager ist zurück. „Es ist so bescheuert."

„Was ist bescheuert?"

„Meine Mutter", murmelt er und starrt auf seine Hand. „Papa dreht ja auch gerade durch, aber *Mama*…"

„O.k.", sage ich langsam, „was ist passiert? Vielleicht kann ich dir helfen, wenn du mir davon erzählst."

„Du kannst mir nicht helfen, Luke."

„O.k., gut. Aber wenn… wenn… also…"— Ich suche nach den richtigen Worten, aber ich finde nichts Passendes. „Du weißt, dass du mir alles erzählen kannst, oder? Absolut alles. Ich bin für dich da und ich werde mein Bestes tun, dir zu helfen."

Er zuckt mit den Schultern. Und nach einer Pause bricht es aus ihm heraus. „O.k., was soll ich denn tun, wenn meiner Mutter sagt, dass sie 'nen verdammten Freund hat? Und wenn sie will, dass ich ihn treffe *und* nett zu ihm bin, weil er will, dass wir zu ihm ziehen."

Ich suche nach einer brauchbaren Antwort. Ich wünschte, ich wüsste eine Lösung, aber ich hab keine. „Das ist eine riesige Veränderung für dich", sage ich. „Es wird eine Weile dauern bis du dich daran gewöhnt hast, keine Frage… aber vielleicht ist der Typ ja wirklich in Ordnung. Wenn deine Mutter mit ihm glücklich ist, kann er ja nicht so verkehrt sein."

Jeremy starrt weiter auf seine Hände während ich rede. Dann schnieft er und seine Schultern beben leicht. „Ich brauche keinen zweiten Vater."

Ich seufze. „Und was wäre so schlecht daran, mehr als zwei Eltern zu haben, die sich um dich kümmern? Du weißt ja noch nicht mal, ob dieser Typ…“

„Greg“, fügt Jeremy hinzu.

„Du weißt ja noch nicht, was für ein Mensch Greg ist. Vielleicht ist er total super. Macht Ausflüge mit dir oder kommt zu deinen Fußballspielen. Oder er hilft dir vielleicht bei deinen Hausaufgaben oder bearbeitet auch mal deine Mutter, damit du was kriegst, was du unbedingt haben willst. Ich mein nur, es könnte echt gut werden.“

„Aber ich will nicht, dass er mir sagt, was ich zu tun und zu lassen habe. Und dass er wichtiger für Mama ist als ich.“

Ich rücke näher an ihn, sodass ich meine Hand auf seinen Kopf legen kann. „Ich kenne deine Mutter und deinen Vater. Du bist wichtiger für die beiden, als irgendjemand sonst es je sein könnte, da bin ich mir absolut sicher. Und das ist auch gut so.“

Jeremy lacht auf und gibt meiner Schulter einen Ruck, aber sein Kopf bleibt gesenkt. „Ja, aber… ich will trotzdem nichts mit ihm zu tun haben.“

Er steht auf und schlurft zu seinem Schreibtisch. Ein Schlüsselbund klappert und er steckt ihn in die Hosentasche. Dann schnappt er sich seinen Ball und legt seine Arme um ihn herum. „Ich muss wieder rüber zu Steven“, grummelt er und schaut mich kaum an, bevor er zur Tür geht.

„Soll ich dich fahren?“

Er schüttelt den Kopf. „Nein. Ich laufe. Vielleicht komm ich ja auf andere Gedanken.“

Ich würde gern noch weiter mit ihm reden, möchte, dass er sich ein bisschen mehr öffnet; ihn überzeugen, dass mehr als ein Vater keine schlechte Sache ist. Aber er würde mir nicht zuhören. Wie eine Salzsäule stehe ich da und nicke steif. „O.k.“, sage ich und folge ihm aus dem Zimmer. „Du weißt, wo du mich findest.“

Ich höre ein gemurmeltes „Ja, mit Papa zusammengewachsen." Das macht mich stutzig und wieder weiß ich nicht, was ich sagen soll, also entscheide ich mich, es einfach zu ignorieren.

Als er weg ist, fange ich an, Zwiebeln anzubraten. Unser Gespräch läuft wieder und wieder in meinem Kopf ab und ich versuche herauszufinden, warum ich mich auf einmal so leer fühle.

Während ich so darüber nachdenke und das Fleisch in der Pfanne schon braun wird, steht Sam plötzlich neben mir.

Ich schrecke auf. „Oh, da bist du ja. Du musst ja wie eine Oma gefahren sein."

Sam legt seine Tasche auf die Küchenbank und grinst mich an. „Nee, war noch kurz woanders."

Ich will nachhaken, aber erst muss ich ihm von Jeremy erzählen. Als ich fertig bin, atmet er langsam aus. „Carole hat also mit ihm gesprochen." Er seufzt. „Es ist eine ziemlich große Veränderung. Ich hab mich auch noch nicht ganz dran gewöhnt."

Sam lehnt sich an einen der Küchenschränke und schaut ins Leere.

„Wie meinst du das", frage ich leise, sodass meine Stimme kaum über das Brutzeln des Fleisches hinweg zu hören ist.

Er zuckt mit den Schultern. „Es ist cool, dass Jeremy gleich um die Ecke wohnt. Es hat die letzten zehn Jahre gut für Carole und mich funktioniert. Und ich werde das vermissen, diese Nähe, und wie einfach es läuft. Dass er einfach zu mir oder zu ihr gehen kann, wenn ihm danach ist. Aber wenn er auf den Hügel zieht…"

Ich lege meine Hand auf seinen Arm und massiere ihn leicht. Der Kumpel-Abstand ist mir plötzlich vollkommen egal. „Wir müssen ihm einfach ein Auto kaufen und Fahren beibringen, o.k.? Dann kann er so weitermachen wie bisher."

Er strahlt kurz, aber es verfliegt gleich wieder. „Werde ich für immer in diesem beschissenen Haus festsitzen? Vielleicht muss ich auch endlich weiterziehen. Etwas ändern…"

Dann zieh bei mir ein. Es muss nicht dieses Haus sein. Wäre besser, es wäre woanders. Aber bleib bei mir.

Plötzlich schüttelt er den Kopf. „Nee, solange du mein Nachbar bist, ziehe ich nirgendwo hin."

Meine Rührbewegungen werden heftiger.

Ich zeige auf die Tasche, die er mitgebracht hat. „Und was ist da drin?"

Sam grinst ein etwas schüchternes Grinsen und errötet, warum auch immer. „Willst du heute Nacht durchmachen?"

Ich schaue ihn an und ziehe eine Augenbraue nach oben. „Kommt drauf an. Muss ich wieder tanzen?"

Ein lautes Lachen bricht aus ihm heraus und er schlägt mir mit der Hand auf die Schulter. Dann atmet er tief ein. „Das riecht großartig. Danke, dass du für uns gekocht hast."

Er geht zum Schrank und holt zwei Gläser raus. Dabei zwinkert er mir über seinen ausgestreckten Arm hinweg zu, was mich direkt in die Leistengegend trifft. „Ich kann dir versprechen, dass du nicht tanzen musst." Er nimmt die Gläser und gießt Orangensaft ein. „Aber du musst in meinem abgedunkelten Zimmer in mein Bett kommen."

Mir fällt fast das Glas runter, das Sam mir reicht. Ich zucke zusammen und dabei verschütte ich etwas Saft auf meine Hand. Ich lecke ihn ab und tue so, als würde ich nicht darüber nachdenken, wie wir beide nicht genug voneinander bekommen und bis zum Morgengrauen ficken.

Hastig trinke ich den Saft aus und wende mich wieder dem Rühren zu. „Und was machen wir da?"

Er geht zu seiner Tasche und holt ein paar DVDs raus. „Einen *Star Wars*-Marathon."

„In deinem Bett?" Das schlägt Sam vor? Wenn er nüchtern ist?

Er sieht zu mir herüber und wird etwas rot, zuckt dann

aber mit den Schultern. „Ist einfach bequemer, wenn wir so lange schauen.“ Er schaut auf meine Lippen und dann schnell wieder weg. „Also, hast du Lust?“

Wenn überhaupt, dann habe ich ein bisschen zu viel Lust drauf. „Sicher.“

„Dann haben wir einen Deal. Wir essen — und dann hüpfen wir ins Bett.“

~

Gegen das Kopfteil gelehnt, sitze ich auf Sams Bett — vollständig bekleidet, was immer unbequemer wird. Meine Jeans schneiden mir nach drei Stunden an den Knien und Hüften ins Fleisch.

Ich sehe Sam an, der gebannt auf den Fernseher schaut. Am Anfang saßen wir so weit wie möglich auseinander, jeder an einem Rand des Bettes. Aber nach dem ersten Film war Sam weiter in die Mitte gerutscht.

Ich tue alles um die Bettkante zu ignorieren, die meine Pobacke quetscht. Noch falle ich nicht aus dem Bett, aber ich bin nah dran.

Ich versuche, mich auf den Film zu konzentrieren. Aber wen will ich damit eigentlich verarschen? Ich denke doch nur an Sam. Und dass wir in seinem Bett sind. Und dass er — oh mein Gott — jetzt auch noch seinen Pullover ausgezogen hat.

Er hat noch ein T-Shirt an, aber trotzdem. Wir liegen im Bett. Er zieht sich aus. Das bringt mich auf Gedanken…

Ich zwinge mich, wieder auf den Bildschirm zu schauen. Ich weiß nicht, ob ich das eine ganze Nacht lang durchhalte.

Als meine Arschbacke einschläft, bewege ich mich etwas.

Sam sieht mich an und auf seinem Gesicht tanzt blaues und grünes Licht. Er beißt sich auf die Lippe und sagt sanft: „Komm ein bisschen näher, Luke. Du fällst ja gleich aus dem Bett.“

„Nee, schon o.k.“, antworte ich. Aber das war die falsche — oder richtige? —Antwort, denn schon streckt Sam seinen Arm aus und zieht mich näher zu sich.

Er atmet tief ein. „Ich beiße nicht.“

Oh, aber ich wünschte, du würdest!

Ich schaue über Sam hinweg zu seinem Radiowecker, der mir anzeigt, dass es fast schon Mitternacht ist. „Vielleicht sollte ich jetzt gehen“, sage ich. „Ich will ja nicht in deinem Bett übernachten.“

Sam lässt meinen Arm los — und hinterlässt Gänsehaut. Er wendet sich wieder dem Fernseher zu. „Oh. Ja, wenn du meinst.“

Aber ich höre, dass er enttäuscht ist. Und ich hasse es. „Ich würde ja gern die ganze Nacht mit dir die Filme schauen“, sage ich, um die Stimmung wieder zu heben, „aber ich will dir nicht aufs Kissen sabbern, wenn ich wegknacke.“

Er lacht und sieht mich an. Er ist wieder entspannter. Mit einem Schulterzucken sagt er: „Das stört mich nicht. Die Filme sind einfach… besser wenn man sie nicht allein anschaut, weißt du?“

„Ja, ja, du hast Recht. Es ist nur…“

Er schaut mich an und beißt sich wieder auf die Lippe. Es kribbelt in meinen Fingern. Ich will ihn an mich ziehen und küssen. „Meine Jeans sind nicht sonderlich bequem“, sage ich.

„Na, dann zieh’ sie aus und komm unter die Decke“, erwidert Sam.

Ich schlucke, als er das sagt, und seine Augen dabei leuchten. Irgendwas passiert hier, aber ich weiß noch nicht genau, was es ist und welche Rolle ich dabei spielen soll.

Ich drehe mich zur Seite und ziehe meine Jeans aus.

Es ist viel bequemer unter der Decke, nur in Shorts und T-Shirt. Als ich zu Sam rüber schaue, starrt er auf den Fernseher, aber seine Hände sind auf der Decke zu Fäusten geballt.

„Ich denke, ich, äh…“, stammelt er, „vielleicht mach’ ich

das auch?“ Seine Stimme hebt sich am Ende des Satzes zu einer Frage und ich kann ein Lachen nicht unterdrücken.

„Es ist dein Bett. Du bist der Boss.“

Er nickt und schiebt sich an den Rand des Betts. Ich höre seinen Reißverschluss. Die Matratze bewegt sich, als Sam sich hinlegt, seine Hüften anhebt und die Jeans abstreift. Diese Bewegung ist so bildschön und erotisch, dass ich in weniger als drei Sekunden hart werde.

Scheiße.

Ich versuche, mich so hinzusetzen, dass man meine Männlichkeit durch die Decke hindurch nicht sehen kann und starre den Kleiderschrank an als ob ich noch nie etwas Interessanteres gesehen hätte.

All meine Sinne schreien danach, ihn wieder anzusehen, ihm nah zu sein. Aber irgendwo in meinem Kopf ist noch eine ruhige, gefasste Stimme die mich warnt, vorsichtig zu sein. Weil ich mich sonst schlimm verletzen werde.

Ich will auf die Stimme hören. Ich höre auf sie. Aber… ich weiß nicht, wie lange noch.

Kapitel Dreiundzwanzig

SAM

Und darum bin ich noch immer Single.

Ich hab keinen Plan, wie man jemanden verführt. Ich kann noch nicht mal mit meinem besten Freund flirten. Ich hab's den ganzen lang Abend versucht. **5** ganze Stunden voller verweilender Blicke und zufälliger Berührungen – *und zusammen Filme im Bett schauend!* Aber nichts, was ich versuche oder sage, kommt an.

O.k., vielleicht sind meine Erwartungen etwas unangemessen. Ich kann ja nicht davon ausgehen, dass Luke sofort auf Flirtversuche eines *Typen* anspringt. Aber ich hatte zumindest *etwas* erwartet.

Ich kann einfach nicht aufhören, über unseren Kuss nachzudenken, und darüber, wie es mit einem Mann wäre.

Ich will ihm sagen, dass ich weiter herumprobieren will.

Aber ich bringe die Worte nicht über die Lippen. Sie stecken fest, irgendwo hinter dem Kloß in meinem Hals. Dem

Kloß aus Aufregung, Nervosität und — zum größten Teil — aus Wahnsinn. Scheiße. Ich will mit einem Mann schlafen!

Um etwas von meiner Liste zu streichen, füge ich schnell noch hinzu.

Aber trotzdem.

Ich schaue zu Luke, der gerade ein Kissen aufschüttelt und zwischen seinen Kopf und das Kopfteil vom Bett steckt. Mein Blick wandert zu seinen Lippen und ich erinnere mich daran, was er gesagt hatte: *Wir können es gern zusammen tun.*

Nicht nur zusammen tun.

Gern zusammen tun.

Das heißt doch, dass er genauso neugierig ist wie ich, oder?

Die Frage ist nur: Wie nehme ich sein Angebot an?

~

ICH TRAUE MICH NICHT, IHM DIREKT ZU ZEIGEN, WAS ICH WILL — bis zum Morgengrauen.

Ich kann mich nicht mehr daran erinnern, wann ich eingeschlafen bin — oder ob wir den letzten Film noch geschaut haben. Ich drehe mich etwas, während ich die Augen öffne, und fühle das warme Gewicht eines Arms, der sich um meine Taille gelegt hat. Mein T-Shirt ist ein Stück hochgerutscht, sodass Lukes Arm direkt auf meiner Haut liegt. Ich schmiege mich noch enger in seine Umarmung und fühle, wie seine Haut an meiner reibt. Dann presse ich meinen Rücken und Arsch so vorsichtig und schläfrig an ihn wie möglich.

Er reagiert nicht, also wackle ich noch ein bisschen hin und her.

Da plötzlich rührt sich Luke und ich fühle, wie die Decke sich bewegt, als er seinen Kopf hebt.

Eine Welle der Angst überrollt mich und ich schließe schnell meine Augen.

„Bist du… wach?“ fragt Luke.

Ich kneife meine Augen noch fester zu. Dann legt Luke seine Hand auf meine Schulter und drückt sie, bis ich flach auf dem Rücken liege.

„Du *bist* wach", sagt er und klingt überrascht.

Ich verrate mich und schlucke. „Nein, bin ich nicht", sage ich, „ich schlafe wirklich richtig fest."

Sein Lachen rollt durch mich hindurch und er schiebt eines meiner Beine zur Seite. Und bevor ich mich versehe, ist er auf mich geklettert. Als ich sein Gewicht auf mir spüre, öffne ich die Augen.

Jetzt bin ich an der Reihe, überrascht zu sein. Das überschreitet alle Kumpel-Grenzen.

Er starrt mich mit einem weichen, belustigten, glücklichen und — ziemlich heißen — Gesichtsausdruck an. „Du hast dich an mir gerieben", sagt er und mein ganzer Körper brennt vor Verlegenheit. Ich will in der Matratze versinken. „Bist du… neugierig?"

Ich beiße mir auf die Lippe. „Ich will einfach… ein Tabu brechen. Wenn… naja… wir etwas ausprobieren könnten… du musst natürlich nicht…" Meine Worte klingen erbärmlich in meinen Ohren und mein Kopf sagt mir, dass das Ganze keine gute Idee ist.

Unglücklicherweise bin ich dank Luke, der auf mir liegt, richtig hart geworden, und mein Schwanz lässt mich wissen, dass er immer noch ganz scharf darauf ist, es, naja, *auszuprobieren.*

Ich zähle bis **3,** bevor Luke reagiert.

Sein Ausdruck ist zurückhaltend, so wie ich es schon **1000-**mal gesehen habe, wenn er unsicher ist. Doch dann schließt er die Augen und ein Grübchen wirft einen kleinen Schatten auf seine Wange. „Sag mir, was du willst."

Was ich will. Ich stelle es mir lebhaft vor und fühle, wie mir ein Hitzeschwall zu Kopf steigt. „Ich weiß nicht, was ich will."

Er nickt und gleitet sanft von mir herunter. Mir fehlt sofort sein warmes Gewicht.

„Aber ich will es ausprobieren", gebe ich zu.

Er hält sich die Augen zu und macht dann ein Geräusch irgendwo zwischen einem Lachen und einem Ächzen. „Scheiße. Ich kann es nicht. Kann. Es. Nicht."

Ich drehe mich auf die Seite. „O.k., ist in Ordnung. Ist mir klar, dass es ein bisschen zu weit geht. Ich muss dieses Tabu ja nicht mit dir brechen", sage ich.

Er liegt ganz still da. Und dann, nach einem scheinbar nicht enden wollenden Moment, fragt er: „Willst du mir sagen, dass du es auch mit einem anderen Typen ausprobieren würdest?"

Ich hebe die Schultern, was er nicht sieht, also versuche ich, es in Worte zu fassen. „Es ist ja nicht so, dass ich besonders gut darin bin, jemanden zu verführen. Keine Ahnung, ob ich überhaupt einen anderen Kerl kriege."

„Glaub mir", sagt er und starrt an die Decke, „das schaffst du schon."

„Na *du* bist ja auch kaum auf meine Flirtversuche angesprungen. Und du kennst mich, also würde ich wetten, dass es nicht klappt. Aber wer weiß…"

Luke dreht sich auch auf die Seite und schaut mir fest in die Augen. Er öffnet seinen Mund, schließt ihn aber wieder, ohne etwas zu sagen. „Ich will nicht, dass jemand anderes mit dir… das Tabu bricht", kommt es schließlich aus ihm heraus.

„Willst du nicht?"

Er blinzelt und schaut zum Fenster. „Einem dahergelaufenen Typen", murrt er zwischen zusammengepressten Zähnen hindurch, „wird egal sein, wie es dir dabei geht. Wenn… wenn du schon rummachen willst, dann mit jemandem, dem du vertraust." Er schaut mir ins Gesicht. „Wir lassen es einfach langsam angehen. Du kannst mir jederzeit sagen, wenn du aufhören willst."

„Naja“, sage ich und werde schon vom Reden rot, „ich dachte mir, wir sollten es einfach mit einem Mal durchziehen. Es wird ja sicher wehtun und so, und ich möchte das nicht so in die Länge ziehen.“

Luke rollt sich wieder auf den Rücken und bedeckt sein Gesicht mit beiden Armen. Dieses Mal ist es auf jeden Fall ein Ächzen, das er ausstößt. Er schüttelt den Kopf. „Nein“, sagt er schließlich, „auf keinen Fall. Wenn wir… wenn ich das tue, dann machen wir es richtig. Und das heißt, wir machen es langsam.“

Ich stütze mich auf meine Ellenbogen. „Wie langsam meinst du?“ Ich will es erledigt haben, bevor ich **30** bin. Und das ist in **2** Wochen.

Er nimmt seine Arme runter und starrt mich an. „So langsam, wie ich es sage.“ Er beugt sich zu mir und seine nächsten Worte streichen über meinen Nacken, sodass ich sie sofort bis hinunter in meine Leistengegend spüre. „Und auch wenn wir nur rumprobieren, werde ich dafür sorgen, dass wir es genießen.“

Ich blinzele ein paar Mal heftig. „Das kling…“ Ich muss schlucken. „Klingt gut.“

Kapitel Vierundzwanzig

LUKE

Heilige Scheiße. Was mache ich hier? Worauf habe ich mich da gerade eingelassen?

Ich springe aus dem Bett und hebe meine Jeans vom Boden auf. Sam streckt sich hinter mir aus und ich zögere ein wenig, bevor ich ihn über meine Schulter hinweg ansehe.

Da sitzt er, mit zerzausten Haaren und zerknittertem T-Shirt, lächelnd und gleichzeitig die Stirn runzelnd, die Bettdecke über den Beinen. Auch wenn er fast dreißig ist, sieht er viel zu jung für einen Vater aus. Ich wünsche mir oft für ihn, dass alles anders gelaufen wäre und er die Zeit gehabt hätte, herauszufinden wer er ist und was er vom Leben will.

Vielleicht hätte er dann all diese Experimente schon hinter sich und ich müsste nicht hier sitzen und mir Vorwürfe machen, dass ich seinem Tabubruch zugestimmt habe. Und dann wäre ich auch nicht so aufgeregt.

Aber es ist besser, etwas zu haben und zu verlieren, als es nie gehabt zu haben, richtig?

Wenigstens weiß ich so, dass er sicher ist und jemand auf ihn eingeht. Denn ich werde vorsichtig und rücksichtsvoll sein. Und auch wenn er es nicht wissen wird, werde ich ihm doch mehr geben als nur Sex — jede Berührung wird aus Liebe sein.

Und was passiert danach? Wenn ihr fertig seid und er dich nicht zurückliebt? Ich schiebe meine Ängste weg.

Sam schaut zu mir auf, während ich weiter meine Jeans anziehe.

„Heute ist Jeremys Spiel“, sage ich, in der Hoffnung, dass es mich ablenkt. Davon, mich umzudrehen, auf ihn zu springen und mit meinen Lippen über jeden süßen Zentimeter seines Körpers zu streichen. „Du solltest langsam deinen Hintern aus dem Bett bewegen.“

Er schaut etwas enttäuscht drein, aber steht auf.

Anspannung liegt in der Luft, als wir uns auf Jeremys Spiel vorbereiten — als ob unsere Nerven bis zum Zerreißen gespannt sind, voller Erwartung, was als Nächstes passieren wird.

Ich kann mich kaum aufs Fahren konzentrieren und Sam muss mich mehrmals auffordern schneller zu fahren — oder zu bremsen. Ich versuche, meine Schultern zu rollen und mich zu entspannen, aber nichts scheint zu helfen.

Wenigstens scheint Sam genauso angespannt zu sein. Er spielt immerzu an seinem Gurt herum und summt leise vor sich hin.

Als wir an einer Ampel anhalten müssen, drehe ich mich zu ihm und er sieht mich an. Er blinzelt und schaut zum Radio. „Musik?“

Ich nicke und trommle mit meinen Daumen gegen das Lenkrad. „Klar.“

Wir sprechen beide kein weiteres Wort bis wir an der

Kresley Intermediate ankommen. Ich steige aus und gehe zur Beifahrerseite. „Greif dir mal meine Hose", sage ich.

Sam erstarrt. „Ich weiß ja, dass ich gern wilder sein will", sagt er mit gedämpfter Stimme, „Aber doch nicht *so* wild. Wir stehen vor einer Schule."

Was zum…? Und dann fällt der Groschen. Ich lache so laut, dass Sam die Stirn in Falten legt. Als ich auf meine Sporthose auf der Rückbank zeige, stößt er einen Fluch aus und läuft knallrot an.

„Naja", sagt er und kichert in sich hinein, „jetzt ist wohl klar woran ich denke."

Und in diesem Moment passiert es.

Ich denke nicht mehr nach.

Ich lehne mich zu ihm und küsse ihn sanft auf den Mund. Nur ein kurzer, zarter Kuss, bevor ich mich über ihn beuge und meine Hose nehme.

Und erst als ich die Bälle von der Ladefläche hole und ein paar Schritte gehe, wird mir klar, was ich getan habe.

Ja, wir haben uns auf ein Experiment geeinigt, aber ich bin mir ziemlich sicher, dass er dabei nicht an keusche Küsse zwischendurch gedacht hat.

Ich schlucke die Übelkeit, die plötzlich in mir aufsteigt, herunter und drehe mich wieder zu ihm.

Sam hat eine niedliche Falte über seiner Augenbraue und zwei seiner Finger berühren seine Lippen. Er sieht so verloren und verwirrt aus, dass ich ihn am liebsten ganz fest in die Arme schließen möchte bis er wieder weiß, wo vorne und hinten ist.

„Äh", sagt er, „ist das ein Teil unserer Abmachung?"

„Naja…", ich lasse das Wort in der Luft hängen und zucke mit den Schultern. Gott sei Dank sind wir die ersten hier und ich habe uns nicht noch mehr blamiert. „Möchtest du, dass es so ist?"

„Ich weiß… es nicht. Vielleicht ist es besser, wenn niemand sonst davon weiß? Sonst gibt es doch nur Fragen. Obwohl, vielleicht würde es Jeremy ja bei seinem Coming Out helfen?" Er beantwortet seine eigene Frage mit einem Kopfschütteln. „Aber er wird auch nur denken, dass es total verrückt ist, Luke. Weil *du* es bist."

Ich nicke. Mehr als ich sollte — aber ich kann nicht aufhören. Denn ich weiß, dass ich heulen muss, sobald ich aufhöre zu nicken. „Ja klar, ich verstehe."

Ein Kleinbus fährt auf den Parkplatz. Carole mit dem halben Team.

Sam schaut in die gleiche Richtung und winkt. Ich möchte hingehen und sie alle begrüßen. Ich weiß, dass ich das tun sollte. Aber ich brauche noch einen Moment.

Ich werfe die Tasche mit den Bällen und Netzen über meine Schulter und gehe auf den Platz, um aufzubauen.

Scheiße. Scheiße. Scheiße.

Ich bin so blöd. So verdammt blöd und durchgeknallt.

Wie kann ich dieses verdammte Experiment abbrechen? Aber dann fällt mir ein, dass Sam es dann einfach mit jemand anderem tun wird. Und diesen Gedanken ertrage ich nicht.

Ich entwirre einen Knoten in einem Netz. Auf keinen Fall, verdammt nochmal. *Niemals*. Ich reiße mich zusammen und lasse mich jetzt nicht von irgendwelchen Gefühlen durcheinander bringen.

„Oi, Luke!"

Jack kommt in seinem schwarz-weiß-gestreiften Schiedsrichter-Outfit auf den Platz. Mein Shirt und meine Pfeife liegen irgendwo unter dem Haufen Bälle.

„Jack." Ich nicke ihm zu und baue weiter die Tore auf.

Er kommt rüber und hilft mir. Scheinbar spürt er meine Laune, denn er sagt kein Wort. Zumindest nicht bis wir fertig sind und sich die beiden Teams an der Seitenlinie warm machen.

„Darf ich fragen?" sagt er und beobachtet Sam, wie er die Seitenlinie auf und ab läuft.

Ein raues Lachen entrinnt meiner Kehle. „Vielleicht lieber nicht. Aber ich bin ein Idiot, soviel ist sicher."

„Ja", stimmt er mir zu. Er kommt näher und klopft mir auf die Schulter. „Aber du bist ein verliebter Idiot. Das kann man verzeihen."

Ich wende mich Jack zu und sehe seinen warmen, fürsorglichen Blick. Ich wünschte mir, ich könnte ihn so lieben, wie er es einst wollte. Es wäre so viel einfacher, wenn ich seine Gefühle erwidert könnte. Ich räuspere mich. „Danke, Alter."

Er nimmt eine Pfeife aus seiner Tasche und hängt sie sich um. „Kein Ding."

„Und nochmal danke fürs Pfeifen."

„Du schuldest mir ein Mittagessen."

Ich grinse, während ich nach meinem Shirt grabe. „Geht klar."

„Und jetzt zieh' dich endlich um, und lass uns das Spiel starten."

Es ist ein knappes Spiel. Beide Teams sind talentiert und frech genug, ein Stadion zu unterhalten. Jeremy und Steven glänzen in der ersten Hälfte mit ihrem Können, aber nach einem bösen Foul klappt bei Steven nichts mehr.

In der Pause gehe ich zu ihm und nehme ihn zur Seite. „Du bist doch verletzt, oder?"

Er versucht, sich nichts anmerken zu lassen, aber er verzieht sein Gesicht bei jedem Schritt.

„Ist es eine Zerrung? Oder was verdreht?"

Jeremy schaut zu uns rüber und runzelt die Stirn. Aber ich denke, er weiß ganz genau, dass sich sein Freund verletzt hat. Egal, ob sie deshalb verlieren, aber ich muss ihn auswechseln.

Als ich ihm das sage, protestiert er zwar, aber nicht lange.

„Mist, Mr. Luke. Er hat mich geschubst. Sie haben's doch gesehen."

„Ja, und er hat dafür Gelb bekommen. Aber du kannst dir sicher sein, dass Jack und ich genau hinschauen. Du weißt doch, dass ich keine schmutzigen Aktionen auf dem Platz dulde."

Simon kommt zu uns. Er schaut sich Stevens Knöchel an. „Mensch, ist alles in Ordnung? Jeremys Mutter hat Eis da. Du solltest was draufpacken."

Ich bemerke, dass Steven ganz still geworden ist, nun da Simon neben uns steht. „Ähm, ja", murmelt Steven. „Okay."

Steven humpelt zu Carole, die ihn mit einem Lächeln zu sich winkt. Ich finde es seltsam, wie Simon ihn stützt und zu Carole bringt, während Jeremy… nichts macht.

Passt er einfach auf, dass keiner was merkt? Oder steckt da noch was anderes dahinter?

Jack ruft mich und unterbricht meinen Gedankengang. „Wollen wir weitermachen?"

Ich schaue auf die Uhr und nicke. Anschließend setze ich die Pfeife an und pfeife zur zweiten Hälfte. Dann grinse ich Jack an. „Los geht's."

Kapitel Fünfundzwanzig

SAM

Die **2**te Hälfte des Spiels ist noch intensiver. Ohne Steven fehlt Jeremy ein Partner für seine Spielzüge. Er läuft in Position und will auf den Flügel passen, aber dann ist dort niemand. Zumindest niemand, der seine Gedanken so lesen kann wie sein Freund.

Ich bin während des ganzen Spiels aufgeregt und nervös — und es liegt nicht nur am Fußball selbst. Die gesamte **1**te Hälfte war ich davon abgelenkt, wie Luke rennt. Ich habe ihn schon tausendmal laufen sehen, aber irgendwie sehe ich ihn jetzt durch ein Art Sexfilter, denn jede seiner Bewegungen heizt mich mehr und mehr auf.

Dieses Tabu zu brechen — oder auch nur darüber nachzudenken — scheint mich wirklich anzumachen. Ich sehe, wie sich seine Muskeln bei jedem Schritt spannen, wie sich seine Brust unter seinem T-Shirt abzeichnet, wie kleine Schweißtropfen seinen Nacken hinunter rinnen und glitzern …

Ich frage mich, wie er aussieht, wenn wir beide nackt sind.

Ich frage mich, ob *ich* ihn genug anmachen werde.

Ich frage mich, warum zum Teufel ich an nichts anderes mehr denken kann als an Sex. *Mit einem Mann.* Ich bin wohl wirklich in meiner Midlife-Crisis.

Und dann denke ich an unseren Kuss auf dem Parkplatz und erschaudere. Diese **2** Sekunden waren vollkommen unerwartet, etwas, das wir nicht nochmal tun sollten.

Aber… Lukes Lippen, so sanft auf meinen… hmmm, ja. Es hat mich von innen gewärmt. Es hatte so etwas Süßes und Berührendes, wie ein warmes Schnurren tief in meinem Bauch. Es war nichts sexuelles, es war einfach… wohlig. Wie eine Umarmung mit den Lippen. Und wie oft wollte ich ihn schon umarmen? Einfach um ihm zu zeigen, wie froh ich bin, dass er da ist?

Ich beiße mir auf die Unterlippe, während Luke **1**mal lang in die Pfeife bläst und den Oriental Lions einen Freistoß gibt.

Warum sollten wir denn die Küsse aus unserem Experiment ausschließen? Was würde es schon schaden? Solange Jeremy nichts davon mitbekommt… Denn das meinte ich ernst: Er soll es nicht wissen. Der Junge hat gerade genug große Veränderungen, in seinem Leben und bei seiner Mutter. Er muss sich nicht auch noch Sorgen darum machen, was ich so treibe. Vor allem, wenn es in **2** Wochen schon wieder vorbei ist.

Jeremy würde wahrscheinlich total ausflippen, wenn er erfährt, dass nicht nur er, sondern auch noch sein Vater schwul ist.

Nicht schwul! Nur… neugierig.

Da schreckt mich eine weibliche Stimme auf und ich drehe mich um — zu Carole.

Sie hebt eine Augenbraue und schüttelt den Kopf. „Wo warst du denn gerade mit deinen Gedanken?“

Das willst du gar nicht wissen.

„Du bist ja ganz rot im Gesicht. Mannomann, mein Irokese, was geht denn da in deinem Kopf vor?“ Sie kommt näher und fühlt mein gepierctes Ohr. „Er hat also keine Scherze gemacht.“

Ich zucke mit den Schultern. „Wie geht's Jeremy seit du mit ihm geredet hast? Lenkt er langsam ein?“

Carole seufzt und ein Luftzug weht eine Strähne in ihr Gesicht. Sie schiebt sie wieder hinter ihr Ohr. „Sagen wir mal so: Ich bin im Moment nicht sein Lieblingselternteil.“ Ihre Stimme ist angespannt, aber sie lacht trotzdem. „Mit deiner… was auch immer du gerade durchmachst, und meinen Neuigkeiten haben wir gute Chancen, die „Versager-Eltern des Jahres“ zu werden.“

Sie verschränkt die Arme und sieht, wie die Oriental Lions den Ball aufs Tor schießen. Der Torwart springt und begräbt den Ball unter sich. Wir atmen beide die Luft aus, die wir angehalten hatten. Das Spiel steht weiterhin **0–0**.

Als der Ball in Sicherheit ist, schaue ich Carole an. „Wie hast du es verkraftet, **30** zu werden? Und dass unser Sohn bald **15** wird?“

Sie prustet vor Lachen. „Ach, Gott. Ich hab eine Pyjama-Party geschmissen. Meine Freundinnen waren da und wir haben bis zum nächsten Morgen Mojitos getrunken. Das hatte ich schon immer mal machen wollen…“ Sie sagt nicht *als Teenager*, aber das muss sie auch nicht, ich höre es trotzdem.

Ich lege meinen Arm ums sie und drücke sie an mich. Trotz allem, was wir durchgemacht haben, ist sie immer noch eine meiner besten Freundinnen. Aber für die Liebe hätte es nicht gereicht. Dazu waren zu viele Emotionen, war zu viel Trauer zwischen uns beiden. Aber wir haben uns immer unterstützt. Vor allem am Anfang, als wir uns nicht mal von unseren Eltern helfen lassen wollten.

„Und zu Jeremys 15. Geburtstag…“ Carole schließt ihre

Lippen und denkt kurz nach. „Ich bin ganz froh, dass er nicht das Gleiche machen wird wie du.“

Ich küsse sie auf die Stirn. „Wir haben einen großartigen Sohn. **2**mal *falsch* ergibt wohl doch *richtig*.“

Wir bleiben nebeneinander stehen und feuern unsere Jungs an — bis zum Ende des Spiels, bis zum Ende der Nachspielzeit und auch noch im Elfmeterschießen.

Es ist totenstill und wir halten den Atem an.

Endlich ertönt der Schlusspfiff und der Gewinner steht fest.

3-2 für die Hutt Penguins!

Auf dem Platz ist jetzt die Hölle los. Das eine Team schmollt aber das andere jubelt ausgelassen. Luke und Jack bringen die Teams noch dazu, sich aufzustellen und sich die Hand zu geben. Aber sobald sie unter sich sind, klatschen sich Jeremy und Darryl ab und schreien vor Freude. Simon rennt auf Steven zu, der zu den anderen herüberhumpelt, und springt ihn an, woraufhin beide zu Boden fallen und lachen. Der Torwart wird auf Schultern umhergetragen.

Ich suche Luke. Überrascht sehe ich, dass er mich beobachtet. Ich verabschiede mich von Carole, die mir noch einen Klaps auf den Hintern gibt, und bahne mir dann meinen Weg durch das Chaos. „Hey Schiri, gutes Spiel.“

Jack antwortet für Luke. „Danke!“

Luke rollt mit den Augen und wischt sich mit dem Unterarm den Schweiß von der Stirn.

Eine frische Brise bläst über den Platz und weht Lukes Duft zu mir herüber. Ich stelle mir vor, wie würzig er schmecken würde. Schon ist da wieder diese Hitze in meinem Nacken und die Art, wie Luke mich ansieht, macht es nur noch schlimmer. Sein Lächeln lässt seine Grübchen wieder hervortreten — und ich frage mich sofort, wie sie sich unter meiner Zungenspitze anfühlen würden.

Luke geht los, so als wolle er an mir vorbei, hält dann aber an meiner Seite an und lehnt sich zu mir, bis sein Mund ganz nah an meinem Ohr ist. „Bist du mit deinem Kopf noch immer da wo ich denke?"

Ich werde noch roter. „Ja, ich kann es nicht verhindern."

„Dann tu's nicht." Seine Stimme kitzelt mich bis in meine Lenden, die sofort darauf reagieren. Ich vergrabe meine Hände in den Hosentaschen und antworte auf die einzige Art, die mir noch möglich ist, mit einem Nicken.

Er lacht leise und lässt mich stehen.

Ich frage mich, wie er nur so selbstsicher sein kann, und wie ihm das, was wir tun — oder bald tun werden — überhaupt nicht zu stören scheint. Ich wünschte, ich wäre etwas mehr wie Luke, so voller Selbstvertrauen.

„Hallo, Mama", höre ich Jeremy in einiger Entfernung sagen. „Wir gehen jetzt zu Pizza Hut und danach noch ins Kino."

Carole antwortet: „Pass auf dich auf, o.k.? Und sei um neun zu Hause."

Jeremy nickt und rennt los, ohne auch nur „Bis später" zu sagen.

Ich schüttele den Kopf. „Ich hoffe, er ist schlauer als ich in seinem Alter." Mein Blick wandert wieder zu Luke. *Und schlauer als ich es gerade bin.*

Kapitel Sechsundzwanzig

JEREMY

Im Pizza Hut ist die Hölle los. Die Oriental Lions werfen mit Schimpfwörtern nur so um sich, aber wir teilen genauso gut aus wie wir einstecken.

Steven klaut die Oliven von meiner Pizza, während ich mir seine Jalapeños schnappe. Nach außen schaff' ich es ganz gut, cool zu bleiben. Aber innerlich denk' ich die ganze Zeit an *Mama* und unseren *Umzug*. Ich will gar nicht drüber nachdenken, dass alles hier — alles was ich hier habe — bald weg ist.

Ich stochere in meinem Essen rum. Ich hatte Steven gestern alles erzählt, also weiß er, was in mir vorgeht.

„Ich hatte gehofft, unser Sieg würde dich auf andere Gedanken bringen", sagt er und kaut auf einem frittierten Mozzarella-Stick herum.

Ich zucke mit den Schultern.

Mein Handy vibriert und als ich es aus der Tasche hole, ist

da eine Nachricht von Suzy: *Gutes Spiel. Willst du rüberkommen und euren Sieg feiern?*

Na *diese* Ablenkung könnte tatsächlich funktionieren.

Ich lehne mich zu Steven rüber und zeige ihm die Nachricht. „Ich weiß, eigentlich gehen Kumpels vor, aber ich hoffe es ist o.k. wenn ich mich abseile."

Er schüttelt den Kopf. „Du und dein winziger Schwanz, ihr könnt ruhig gehen und Spaß haben. Ich komm' klar."

Das lass' ich mir nicht zweimal zu sagen. Kaum bin ich aufgestanden, sitzt auch schon Simon neben Steven. Ich frag mich, was bei den beiden geht, als ich mich auf den Weg zu Suzy mache.

Aber als ich vor ihrer Tür stehe, verschwende ich schon fast keinen Gedanken mehr daran.

Und ich habe es endgültig vergessen, als mich Suzy in ihr Schlafzimmer zieht.

„Ich bin echt froh, dass wir mal ein bisschen alleine sind", haucht sie und kommt gleich zur Sache. Sie presst sich an mich und ich mach' drei Kreuze, dass Luke die Duschen nach dem Spiel für uns aufgeschlossen hatte.

„Ja." Mein Atem geht schwer und wird noch schwerer, als sie meine Hand unter ihren Rock schiebt. „Du hast keine Ahnung, was ich alles aufgefahren habe, damit wir in den Ferien zusammen sein können."

Sie lacht. „Echt?"

Ich lasse meine Hand langsam an ihrem Schenkel nach oben wandern. Und obwohl ich so spitz wie Nachbars Lumpi bin, bin ich trotzdem total nervös. Ich will nichts machen, was sie nicht will, und ihr die Zeit geben, die sie braucht.

„Ja, echt. Steven und ich spielen ein schwules Paar, damit mich meine Eltern in Ruhe lassen."

„Und das hat er einfach so mitgemacht? Fand er das nicht eklig?"

Und fast verplappere ich mich. Fast sage ich, *Äh, nein.* Aber irgendwo hab ich noch ein Stück gesunden Verstand übrig und nicke einfach. „Ja, aber er ist mein bester Freund und wollte mir helfen."

Sie schaudert, aber ich denke nicht weiter drüber nach. Alles jenseits von meinen Fingern an ihrem Höschen und meinem Käpt'n, der noch mehr ungezogene Dinge tun will, nehme ich nicht mehr wahr.

Suzy hebt ihr Höschen an der Seite an, damit ich meine Finger reinschieben kann.

Sie ist weich und feucht und ich kann meine Finger nicht weiter unter ihr Höschen schieben, weil meine Hand feststeckt — aber das ist egal, denn schon wie sie sich an meinen Fingerspitzen anfühlt, gibt mir den Rest.

Ich komme in meine Hose. Es fühlt sich für einen Moment lang großartig an, aber kurz darauf ist es mir superpeinlich und ich stottere herum.

Suzy scheint sich nichts draus zu machen. Ihr steht der Stolz ins Gesicht geschrieben, dass sie mich so weit bringen konnte. Sie kichert und küsst mich. „Vielleicht kommen wir ja nächstes Mal ein Stückchen weiter. Ich zeig dir, wo das Bad ist."

Nachdem sie die Badezimmertür hinter mir geschlossen hat, schaue ich in den Spiegel und fluche. Aber ich muss auch grinsen, denn: Wow, ich hab nicht nur einen geblasen bekommen … Ich hab auch ein Mädchen da unten gefingert. Und es war überwältigend.

Und sie möchte, dass ich das wieder mache — das, und noch viel mehr! Das reicht fast aus, dass mir Mama und *Greg* gerade total egal sind.

Aber nur fast.

Kapitel Siebenundzwanzig

LUKE

In der Theorie sieht alles gut aus. Jeremy ist bei seiner Mutter und wir sind allein zu Hause. Wir haben einen ganzen Abend und eine ganze Nacht, alle Zeit der Welt, um es uns gemütlich zu machen und es schön langsam angehen zu lassen.

Aber dann geht alles schief, angefangen damit, dass mein Auto in der Nähe vom Strand von Petone einen Platten hat. Ich habe zwar einen Ersatzreifen dabei, aber ich kann ihn nicht wechseln, weil mein Wagenheber in Sams Honda liegt — 20 Minuten Fahrzeit von hier entfernt. Und dann fängt es an zu regnen.

„Wenigstens hast du noch einen Parkplatz gefunden", sagt Sam. Irgendwie findet er die ganze Sache wahnsinnig komisch, während ich langsam das Gefühl bekomme, dass mich eine höhere Gewalt daran hindern will, Sex zu haben.

„Sieht so aus“, sage ich und schaue die Straße hinauf, „als ob das ein Zeichen ist.“

Sams Lachen verebbt und er windet sich in seinem Sitz. Er beißt sich auf Unterlippe, die ich so gerne wieder schmecken würde. „Ein Zeichen?“

„Ja. Vielleicht sollten wir nicht in die Federn springen und den Kuchen einfach essen. Vielleicht sollten wir den Kuchen erstmal backen.“

Er sieht mich an, als ob ich jetzt vollkommen den Verstand verloren habe. Ich öffne meinen Gurt und lehne mich rüber zu ihm, um auch seinen zu öffnen.

„Naja“, füge ich hinzu, „ich erinnere mich daran, dass du noch nie ein Date hattest.“

Sams Blick wandert von mir hinüber zu den Restaurants am Straßenrand. „Ich hatte als Teenager kein einziges Date. Als Erwachsener war ich auf ein paar, aber sie waren alle nicht besonders erfolgreich.“

„Ich weiß“, sage ich und kann mein Grinsen nicht unterdrücken. „Aber wenn du schon all die verlorenen Jahre nachholst, solltest du doch auch die verpassten Dates nachholen.“

„Wir sind zwei Kerle.“

„Details.“

Seine Hand fällt in seinen Schritt, aber er kann seine Erregung nicht vor mir verbergen. „Ich finde schon, dass es nicht nur Details sind.“

„Aber was ist schon dabei, dass wir zwei Kerle sind? Können wir nicht zusammen ausgehen, wenn uns danach ist?“ Ich lehne mich rüber und lege meine Hand auf sein Knie. Ich schiebe sie nach oben, während ich rede und er schnappt nach Luft, als ich seinen gespannten Schwanz durch seine Jeans hindurch drücke und reibe. „So sehr wie ich das hier fühle — so sehr möchte ich mit dir ausgehen.“

„Luke!“ Sams Blick findet den meinen und neben all seiner

Besorgnis und Verwirrung sehe ich auch den Hunger in seinen Augen. Er läuft rot an und das lässt meinen Schwanz vor Aufregung pochen. „Du bist ja *wirklich* scharf auf ein Date mit mir."

Ich lache in mich hinein, lecke meine Lippen und nähere mich seinem Ohr. „Ich möchte, dass deine Liste so unvergesslich wie möglich wird." So unvergesslich, dass er sie wieder und wieder abarbeiten möchte. Mit mir.

Mein Gott, ich muss der dümmste Mensch auf Erden sein.

Die ganze Sache kann doch nur nach hinten losgehen… und am Ende bin ich am Arsch. Und das nicht auf eine gute Art.

Aber es ist zu spät. Es passiert. Ich verbanne alle Einwände in eine dunkle Ecke ganz hinten in meinem Kopf und konzentriere mich darauf, dass Sam es tun möchte. Und wenn ich es nicht mit ihm tun kann, dann tut es jemand anderes.

Und das werde ich nicht zulassen.

„Unvergesslich, ja." Sam windet sich und reibt sich an meiner Hand. Und ich gebe ihm was er will und streichle ihn durch den straff gespannten Stoff hindurch. Ich mache gern so lange weiter wie er will, aber nach einer Minute greift er meine Hand und hält sie fest. „Wenn du nicht aufhörst, komme ich gleich hier. So lange ist es schon her." Zitternd atmet er aus. „Und ich möchte mich auf unserem Date nicht wie eine verschrumpelte, klebrige Trockenpflaume fühlen."

Ich lache. Sam nimmt meine Hand und legt sie mit einem Zwinkern auf meinen eigenen Ständer. Seine Offenheit und Verspieltheit gefällt mir. Ich fühle mich warm und flauschig, so als würde ich grinsen, ohne je wieder aufhören zu können.

„Na gut, dann lass uns was essen und ein Glas Wein trinken. Und dann nehmen wir ein Taxi nach Hause."

Sam schaut aus dem Fenster und zögert. „Ich, ähm, ich habe erst wieder Zahltag am…"

Ich unterbreche ihn. „Ich hab den Vorschlag gemacht, also kann ich auch zahlen. Und wenn es dir Spaß macht, mit mir auszugehen, kannst du ja das nächste Mal zahlen, o.k.?“

Er zögert. „Das nächste Mal?“ Einen Moment später öffnet er seine Tür und nickt fast unmerklich. „Ähm, o.k.“

Kapitel Achtundzwanzig

SAM

Das Abendessen war gut. Die zwei Gläser Wein noch besser.

Der Kuss auf dem Rücksitz des Taxis? Am besten.

Luke beginnt damit, seine feuchten Lippen langsam über meine gleiten zu lassen. Ich schlucke einmal und lasse mich dann tiefer von ihm küssen. Er taucht mit seiner Zunge in meinen Mund, dreht und wirbelt sie vorsichtig, neckt und schmeckt meine. Ich muss trotzdem daran denken, dass der Taxifahrer das alles sieht, und reagiere etwas steif.

Luke nimmt mein Gesicht in seine Hände und fährt langsam mit einer Hand durch mein Haar. Seine Fingerspitzen streifen meinen Nacken und bringen meine Haut zum Kribbeln.

Ich vergesse den Fahrer.

Ich kann nur noch diesen Kuss sehen, hören, schmecken

und fühlen. Und das Versprechen auf etwas Befreienderes als alles, das ich je gefühlt habe.

Endlich kommen wir zu Hause an. Luke steckt dem Fahrer ein paar Scheine zu, nimmt meine Hand und zieht mich auf seiner Seite aus dem Wagen.

Wir haben kaum ein Wort gewechselt, seit wir ins Taxi gestiegen sind. Und auch jetzt reden wir nicht. Ich folge ihm zu seinem Haus.

Während er mit seinen Schlüsseln hantiert, muss ich schnell nacheinander heftig schlucken. Wie soll es jetzt weitergehen?

Ich bin froh, dass Luke die Führung zu übernehmen scheint. Ich mag es, dass ich mir keine Gedanken machen muss. Er hat es schon immer geschafft, mir dieses sichere Gefühl zu geben. Es ist manchmal so, als ob er meine Gedanken lesen kann; er weiß, was ich will, und er sorgt dafür, dass ich es bekomme.

Aber das hier ist für uns beide Neuland und ich will auch mithelfen, es zu erforschen.

Ich schaue in den dunklen Vorgarten, als ob ich dort irgendeinen Hinweis finden würde, der mir weiterhilft, aber dort ist nichts.

Ich weiß nicht genau, was ich tun soll, aber ich bin aufgeregt genug, dass ich nicht zu viel darüber nachdenke. Und als sich Luke aufs Sofa setzt, setzte ich mich auf seinen Schoß.

Das Zischen, das er daraufhin ausstößt, verrät seine Überraschung, aber die spürbare Beule in seiner Hose macht deutlich, dass er genauso viel Lust hat wie ich.

„Fühlt sich das gut an?“, frage ich, halte mich an seinen Schultern fest und reibe meinen Schritt an seinem, hoch und runter.

Er flucht, greift mich im Nacken und zieht mich in einen intensiven Kuss. Ich bin froh, dass er sich so leicht darauf einlässt, und lache zwischen seinen nach Tiramisu schmeckenden Küssen in mich hinein.

„Was ist denn gerade so lustig?“

„Du“, sage ich. „Ich hätte gedacht, dass es für uns viel schwieriger sein würde, uns gehen zu lassen, aber… ist das letzte Mal für dich auch so lange her wie für mich?“

Ich weiß, dass er Dates hatte und dass er einige Male über Nacht weggeblieben ist. Ich weiß das, weil ich mitbekommen habe, wenn er weggefahren und erst am nächsten Morgen wiederkommen ist. „Weißt du, was mir gerade klar geworden ist?“, frage ich, während ich an seinem T-Shirt rumfummele und meine Hände über seinen harten Bauch gleiten lasse. „Du hast keine deiner Verabredungen mit zu dir nach Hause gebracht. Magst du mit niemandem in dein eigenes Bett steigen?“

Er lehnt seinen Kopf an die Couch und sieht mich mit einem schüchternen Blick an, der meinen Magen hüpfen lässt. „Doch, das mag ich schon.“

Ich schaue meinen Fingern dabei zu, wie sie mit seinem T-Shirt spielen. Wenn ich seine Haut berühre, zuckt sein Bauch leicht. „Aber warum…“

„Es ist bloß…“ Ich schaue auf. Seine Augen sind geschlossen und die Haut ist an den Seiten in kleine Fältchen gelegt. Er atmet tief ein und seine Brust hebt sich. „Es ist bloß so, dass ich noch niemanden getroffen habe, den ich mit nach Hause bringen wollte.“

Ich lasse sein T-Shirt los. Mir ist klar, dass ich eine wunde Stelle getroffen habe. „Du wirst jemanden finden“, sage ich. Auch wenn ich den Gedanken hasse, dass ich ihn irgendwann mit jemandem teilen muss, möchte ich, dass er glücklich ist. „Versprich mir einfach, dass ich trotzdem noch eine Rolle in deinem Leben haben werde.“

Er hebt seinen Kopf, und der Klang seiner Stimme lässt

mich erschauern. „Du wirst bei mir immer die Hauptrolle spielen."

Seine Hände fassen sanft meine Seiten und rutschen nach unten bis sie auf meinen Hüften liegen. Er lehnt sich nach vorn und berührt vorsichtig meine Lippen. Er zieht sich wieder zurück und sieht mich mit einem unlesbaren Gesichtsausdruck an. Er nickt, als ob er eine stumme Frage beantwortet.

Mit einer federleichten Berührung legt er seinen Mund wieder auf meinen, erwischt den Mundwinkel und bewegt seine Lippen über meinen Dreitagebart hin zu meinem Hals. Dann wandert er zu meiner empfindlichsten Stelle unter dem Ohr.

Dort hat mich noch nie jemand geküsst und ich schnappe nach Luft und komme ihm noch näher. Ich fühle mich leicht und kribbelig, so als ob ich wegschwebe…

Und wieder liest Luke meine Gedanken. Mit kräftigem Druck streicht er mit seinen Händen über meine Hüften hin zu meinem Arsch und drückt mich auf ihn, hält mich fest, gibt mir Bodenhaftung. Mein angespannter Schwanz reibt an Lukes und obwohl wir angezogen sind, ist diese Berührung so intensiv, dass ich leise stöhne.

Seine Lippen liebkosen weiter meinen Nacken und ich spiele mit Lukes Haar, so wie er, als er mir die Haare gefärbt hat.

Meine Gefühle haben vollkommen die Kontrolle übernommen und ich kann gar nicht darüber nachdenken, warum sich alles so gut anfühlt, warum es so mühelos ist oder warum es so viel behutsamer und zärtlicher ist, als ich es mir vorgestellt hatte.

Ich hatte echt gedacht, dass wir das nicht hinkriegen würden. Dass wir uns bei unseren „Experimenten" vor Lachen nicht einkriegen würden — aber jetzt fühlt es sich überhaupt nicht mehr lächerlich an.

Luke knabbert sich bis zum Ausschnitt meines T-Shirts und

hinterlässt eine feuchte Spur, die sich in der Abendluft kühl anfühlt. Ich zittere und ziehe ihn so eng wie möglich an mich heran. Dann gleiten meine Hände unter sein T-Shirt und auf seine Brust.

Luke stöhnt, als ich seine Brustwarze finde und zwischen Daumen und Zeigefinger drehe. Sein Atem wärmt dabei meine Vorderseite. Es freut mich, dass es ihm genauso gut gefällt wie mir. Da bearbeite ich auch seine andere Brust. Diesmal krümmt er sich zu mir und murmelt etwas.

Ich möchte weiterspielen und seine Reaktionen austesten, aber langsam lässt die Wirkung des Weins nach und ich werde wieder… klarer. Ich muss wohl erstarrt sein, denn Luke zieht sich zurück und sieht mich an. „Alles o.k. bei dir? Willst du aufhören?"

Ich schüttele den Kopf. „Ich… nur wenn du aufhören willst… aber irgendwie…"

„Was?"

Ich schaue auf unsere Schenkel hinunter und dann schnell wieder von unseren Latten weg. Ich weiß, dass ich so rot angelaufen bin wie eine verdammte Jungfrau, aber noch kann ich darüber lachen. „Ich hab keine Ahnung, was ich hier tue. Ich werde langsam ein bisschen nervös wegen dem was gleich kommt."

Luke nimmt mein Kinn in seine Hand und dreht meinen Kopf, sodass ich ihn anschaue. Er lächelt warm. „Es muss gar nichts kommen. Wir können einfach so noch ein bisschen rummachen. Zwei Kerle auf der Couch… das ist ja schon ganz schön wild. Vielleicht reicht das ja?"

Ich nicke, aber eigentlich will ich mehr. Und ich frage mich, warum es mir nicht reicht. Da mir keine Antwort einfällt, verfolge ich den Gedanken nicht weiter. „Das hier ist für dich überhaupt nicht seltsam, oder?"

„Doch, wenn ich ehrlich bin. Ein bisschen."

Ich versuche, wieder von ihm wegzurücken und ihm wieder

den nötigen Kumpel-Abstand zu geben, aber er legt seine Hände auf meine Schultern und hält mich fest.

„Wenn du es seltsam findest, das mit einem anderen Kerl zu machen“, sage ich, „warum scheinst du dann so unglaublich selbstsicher zu sein?“

Er seufzt, nimmt eine Hand von meiner Schulter und reibt sich die Stirn. „Glaub mir, bin ich nicht. Selbstsicher, meine ich.“

„Ich will nicht, dass du denkst, dass du das hier mit mir tun *musst*, Luke. Es ist schließlich meine blöde Liste, nicht deine. Du musst nicht mitmachen.“

Er massiert meine Arme, während er weiterspricht. „Wenn dir schon jemand bei der Liste hilft, sollte ich das sein.“

Ich seufze, erhebe mich langsam von seinem Schoß und lasse mich neben ihm auf die Couch fallen. Mein Schwanz sehnt sich weiterhin nach dem großen Finale, aber ich weiß jetzt überhaupt nicht mehr weiter. Obwohl ich so gern weitermachen würde. Ich schaue auf Lukes Schritt und er scheint das gleiche Problem zu haben.

„Naja, zumindest *hasst* du das hier nicht.“

Ich weiß nicht genau, wie es passiert, aber in einem Moment sitze ich noch und im nächsten Moment ist Luke auf mir und wir beide liegen, ich mit dem Rücken auf dem Sofa, unsere Körper aneinandergepresst.

Mein Atem geht stoßweise, als ich ihn ansehe. Seine Nase berührt meine. „Du willst mehr, Sam“, sagt er mit sanfter Stimme. „Das sehe ich doch. Wenn ich mich um dich kümmern soll, dann werde ich das tun.“

Ich kann nur nicken.

Was Antwort genug ist. Luke küsst mich heftig und rau — und ich bin atemlos.

„Das wirst du nicht vergessen“, sagt er, schiebt mein T-Shirt nach oben und lässt seine Finger über meinen Bauch zu meiner Brust gleiten. Er sieht zu mir auf und lächelt. Dann verschwindet er aus meinem Blickfeld und lässt seinen Mund zu meiner gepiercten Brustwarze wandern. Seine heiße Zunge malt Kreiste um meinen Nippel herum.

Ich greife gierig nach seinem Rücken und wünsche mir, ich könnte mich so drehen, dass ich mein Stöhnen in seinem weichen Haar ersticken kann, während er sanft am Metall saugt und zieht.

Vielleicht werde ich den Ring doch behalten.

Er beißt die Haut rundherum und saugt und atmet. Ich wiege meine Hüften gegen seinen Bauch. Dann pflanzt er Küsse auf meine haarlose Brust, bis hin zu meiner anderen Brustwarze. Ich weiß nicht, was sich besser anfühlt: das Schnalzen seiner Zunge, während meine Brustwarze hart wird, oder die kühle Luft an der anderen Brustwarze, die er gerade zurückgelassen hat.

„Ich— ich *mag* das.“ Meine Stimme klingt überrascht, und das bin ich auch!

Luke schnurrt tief aus seiner Brust heraus. „Du *magst* das nur?“, fragt er, während er sich küssend zu meinem Bauch vorarbeitet.

„Naja, wenn wir es bewerten wollten, wäre es eine **6**“, sage ich. In Wirklichkeit wäre es eine **10**, aber das kann ich ihm nicht sagen.

Er kreist spielend mit der Zunge um meinen Bauchnabel herum, bevor er sie darin versinken lässt. „Na gut, eine **7**“, stöhne ich und werfe meinen Kopf nach hinten.

Luke lacht in sich hinein und das Lachen ist tief und männlich und lässt die Haare unter meinem Bauchnabel vibrieren.

Er hakt seine Daumen unter den Bund meiner Jeans und streicht über meine Haut. Ich neige mich zu ihm und denke, dass mich all das eigentlich verlegen machen sollte, aber ich will nicht aufhören. Was auch immer jetzt passieren wird, ich denke — nein, ich *weiß* es verdammt noch mal — dass ich es will.

Denn dann kann ich es abhaken, denke ich. *Es geht nur um die Liste.*

„Du weißt, dass ich immer gewinnen will", murmelt Luke und fährt mit seiner Zunge am Bund meiner Shorts entlang. „Wenn wir fertig sind, erwarte ich mindestens eine Neun Komma Fünf."

Eine **9,5**. Mein Gott, wie wird sich das erst anfühlen? Werde ich das aushalten?

Luke öffnet meinen Hosenknopf und Reißverschluss. Mein Schwanz federt heraus und gegen seine Nase, aber bevor ich mir darüber Gedanken machen kann, spüre ich schon Lukes Atem durch den Stoff hindurch an meinem Schaft.

Ich zittere. Ich komme nicht mal mit einer **8** klar, geschweige denn mit einer **9,5**.

Sein Mund schließt sich um mich und meine Shorts und er brummt etwas. Mein Schwanz pulsiert als wolle er darauf antworten. Luke saugt durch den Stoff hindurch. Die Reibung treibt mich dazu, mir das nächste Kissen zu schnappen und an mich zu drücken. Ich drücke es auf mein Gesicht und es riecht nach Luke, nach gerösteten Nüssen und einem Hauch von Schweiß.

Ich atme den Duft ein und halte die Luft an. Ich lasse sie nur langsam wieder entweichen, jedes Mal, wenn Luke an mir zieht.

Aber schon bald wird es mir unter dem Kissen zu heiß und ich stoße es von mir.

„Heb' deine Hüften an", befiehlt Luke, lehnt sich nach vorn und bearbeitet wieder meine Brustwarzen. Ich stemme mich nach oben und er nutzt die Chance, meine Hose und Shorts nach unten zu ziehen.

Ich murmele etwas, ohne genau zu wissen was, bis Luke

mich ansieht und seine Grübchen sein Gesicht zum Strahlen bringen. „Jetzt doch eine Neun?“

Eher eine **19**, aber was soll’s. Ich kümmere mich schon lange um nichts mehr, am wenigsten darum, dass ich das beste Vorspiel meines Lebens mit einem Mann habe.

Lukes feuchte Lippen berühren meine Eichel. Er umrundet sie einmal mit seiner Zunge und hält dann auf dem Spalt inne. Ich atme zitternd aus und presse meinen Schwanz nach vorn. Seine Hände massieren meinen Arsch, und er lässt seinen Mund langsam um mich herum nach unten sinken.

Ich kann mich nicht mehr zurückhalten und stoße ihm in den Mund. Ich kriege noch ein „Sorry“ ‘raus, aber Luke scheint es nicht zu hören. Oder es stört ihn nicht. Er saugt an mir und seine Wangen bewegen sich, während sein Mund immer wieder hoch und runter gleitet, sodass ich wieder und wieder in ihn eintauche.

Ich fluche. Laut und lange. Verdammte *Scheiße*! Ich bin nur noch ein Bündel Nerven und werde es nicht mehr lange halten können. Ich verliere langsam aber sicher die Kontrolle und will wieder etwas gebändigt werden.

Und auch das scheint Luke zu spüren. Er weiß, dass er mich festhalten muss, und greift meinen Arsch mit genau der richtigen Stärke, sodass ich mich wieder fange.

„Ich komme gleich“, stöhne ich und versuche, mich von seinen Lippen zu entfernen. Doch Luke gräbt seine Fingernägel in meine Haut und hält mich in der gleichen Position.

„Neun Komma Fünf! Neun Komma Fünf!“ Mein Kopf fällt nach hinten, als ich ein letztes Mal in ihn stoße. Meine Hände ziehen an seinen Haaren, während ich in **3, 4, 5** Schüben in seinem Mund komme. Er schluckt und melkt meinen Orgasmus so wie ich es noch nie zuvor gefühlt habe.

Dann zieht er sich zurück, bevor es zu intensiv für mich wird. Ich setze mich auf. Als mich Luke ansieht, fallen mir seine roten, geschwollenen Lippen auf. „Alles o.k. bei dir?“, frage ich.

Sein ganzer Körper bebt vor Lachen und er lehnt sich zu mir, sodass sein Gesicht nur noch Zentimeter von meinem entfernt ist. „Ja, sehr. Darf ich dich küssen?“

Irgendetwas an seiner Frage irritiert mich, aber ich nicke. Der Kuss ist sanft und vorsichtig, vor allem, weil ich seine Lippen nicht noch weiter zerschrammen will.

Aus dem Augenwinkel sehe ich, wie seine Hand zu seinem Schwanz fliegt. Ich löse mich aus unserem Kuss und stammele: „Ich denke, ich sollte… mich revanchieren.“

Ich erhebe mich vom Sofa und ziehe meine Hose hoch. Dann gehe ich zwischen Lukes Beinen auf die Knie, aber er legt seine Hand auf meine Stirn, bevor ich mich nach vorn beugen kann, um seine Hose aufzuknöpfen.

„Du musst das nicht machen. Nicht wegen mir. Ist schon o.k.“

Ich setze mich wieder hin. Ich hab keine Ahnung, wie man jemandem einen bläst und seufze erleichtert.

Aber ein großer Teil von mir will sehen, wie mein Freund kommt. Ich will, dass er auch weiß, wie großartig es ist, wenn jemand seinen Schwanz mit der Zunge massiert und tief in seinen Mund saugt. Auch wenn es ein Kerl ist.

Ich will ihm einfach eine Freude bereiten.

Er ist immer so großzügig, will immer geben, geben, geben, aber wenn es ums Nehmen geht, hält er sich zurück. Er erwartet nichts und ich wünschte mir manchmal, er würde etwas erwarten. Ich wünschte, er wüsste, wie sehr ich etwas zurückgeben möchte.

Und ich weiß, wir machen nur 'rum und er verdient noch so viel mehr, aber wenigstens kann ich *das* für ihn tun.

„Ich möchte das tun“, sage ich und ziehe mit bebenden Fingern seinen Reißverschluss herunter. „Bitte.“

Ich schiebe meine Daumen unter seinen Hosenbund und ziehe.

„Bist du…“

„Ja, ich bin sicher. Heb’ an.“

Er hebt seinen Hintern gerade so weit, dass ich seine Hose und Shorts herunterziehen kann.

Ich muss schlucken. Er ist in etwa so groß wie meiner, aber sein Schwanz ist dicker, mit einer dunklen, hervorstehenden Vene an der Seite. Ich hab keine Ahnung, wie ich diese **20** cm in den Mund bekommen soll.

Meine zittrigen Hände liegen auf seinen Schenkeln, während ich mir überlege, was ich als nächstes tue. Ich komme langsam näher. Der Knoten aus Nervosität und Aufregung in mir drin wird immer fester.

„Wenn du…“

Luke gibt mir nochmal die Chance, auszusteigen, aber ich bringe ihn mit einem bösen Blick zum Schweigen. Mein Strenger-Vater-Blick funktioniert. Er lächelt und schließt den Mund.

Aber das Lächeln verschwindet sofort wieder, als ich mich in einem Ansturm von Selbstvertrauen nach vorn lehne und ihn in meinen Mund nehme.

Luke macht ein zischendes Geräusch, aber an der Bewegung seiner Hüften merke ich, dass es ihm gefällt. Er schmeckt warm und salzig und die Haut an seinem Schaft liegt samtig unter meinen Lippen. Es ist… fremd, aber nicht schlecht. Vielleicht etwas unheimlich.

Ich bewegen meinen Mund hinauf und hinab und lasse meine Zunge spielen, so wie es Luke vorher getan hat. Er legt seine Hände auf meinen Kopf, aber zieht sie gleich wieder zurück und ballt sie neben sich zu Fäusten.

Zweimal muss ich würgen und mich zurückziehen. Doch dann finde ich einen guten Rhythmus. Mit meiner Hand massiere ich seine Basis, um es noch intensiver zu machen.

Er sagt meinen Namen und es macht mich an, wie er so

übermütig über seine Lippen kommt. Ich will ihm noch mehr geben. Mit meiner freien Hand suche ich unter seinem T-Shirt nach seiner Brustwarze und rolle sie zwischen meinen Fingern, während ich weiter sauge.

Er stöhnt und hält dann inne. „Sam, ich…"

Ich weiß, was er sagen wird, und denke kurz darüber nach aufzuhören, aber ich will jetzt wissen, wie ein Mann schmeckt. Also sauge ich ein letztes Mal und er erschaudert und kommt in meinem Mund. Ich schlucke aus dem Reflex heraus und bleibe bei ihm, bis er fertig ist, so wie er es bei mir getan hat.

„Bitter", sage ich. Aber nicht so eklig wie ich erwartet hätte. „War das gut für dich?"

Ein Schleier aus Lust liegt auf seinen Augen und dann ist da auch noch etwas Sanfteres. Zuneigung. Anstatt mir zu antworten, lehnt er sich zu mir herüber und küsst mich. Sanft und süß. Ich hatte gesagt, dass ich das nicht will. Dass wir nicht küssen sollten.

Aber…

Vielleicht hatte ich gelogen, denn ich will sie, die Küsse. Sie passen einfach so gut. Sie machen alles intensiver und ich mag sie. Sehr.

Vielleicht zu sehr.

Ich mag es, wie sie Schmetterlinge in meinen Bauch zaubern und mein Herz zum Rasen bringen. Dass sie mir sagen, dass ich Luke die gleiche Freude bereiten konnte wie er mir. Aber am meisten gefällt mir, wie behaglich ich mich fühle. Als ob ich etwas richtig gemacht habe.

Luke drückt seine Stirn an meine. „Es hat sich unglaublich gut angefühlt, Sam."

„Hmmm… ich hätte nie gedacht, dass es sich so gut anfühlt, dieses Tabu zu brechen, so zu sündigen."

Luke zieht seine Stirn zurück. „Du glaubst doch nicht wirklich, dass es eine Sünde ist, wenn zwei Männer zusammen sind, oder?"

Ich verfluche meine schlechte Wortwahl. Wie kann ich nur so etwas Gedankenloses sagen? Und wie kann Jeremy mir je vertrauen und sich outen wenn er denkt, dass ich so denke? „Ich denke nicht, dass es falsch ist“, sage ich schnell zu Luke. „Aber es ist schon ein Tabu, weißt du? Niemand redet darüber — als ob es verboten ist. Man weiß nie, wie jemand darauf reagieren wird, und das macht es schwer, darüber zu reden oder sich zu outen.“

Luke nickt und legt seine Stirn wieder an meine. Für eine kurze Zeit atmen wir gemeinsam, aber dann kriege ich einen Krampf im Bein und muss mich anders hinsetzen. Ich setze mich gerade auf, strecke mich und will dann ins Bad gehen. Und irgendwie wird daraus plötzlich ein Wettrennen, wer von uns zuerst dort ankommt.

Ich mache das Rennen, aber ich werde den Verdacht nicht los, dass Luke mich im letzten Moment hat gewinnen lassen.

Kapitel Neunundzwanzig

LUKE

Ich lasse ihn gewinnen.

Wie könnte ich auch anders? Ohne es zu wissen, hat Sam mir etwas Kostbares geschenkt – einen intimen Moment, in dem ich ihn so glücklich machen durfte. In dem er sich so geöffnet hat wie nie zuvor und unter meinen Berührungen zerfloss.

Ich lehne mich zitternd an die Wand außerhalb des Badezimmers und atme aus. Es war der erotischste Moment meines Lebens.

Oh Gott, und ihn dann zu sehen — zu *fühlen* — wie er dieses Geschenk erwiderte. All meine Träume wurden wahr und für einen kurzen Moment war meine Welt genauso wie sie sein sollte. Als ob wir zusammenwohnten, gerade von der Arbeit nach Hause gekommen waren und die Zeit, in der Jeremy nicht im Haus war, für einen Quickie nutzten.

Ich fahre mit meiner Hand über meine Lippen. Sie sind

ganz empfindlich und wenn ich mit meiner Fingerkuppe darüberstreiche, bin ich wieder mitten in unseren Küssen.

Sam hatte gesagt, er will keine Küsse zwischendurch. Und auch wenn es genaugenommen keine solchen Küsse waren — schließlich waren wir mitten in unserem „Experiment“ — so fühlten sie sich doch… anders an. Sie schmeckten nach mehr als Sex — nach Freundschaft und danach, wieviel wir uns bedeuten.

Sie waren liebevoll und das ging nicht nur von mir aus. Sam ging es genauso. Ich weiß es. Ich lächele, als er aus dem Bad kommt. Er läuft rot an, als er mich ansieht, und versucht dann mit einem Schulterzucken die Verlegenheit loszuwerden. „Du kannst jetzt“, sagt er, lässt seinen Blick kurz über mich gleiten und fixiert dann irgendeinen Punkt an der Wand neben mir.

Ich stoße mich von der Wand ab und gehe in Richtung Bad. Neben Sam halte ich kurz inne. „Ich hoffe, es war für dich auch unvergesslich.“

„Es war interessant“, erwidert er.

Und sofort hasse ich dieses Wort aus tiefster Seele.

„Wie war es für dich?“, fragt er. „Bist du immer noch nervös?“

Ich will ihn nicht anlügen und ich will auch keine Witze darüber machen. Ich sehe ihm direkt in die Augen. „Irgendwie, ja, macht es mich schon noch nervös.“ —*Weil du es bist. Weil ich will, dass das hier echt ist. Und du hast keine Ahnung* —„Aber es fühlte sich großartig an, Sam. Ich habe es wirklich genossen.“ *Mehr als du dir je vorstellen kannst.*

Sein Grinsen erlischt und eine Falte macht ihren Weg durch seine Braue. Er nickt und verlagert sein Gewicht auf den anderen Fuß. Auf einmal ist der Punkt an der Wand wieder hochinteressant.

Ich halte es nicht aus, auf seine Reaktion zu warten. Ich habe tierische Angst, dass sie mir nicht gefallen wird, also gehe ich weiter ins Bad. Die Tür fällt hinter mir ins Schloss und lehne meinen Kopf an den Spiegel. Wie kann es sein, dass man gleichzeitig so himmelhoch jauchzend und zu Tode betrübt sein kann?

Ich gönne mir ein lautes, sarkastisches Lachen und wasche mich.

Als ich aus dem Bad komme, sitzt Sam auf meiner Couch und glättet eines meiner Kissen. Irgendwie hatte ich erwartet, dass er schon weg wäre.

Er sieht mich und wirft mir das Kissen zu. Ich fange es und werfe es zwischen meinen Händen hin und her.

„Ich werd' mich mal besser auf den Weg machen", sagt er und erhebt sich. Ich fühle, dass das noch nicht alles war, was er mir sagen will, sonst wäre er sicher schon los.

Ich warte und schließlich kommt er rüber zu mir und hält genau auf der Grenze des Kumpel-Abstands an. „Danke, Luke. Nicht nur für das Vergnügen auf deiner Couch. Auch für das Date. Und… du hast gesagt, wenn mir jemand mit meiner Liste hilft, dann solltest du es sein…"

Sam hebt die Brauen und seine braunen Augen finden meinen Blick. „Das gefällt mir. Es passt einfach."

Er schaut mich länger an als sonst und ich möchte so vieles in diesen Blick hinein interpretieren, aber dann schaut er weg und tritt einen Schritt zurück. „Na gut. Ich muss jetzt mal langsam schlafen gehen. Wir sehen uns morgen." Er lächelt mich an. „Vielleicht kannst du mir dabei helfen, ein Tattoo zu designen."

Als er aus der Tür hinausgeht, rufe ich ihm hinterher, dass er das lieber bleiben lassen soll. Wenn er auch nur darüber *nachdenkt*, seinen Körper weiter zu verschandeln, dann sperre ihn ein und werfe den Schlüssel weg.

Ich weiß, dass er mich nur aufzieht. Und ich bin froh darüber, dass damit das letzte bisschen Verlegenheit verflogen ist.

Wieder im Haus mache auch ich mich bereit zum Schlafengehen. Ich nehme meinen Laptop mit ins Bett und suche nach Dingen, die Sam und ich nächste Woche ohne Jeremy unternehmen könnten.

Ich brauche nicht lange, bis ich eine Idee habe. Das Organisieren dagegen dauert noch ein paar Stunden länger.

Als ich endlich damit fertig bin, stelle ich meinen Laptop auf den Nachttisch und nehme mein Telefon.

Nach 3-mal Klingeln geht er ran.

„Luke?“ sagt er und klingt überrascht, dass ich ihn anrufe.

„Bist du im Bett?“

„Ja, ich lese. Hab das Buch fast fertig.“

„Gut, dann solltest du danach aber wirklich an der Matratze horchen.“

„An der Matratze horchen?“

Mein Grinsen wird breiter und ich frage mich, ob er hören kann, wie aufgeregt ich bin. „Ja, du wirst deinen Schlaf brauchen. Morgen geht’s früh raus.“

„Damit wir dein Auto in die Werkstatt bringen können?“

Ach Mist, das hatte ich ganz vergessen. Aber der Truck würde warten müssen. „Nein, das ist es nicht. Es ist ein bisschen… spontaner.“

Kapitel Dreißig

JEREMY

Ich sitze in der Küche und schaue Mama dabei zu, wie sie mit dem Eierkuchenteig kämpft. Ziemlich unterhaltsam. Ich hab sie gefragt, ob sie Hilfe braucht, aber sie hat nur abgewunken. Es ist ihr Kampf.

Ich beschwere mich nicht. Ich liebe Eierkuchen, und solange sie irgendwann fertig werden, ist alles in Ordnung.

Als das Telefon klingelt, springe ich auf, denn ich warte auf einen Anruf von Steven.

Aber dann höre ich Papas Stimme in der Leitung. Und er klingt… naja, man könnte es *lebhaft* nennen. So in etwa wie ein tollwütiges Eichhörnchen auf Steroiden…

Mama beschimpft das Rührgerät, als ihr noch mehr Teig um die Ohren fliegt.

Ich schüttele den Kopf. Wenn ich mir meine Mama hier so ansehe und mir anhöre wie mein Papa gerade redet… kommt es mir so vor, als wär' ich von wilden Tieren aufgezogen worden.

Ich muss kichern. „Was hast du denn genommen, Papa?"

Er hält kurz inne und sofort ist mir klar, dass ich mir den Scherz hätte sparen sollen, denn schon ist sein Vater-Ton wieder da. „Ist Carole da? Ich muss mit ihr reden. Ich bin diese Woche nicht zu Hause."

Irgendwo im Hintergrund höre ich eine Stimme durch eine Gegensprechanlage und es klingt verdammt nach... „Wo genau bist du?" Ich gehe zu Mama und werfe einen Blick in die Schüssel, über der sie hängt. Ich weiche den Teigfetzen aus und klopfe etwas Mehl von ihrem Arm ab, als sich das tollwütige Eichhörnchen wieder meldet.

„Am Flughafen. Luke hat ganz spontan eine Reise in den Süden organisiert."

„Was hat er gemacht? Ohne mich?"

Luke muss unser Gespräch mitgehört haben, denn plötzlich höre ich seine Stimme. „Streng dich nächstes Schuljahr ein bisschen mehr an, dann nehmen wir dich beim nächsten Mal mit."

Mama schaut mich an und formt lautlos die Frage „*Wer ist das?*" mit dem Mund.

Papa lacht, als ich ihr genauso lautlos antworte: *Papa.*

„Gib mir jetzt deine Mutter."

„Sie ist beschäftigt", sage ich.

„Ist sie nicht", sagt Mama, wischt sich den Eierkuchenteig aus dem Gesicht und schnappt sich blitzschnell und entschlossen das Telefon.

Ich lege meinen Kopf auf den Tisch. Wahrscheinlich sollte ich ihn gleich decken, aber ich hab keinen Bock.

Mama murmelt etwas und lacht, und nachdem sie Luke noch ins Gewissen geredet hat, dass er Papa ja wieder in einem Stück zurück bringen soll, legt sie auf. „Mit Haien schwimmen. Herrje! Dein Vater ist endgültig ausgeflippt."

„Er ist total durchgeknallt“ sage ich. Ich muss daran denken, wie betrunken er letzte Woche war, und kann mein Grinsen kaum unterdrücken. Dieses Detail habe ich für mich behalten. Ich kann zwar manchmal gemein sein, aber vollkommen bösartig bin ich bestimmt nicht.

„Und wie kommt es, dass du Eierkuchen machst, noch dazu an einem Montag?“

„Ich hab heute frei.“

„Oh. Warum das denn?“

Mama durchsucht die Schubfächer in der Küche und findet schließlich eine Kelle. „Da ist sie ja.“ Sie schaut zu mir. „Deckst du bitte den Tisch?“

Ich stehe langsam vom Stuhl auf und hole die Aufstriche: Marmelade, Erdnussbutter und Ahornsirup.

„Ich wollte wenigstens einen Ferientag mit dir verbringen. Und weil ich am Freitag Überstunden gemacht habe, brauchte ich nicht mal einen Urlaubstag zu nehmen.“

Als ich die Teller aus dem Schrank nehme, sagt Mama: „Drei Teller, Jeremy.“

In dem Moment fühle ich, wie sich meine Nackenhaare aufstellen. „Drei?“, frage ich und merke, wie sich mein ganzer Körper versteift. „Warum denn?“

Sie sieht mich eindringlich an und ich weiß schon, was kommt, auch wenn ich es nicht hören will. „Greg komm zu Besuch. Er möchte dich gern kennenlernen. Er wird jeden Moment hier —“

Ich schiebe die Teller zurück in den Schrank. „Eigentlich hab ich gar keinen Hunger.“

„Jeremy.“ Mama hat ihren Du-hörst-mir-jetzt-zu-Ton in der Stimme. Den Ton, bei dem ich mich normalerweise immer hinsetze und genau zuhöre. Aber in diesem Moment hat er keine Wirkung.

„Macht euch einen netten Morgen zusammen. Ich muss los.“

„Du bleibst, wo du bist, Jeremy, und benimmst dich."

„Ich hab dir gesagt, dass ich keinen zweiten Vater in meinem Leben brauche. Und Greg kann sich ins Knie ficken."

„Hüte deine Zunge —"

„Weißt du, was ich nicht verstehe? Warum kannst du nicht einfach die Wochen mit ihm verbringen, in denen ich nicht hier bin? Wenn der wichtigste Mensch in deinem Leben es ohne dich aushalten kann, dann kann er es doch bestimmt auch."

Die Stimme meiner Mutter bricht. „Ach Jeremy, mein Schatz..."

Aber ich höre ihr nicht mehr zu. Ich unterdrücke die Tränen, renne in mein Zimmer und hole mein Telefon, das Ladegerät und den Schlüssel zu Papas Haus. Und dann gehe ich, ignoriere das Flehen meiner Mutter und mache mir noch nicht mal die Mühe, die Tür hinter mir zu schließen.

Kapitel Einunddreißig

SAM

Am späten Nachmittag erreichen Luke und ich unser Ziel auf Stewart Island: eine niedliche kleine Bed & Breakfast-Pension, die seiner Familie gehört. Diese ganze Reise, der Flug, die Autofahrt und die Fähre — all das hat mir die Sprache verschlagen.

Klar, wir haben uns unterhalten, genörgelt und gelacht, aber gleichzeitig haben wir kein Wort darüber verloren, was diese Reise für mich bedeutet. Es gibt tatsächlich eine Chance, dass ich alles auf meiner *20er Wunsch-Liste* abhaken kann, bevor ich **30** werde.

Die Pensionsmutter zeigt uns unser Zimmer unter dem Dach. Mit seiner schrägen, rohen Holzdecke, den hölzernen Fensterläden an den großen Fenstern, den Kauri-Möbeln und den Patchwork-Steppdecken auf den 2 großen Doppelbetten erinnert mich der Raum an ein Landhaus, und ich fühle mich sofort wie zu Hause.

„Es ist perfekt“, sagt Luke und wirft ihr ein gewinnendes Lächeln zu. „Und nochmals vielen Dank, dass Sie uns so kurzfristig unterbringen konnten.“

Die Dame nickt und verlässt unser Zimmer. Mit einem glücklichen Lächeln auf den Lippen schließt sie die Tür hinter sich.

Ich werfe meinen hastig gepackten Koffer auf das Bett an der Tür und schaue ins Badezimmer. Es ist klein, mit nur einer Duschkabine darin, aber es ist sauber und passt mit seinen massiven Holzschränken und den Stickereien an den Wänden zum Ambiente des Zimmers.

Ich spüre, dass Luke hinter mir steht und über meine Schulter blickt.

„Es ist echt toll hier“, sage ich und beobachte ihn im Spiegel. Er lächelt ein großes, weiches Lächeln und ich glaube, ihm ist nicht klar, dass ich es sehen kann. Bevor er mich ertappt, schaue ich weg.

Als ich mich umdrehe, ist er ein paar Schritte zurückgetreten. Er trägt Shorts und ein T-Shirt mit dem Aufdruck *Keep Calm and Suck It Up*. Er sieht so aus, als hätte ihn der Sommer geküsst.

„Ja“, sagt er und vergräbt seine Hände in den Hosentaschen, „richtig toll.“

Sein T-Shirt ist auf einer Seite hochgerutscht und zeigt ein Stück Haut. Ich versuche, es zu ignorieren, aber es gelingt mir nicht. So geht es mir schon den ganzen Tag lang. Mit all diesen Kleinigkeiten, die mir an Luke auffallen. Zum Beispiel die kleine Narbe in seinem Nacken, die im Sonnenlicht silbern schimmert. Oder die paar wenigen Sommersprossen auf seinen Ohren. Und der blaue Fleck unter seinem Knie.

Ich will ihn danach fragen, aber er soll nicht mitbekommen, wie genau ich ihn beobachtet habe.

Plötzlich muss ich wieder an letzte Nacht denken, an uns beide auf seiner Couch. Die Erinnerung an Lukes Mund auf mir lässt mich schwer schlucken. Keine Ahnung, wie oft ich heute schon so geschluckt habe. **5**-mal? **6**-mal? **20**-mal? Auf jeden Fall ziemlich oft. Aber ich kann einfach nicht aufhören, daran zu denken, was wir getan haben.

Jedes Mal, wenn meine Gedanken wieder um diesen Moment kreisen, wiederhole ich das Mantra: *Es war nur ein Experiment. Einfach nur Rummachen.*

Das war's.

Echt.

Er hebt fragend die Augenbrauen, was mich wieder ins Hier und Jetzt befördert. Ich atme vorsichtig aus und gehe zum Fenster. Von draußen grüßen mich Sand und Meer.

„Muss dich ganz schön was kosten", sage ich und kippe das Fenster.

Luke legt seinen Koffer aufs Bett und öffnet ihn. „Darüber musst du dir keine Gedanken machen."

Ich drehe mich zu ihm und schüttele den Kopf. „Doch, das muss ich, Luke. Du kannst doch nicht erwarten, dass ich das einfach so akzeptieren kann ohne einen Beitrag zu leisten."

Luke lässt seinen Koffer los und kommt zu mir rüber. Er hält den Kumpel-Abstand zwischen uns ein und ich kann nicht einmal genau sagen, warum, aber: Es regt mich auf. Nach dem, was wir gestern getrieben haben, sollte er doch kein Problem mehr mit ein paar kleinen, freundschaftlichen Berührungen haben.

Ich hoffe doch, dass wir uns beide unserer Sexualität sicher genug sind, um nichts in eine Umarmung hinein zu interpretieren.

„Das will ich aber nicht. Und es kostet wirklich nicht die Welt, also mach' dir keine Sorgen", sagt Luke. Seine Stimme ist fest und er setzt diesen typischen Blick auf, den er immer dann hat, wenn er ein Machtwort spricht. Er wird kein Nein gelten lassen.

„O.k.“, sage ich und versuche es anders. „Dann bezahle ich aber morgen wenigstens das Tauchen für uns beide.“

Luke schüttelt den Kopf. „Nein, das wirst du nicht, Sam. Diese Reise ist mein Geburtstagsgeschenk für dich. Bitte genieß’ es einfach.“

„Das ist sehr“, und wieder muss ich schlucken und meine Hände beginnen zu schwitzen. Ich reibe sie an meinen Shorts trocken. „Sehr großzügig. Zu großzügig, wenn du mich fragst.“

Luke zuckt mit den Schultern. „Nee. Du wirst schließlich nur einmal dreißig. Nächstes Jahr geht’s wieder zurück zu den einfachen Geschenken.“

„Essen gehen und ins Kino? Das ist kein einfaches Geschenk! Ich liebe das.“

Lukes Atem stockt. Dann nickt er steif und wendet sich wieder seinem Koffer zu.

Ich beginne ebenfalls mit dem Auspacken. Die Pension ist solch ein Gegensatz zu meinem schäbigen Haus. Als ich meine Klamotten in den Schrank neben Lukes Sachen lege, muss ich daran denken, dass ich auch gern irgendwann in einem so schönen Haus wohnen würde. Mit **3** oder **4** Schlafzimmern, **2** Badezimmern, einer Garage … den ganzen Kitsch und die Steppdecken bräuchte ich ja gar nicht … es wäre nur … schön, ein bisschen was „Erwachseneres“ zu haben.

„Mein Akku ist tot“, murmelt Luke und wirft sein Handy aufs Bett. „Mist. Mein Ladegerät hab ich natürlich auch nicht dabei.“

Er schüttelt den Kopf und packt weiter aus.

Ich kann’s nicht lassen, meine Blicke und meine Gedanken sind schon wieder bei Luke. Ich beiße mir auf die Unterlippe, aber dann reiße ich mich zusammen und frage ihn, was mir schon die ganze Zeit über auf der Zunge liegt: „Warum hast du das für mich gemacht?“ Ich spreche zu Lukes Rücken, während er seine restlichen Sachen aus dem Koffer räumt. Er hält inne und spannt die Muskeln in seinem Rücken an. Ich spreche weiter: „Und ich meine nicht nur, dass du mit mir hierher fährst und mit Haien schwimmst.“ Ich spiele an den Reißverschlüssen meines Koffers herum. Dann nehme ich ihn und schiebe ihn unters Bett. „Warum bist du so cool, während ich solche verrückten und ehrlich gesagt ziemlich *dummen* Sachen mache?“

Wenn ich daran denke, wie besoffen ich letzten Freitag war, zucke ich immer noch zusammen. Ich setzte mich aufs Bett und starre zur Tür.

„Weil du es brauchst“, antwortet Luke leise. Die Matratze biegt sich, als er sich auf die andere Seite des Betts setzt. „Weil du dir eine Auszeit verdient hast.“

„Es ist ja auch nicht für immer“, sage ich und schaue zu der Steppdecke, die zwischen uns liegt. „Ich muss es nur einfach mal rauslassen.“

Die warme Hand auf meiner Schulter schreckt mich auf und ich zucke zusammen. Luke zieht seine Hand zurück und geht wieder auf Kumpel-Abstand. „Solange du dich nicht tätowieren lässt, bin ich zu jeder Schandtat bereit.“

Ich schlüpfe aus meinen Schuhen und drehe mich auf dem Bett zu ihm. „Ich möchte eins klarstellen. Und es hat nichts damit zu tun, dass wir… du weißt schon, rummachen. Es geht weit darüber hinaus.“

Luke erstarrt. „Und was ist das?“

Ich strecke mich zu ihm rüber und gebe seinem Arm einen Knuff. „Dieser Kumpel-Abstand… der ist einfach scheiße. Manchmal will dich einfach knuffen, oder umarmen.“

Als ich das sage, spüre ich, dass ich rot anlaufe, aber es musste einfach gesagt werden. Und ich bin froh, dass es nun raus ist.

Luke atmet mit einem erleichterten Lachen aus und ehe ich mich versehe, hat er mich auch schon in den Arm genommen. „Du hast noch nie ein wahreres Wort gesprochen.“

Ich entspanne mich in seinen Armen, und als ich mich aus

seiner Umarmung löse, streifen meine Zehen über seine Taille. Ich lasse sie so lange dort kreisen bis er lacht und meine Füße schnappt. „Lass' mich los!" sage ich.

„Nein, das werde ich nicht tun." Er drückt fester zu und seine Finger graben sich in meine Haut, so wie letzte Nacht. Und plötzlich erwacht mein ganzer Körper und mein Schwanz wird hart.

Weil du immer noch neugierig bist. Dein Experiment ist noch nicht vorüber.

Genau. Das Experiment.

Wild sein.

Alles rauslassen.

Mehr ist es nicht.

Hastig ziehe ich meinen Fuß zurück und rolle mich vom Bett. Nervosität überkommt mich. „Ich, äh, wie wär's mit 'ner Runde im Meer?"

Luke runzelt die Augenbrauen, aber steht auf und geht zum Schrank. „Klar", sagt er und holt seinen Neoprenanzug raus. „Aber stellt dich drauf ein, dass es kalt wird."

Und das ist auch gut so.

Kapitel Zweiunddreißig

LUKE

Die Abschaffung des Kumpel-Abstands war die beste und die schlechteste Idee, die Sam je hatte.

Die beste Idee, weil ich diesen Abstand schon seit Jahren leidenschaftlich hasse, und weil es sich so gut anfühlt, mir nicht jedes Mal einen Kopf machen zu müssen, wenn ich ihn berühre.

Die schlechteste Idee, weil mich all die kleinen Neckereien und Knüffe, die er mir verpasst, während wir uns sonnen, wahnsinnig anmachen.

Gott sei Dank habe ich mich nach dem Schwimmen auf den Bauch gelegt.

Ich muss mich zusammenreißen, und das schnell.

„Es ist komisch, so weit weg von zu Hause zu sein“, sagt Sam. Er dreht sich vom Rücken auf die Seite und stützt seinen Kopf auf. „Es kommt mir fast so vor, als ob alles, was dort so abgeht … dass Jeremy schwul ist, dass Carole einen Mann kennengelernt hat mit dem sie zusammenziehen will, mein Job ohne Zukunft im Café, mein runtergekommenes Haus, … als ob das alles Probleme von jemand anderem sind. Nicht meine."

Ich verschränke meine Arme und lege meinen Kopf darauf. „Manchmal tut so ein bisschen Abstand echt gut. Damit man die Dinge wieder klarer sieht. Was würdest du dem Typen mit all diesen Problemen denn raten?"

Sam brummt. „Ich würde ihm raten…" Er lässt Sand durch seine Finger rinnen, während er darüber nachdenkt. Der Wind nimmt den Sand auf und verteilt ihn auf meinem Rücken. „Ich würde ihm raten, sich ernsthaft Gedanken darüber zu machen, was er mit seinem Leben anstellen will, und etwas dafür zu tun."

„Was denkst du denn, was für eine Zukunft dieser Typ will?"

„Ich weiß es nicht. Ich denke… Ich denke, insgeheim will er nochmal die Schulbank drücken und seinen Abschluss nachholen. Und vielleicht würde er danach gern auf eine Hochschule gehen und Journalismus studieren, oder etwas in der Richtung."

Ich muss grinsen. „Journalismus?"

Sam wird rot und kneift mich in den Arm. Seine sandigen Finger kribbeln auf meiner Haut. „Ja, so was in der Richtung, o.k.?"

Ich bin noch immer hart, aber ich drehe mich trotzdem auf die Seite. Meine Schwimm-Shorts sind weit genug und sollten es ausreichend verstecken. „Wenn ich dem Typen einen Rat geben könnte, würde ich ihm sagen, dass er es versuchen soll. Einen Kredit aufnehmen, wenn nötig, oder sich um staatliche Unterstützung bewerben, aber er sollte es unbedingt versuchen."

Sam setzt sich auf und blickt hinaus auf die heranrollenden Wellen. „Aber kann er das tun und gleichzeitig einen

Teenager großziehen und auch noch für beide das Essen auf den Tisch bringen?“

In einer Bewegung, die seine widerspiegelt, setze ich mich auch auf. „Ja, das schafft er“, sage ich, „weil da noch die Mutter seines Sohnes ist, die so viel helfen wird, wie sie nur kann. Und, weil es diesen großartigen Nachbarn von nebenan gibt, der so ziemlich alles für die beiden tun würde.“

Sams richtet seinen Blick auf mich, sanft und… zärtlich. Er sagt nichts, sondern lächelt einfach nur, rückt näher an mich ran und nimmt mich in den Arm.

Für mehr als eine Minute sitzen wir einfach so da, bevor Sam sich wieder von mir löst. „Ich, ähm, ich glaub’, ich könnte mich jetzt langsam auf den Rückweg machen und duschen. Ich hab Sand an Stellen von denen du nichts wissen möchtest.“

Er lacht, während er aufsteht und sein Handtuch aufhebt.

Auch ich erhebe mich. Mein Handtuch hänge ich mir um den Hals.

Wir laufen am leeren Strand entlang und überlegen gemeinsam, was wir in dieser Woche auf der Insel alles unternehmen wollen. „Vielleicht schaffen wir sogar einen Teil der dreitägigen Buschwanderung—“ Das letzte Wort bleibt mir im Halse stecken.

Gerade sind wir an einem großen Felsen vorbeigekommen. Und was sich wie kreischende Möwen angehört hatte, entpuppt sich als zwei nackte Menschen, die es dahinter so lautstark treiben, als gäbe es kein Morgen. Ich kann nicht erkennen, wer unten ist, aber der Typ oben stößt und stöhnt, während er rhythmisch seine Arschmuskeln an- und entspannt.

Sam ist neben mir stehen geblieben und starrt das Paar ebenfalls an. Ich muss hart schlucken, als ich Sams Hand in meiner fühle. Meinem Schwanz gefällt, was ich da sehe, und er wird — auch dank Sams Berührung — prompt schon wieder steif.

Ich setze mich schnellstens wieder in Bewegung und zügig

gehen wir zurück zur Pension. Sam bleibt die ganze Zeit neben mir. Als ich zu ihm rüber schaue, fällt mir auf, dass er besonders still geworden ist. Es könnte auch sein, dass die Beule in seinen Schwimm-Shorts weiter gewachsen ist, aber möglicherweise bilde ich mir das auch nur ein.

Keiner von uns sagt auch nur ein Wort darüber, was wir gesehen haben. Stattdessen reden wir nach einer Weile wieder über unsere Pläne für die nächsten Tage. Nur, dass meine Stimme etwas heiserer klingt, und dass Sam viel schneller als sonst zu reden scheint.

In unserem Zimmer suchen wir alles zum Duschen zusammen. Sam geht zuerst und ich strecke mich auf meinem Bett aus und warte. Dabei versuche ich mit größter Anstrengung, mich auf irgendetwas anderes zu konzentrieren als, naja, auf Sex.

Und ich habe nicht den leisesten Erfolg.

Nach rekordverdächtigen zwei Minuten ist Sam wieder da, ein Handtuch um die Hüften. Wasser rinnt aus seinen Haaren auf seinen Oberkörper. Ich drehe mich schnell weg, als er aus dem Bad kommt, damit er nichts von meiner Erregung mitbekommt — aber vermutlich nicht schnell genug, so wie Sam meine Leistengegend anstarrt. „Fertig“, sagt er und schluckt.

Ich nehme mein frisches Handtuch. „Du weißt schon, dass wir im Urlaub sind, oder? Du hättest dich nicht so beeilen müssen.“

Sam zwinkert und geht zu seinem Bett hinüber. „Ich, ähm, klar, stimmt. Aber… ich wollte, dass du auch noch heißes Wasser hast.“

„Das ist lieb von dir, aber nächstes Mal möchte ich, dass du mindestens fünfzehn Minuten unter der Dusche bleibst. *Genieße* es.“

Sam lächelt mich an, als ich ins Bad gehe. „Genießen soll ich, ja? O.k., schon gut, das krieg’ ich bestimmt hin.“

Er sagt es mit einem Funkeln in den Augen, das ich nicht

aus meinem Kopf kriege, als ich mich kurz darauf einseife. Es juckt mir geradezu in den Fingern, meinen Steifen zu nehmen und so lange zu pumpen, bis ich komme. Aber jedes Mal, wenn ich dazu ansetze, habe ich Sams letzten Blick vor Augen.

Es ist nur so ein Gefühl, aber ich denke… ich denke, dass Sam nichts dagegen hätte, noch ein bisschen mehr mit mir rumzumachen.

Als ich fertig geduscht und abgetrocknet bin, gehe ich zurück in unser Zimmer. Und was ich dort sehe, lässt mich unweigerlich erstarren.

Mein Gefühl hatte mich nicht getäuscht.

Sam liegt bäuchlings ausgestreckt auf seinem Bett. Von seinem Handtuch fehlt jede Spur. Sein Gesicht ist mir zugewandt und er beobachtet mich mit diesem Funkeln in den Augen.

„Willst du wissen, wie es ist, sich an einem nackten Kerl zu reiben?“, fragt er mit tiefer, rauer Stimme.

Mein Schwanz schmerzt schon, wenn ich ihn nur ansehe. Wie er so da liegt, die Beine leicht gespreizt, die Arme an den Seiten seines Körpers abgelegt. Seine Finger spielen an den Rändern der Matratze, und —

Ich muss ihm näher sein.

Ich öffne den Knoten in meinem Handtuch und lasse es fallen. Sams Atem stockt und seine Finger scheinen sich tiefer in die Matratze zu graben.

„Willst du einen nackten Kerl an *dir* spüren?“

Er schluckt, dann nickt er. „Ja“, antwortet er und räuspert sich, „weil ich, du weißt schon, neugierig bin. Weil ich experimentieren will. Meine wilde Seite zeigen. Alles 'rauslassen. *Das ist alles.*“

Ich wünschte, er hätte sich seine Liste von Rechtfertigungen gespart. Ich weiß, dass es für ihn nur Neugier ist, aber das würde ich gern vergessen, nur für einen Moment. Ich will mir vorstellen, dass ich zu ihm komme, weil er es möchte, weil er es *braucht*, dass ich ihn berühre und langsam zum Höhepunkt bringe.

Am Bettrand bleibe ich stehen und lasse meinen Blick über ihn schweifen, über seinen langgestreckten, sehnigen Körper mit den schlanken Muskeln. Seine noch leicht feuchte Haut schimmert im verblassenden Nachmittagslicht, das durch die Fenster strömt.

Mein Schwanz pulsiert und will näher bei ihm sein. Sams hörbares Schlucken zeigt mir, dass er es auch will. Ich berühre seinen Unterschenkel und zeichne eine Linie bis zu seinem Knie. Sam atmet tief ein. „Das fühlt sich gut an."

Ich fahre mit meiner Hand zurück zu seinem Fuß und hebe ihn an, während ich langsam seine Fußsohle reibe. „Wann war das letzte Mal, dass dich jemand massiert hat?"

„Mich hat noch nie jemand massiert."

Ich halte inne. *Noch nie?* „Dann sollte das auch auf deiner Liste stehen." Ich lege seinen Fuß ab. „Warte mal kurz."

Sam murmelt etwas, als ich ins Bad gehe. Dort durchsuche ich meine Waschtasche nach einer kleinen Flasche Kokosöl, die ich seit meinem Geburtstag dort drin habe. Es ist ein Geschenk meiner Schwester, die Seifen und Massageöle herstellt.

Sams Augen lachen mich an, als ich zurückkomme.

„Was ist los?", frage ich.

„Ähm, nichts."

Ich drücke die kalte Flasche an seinen Oberschenkel. „Nichts?"

Er lacht auf, tief und kehlig. „O.k., es ist einfach nur, wie du hier so nackt und hart 'rumläufst. Irgendwie bizarr und lustig. In all den Jahren, Luke, hätte ich mir nie vorstellen können, dass ich dich mal so sehe."

„Und ich hab auch nie gedacht, dass ich *dich* mal *so* sehe." Obwohl ich zugeben muss, dass ich es mir *vorgestellt* habe.

„Touché", erwidert er und fügt dann hinzu: „Und jetzt will ich deinen Körper."

Seine Worte lassen meinen Schwanz aufzucken und ich gehe ans Fußende des Bettes, wo er nicht sehen kann, dass ich mich kurz selbst streichele.

„Wie läuft dein Hanteltraining so?" Ich fingere an der Flasche herum und als sie aufpoppt, spritzt eine Ladung Öl heraus und landet auf Sams Wade.

Er zuckt leicht zusammen. „Sport scheint mir nicht so viel zu bedeuten wie dir. Aber ich mache weiter. Was hast du denn da? Riecht wie Kokosnuss."

Ich schütte etwas mehr Flüssigkeit in meine Hand und stelle die Flasche auf die Kommode hinter mir. Dann nehme ich Sams Fuß wieder in meine Hand und beginne, ihn zu massieren. Er stöhnt sofort auf und drückt sein Gesicht ins Kissen. „Das ist Massageöl", sage ich. „Glaub' mir, wenn ich mit dir fertig bin, wirst du wissen, was du bis jetzt verpasst hast." Ich schiebe meine Finger zwischen seine Zehen und achte darauf, jeden Zentimeter seines Fußes zu berühren.

Als ich fertig bin mit dem ersten Fuß, entfährt Sam ein leises Wimmern. „Das war noch lange nicht alles", beruhige ich ihn, nehme seinen anderen Fuß und lasse ihm die gleiche Behandlung angedeihen.

Von dort bewege ich mich nach oben und massiere seine Waden.

Ich habe ein Viertel des Öls verbraucht, als ich mich zwischen seine Beine schiebe und mit seinen Oberschenkeln beginne. Sein Hintern zieht sich jedes Mal zusammen, wenn ich meine Finger tief in seine Muskeln grabe — und mein Schwanz antwortet mit seinem eigenen Zucken. Ich muss mich immer wieder selbst kurz anfassen, damit ich nicht explodiere, während ich ihn bearbeite. Und so sind nach kurzer Zeit auch mein Schwanz und meine Eier von einem glänzenden Ölfilm bedeckt.

Ich massiere seinen anderen Schenkel bis kurz vor der kleinen Falte unter Sams Arschbacke. „Du sagst mir, wenn ich zu stark drücke, ja?“, sage ich und knete und streichele seine Haut.

„Nein, ich…“. Wieder ist Sams Schlucken deutlich zu hören. „Ich mag es, wenn du mich hart anfasst. Das ist… besser.“

Ich lasse meine Hände, die nun beide jeweils auf einem seiner Schenkel liegen, nach oben und über seinen Arsch gleiten. Er hält die Luft an und ich arbeite mich weiter nach oben vor. Als ich mich über ihn lehne, trennen nur noch wenige Zentimeter unsere Körper voneinander.

„Ich setz' mich jetzt auf dich“, sage ich, während ich meine Knie neben seinen Hüften aufsetze. „So kann ich deinen Rücken besser bearbeiten.“

Die Nähte der Steppdecke kratzen. Es fühlt sich angenehm an, wenn auch nicht annährend so gut wie Sams warme, weiche Hüften unter mir. Meine Eier liegen auf seinem Arsch und die ersten Lusttropfen rinnen aus der Spitze meines angespannten Glieds.

Ich nehme die Ölflasche und schütte eine großzügige Menge Öl auf Sams Rücken.

Die glänzende Flüssigkeit läuft an ihm herunter und er erschaudert unter mir. Es muss ziemlich kitzeln und ich spüre, wie sehr er möchte, dass ich meine Hände durch das Öl gleiten lasse und mehr Druck ausübe.

Dann lehne ich mich auf ihn. Er stöhnt und sein Hintern wölbt sich leicht unter mir. „Du kannst das so gut.“

„Ich hab mal einen Kurs gemacht.“

Ich reibe und drücke seinen Nacken und halte ihn fest. Dann beuge ich mich noch weiter herunter, bis mein Mund direkt an seinem Ohr ist. Meine Worte gleiten über seine Wange. „Hab ich dich jetzt hart genug angefasst?“

Er versucht zu nicken und dann räuspert er sich. Seine Stimme klingt durstig. „Ja… ich glaube schon.“

Ich schließe meine Augen und atme das süße Aroma von

Kokosnuss ein, das sich mit Sams eigenem Duft mischt. Sein Haar kitzelt meine Nasenspitze. Dann gebe ich meinem Verlangen nach und vergrabe meinen Mund in der Krümmung an seinem Haaransatz, hinter seinem Ohr. Ich küsse ihn und ziehe mich dann zurück, richte mich auf und rutsche wieder herunter, bis ich, meine Beine neben seinen Oberschenkeln, rittlings auf ihm sitze.

Mit dem letzten Rest Öl von seinem Rücken massiere ich seinen Arsch. Als ich die Seiten meiner Hände in seine Falte gleiten lasse, brummt Sam und drückt dagegen.

Wie er sich so unter mir windet, möchte ich meine Hände nicht von ihm nehmen. Aber ich will mehr Öl.

Jetzt male ich eine Ölspur zwischen Sams Pobacken. Ich werfe die Flasche zur Seite und schiebe einen Finger hinterher. Sam hebt seinen Arsch etwas an. „Zehn, zehn, zehn“, summt er, als ich über seine Öffnung hin zu seinen Eiern streiche.

Als Sam sich wieder bewegt, streicht die Spitze meines Schwanzes über seinen Arsch. „Leg dich auf mich, Luke. Ich will dein ganzes Gewicht spüren.“

Ich drücke Küsse vom Ende seiner Wirbelsäule bis zu seinem Nacken und lasse mich auf ihn sinken. Er fühlt sich so warm und glitschig an und ich unterdrücke einen Seufzer. Dass ich ihm endlich so nah sein kann… Dann lege ich mein Glied zwischen Sams Backen und reibe meine Hände an seinen Armen auf und ab, langsam und fest.

Sams Atem geht unter meinem Gewicht schwerer. Ich webe meine Finger durch seine und drücke. Ein sanftes Stöhnen entfährt ihm und er zieht seinen Arsch zusammen. Er umfasst meinen Schwanz und bettelt geradezu danach, mich zu bewegen. Ich erfülle seinen Wunsch, langsam und entspannt, und schiebe meinen Schwanz über Sams Öffnung, neckend, aber ohne in ihn einzudringen.

Es fühlt sich so gut und *richtig* an, Sam so nah an mich gedrückt zu halten und zu spüren, dass er so leidenschaftlich auf jede meiner Berührungen reagiert. Ich beiße ihn leicht in die Schulter, damit es nicht aus mir herausplatzt, wie sehr ich ihn liebe.

Ich kann diese Worte nicht aussprechen. Sie dürfen mir nicht über die Lippen kommen. Allein meinen Körper darf ich sprechen lassen. Jede meiner Bewegungen ist vorsichtig und liebevoll, mit jeder Bewegung drücke ich aus, wie viel Sam mir bedeutet.

Ich stöhne in seine Haare, als Sam mir seinen Arsch entgegenstreckt und versucht, mit seinen Pobacken meinen Schwanz zu fassen, und ihn in sich hinein zu ziehen. Und es ist so verlockend. Wie er sich mir entgegen wölbt, wie seine Muskeln meine Schwanzspitze umschließen und dorthin ziehen wollen, wo sie hingehört.

Noch halte ich mich zurück. Doch als Sam sich noch weiter an mich drängt und die Spitze meines öligen Schwanzes seinen Ring berührt, stöhne ich tief und stoße in ihn, ganz leicht, bis ich einen Widerstand spüre.

Sam dreht seinen Kopf zu mir und versucht, mich zu küssen. Während er seine rechte Hand unter sich schiebt, um seinen Schwanz zu suchen, drückt er seinen Arsch noch entschlossener gegen mich.

Seine Öffnung pulsiert um meine Eichel und, mein Gott, ich will in ihm sein! Ich will ihm das geben, wonach er mich anfleht. Ich will in ihm versinken und ihn ausfüllen. Ich will ihn lieben.

„Ich hab kein Kondom“, bringe ich gerade so hervor, bin aber doch nicht stark genug, mich zurückzuziehen. Sam grunzt und schiebt sich mir noch weiter entgegen, zu sehr in seiner eigenen Lust versunken um sich Gedanken zu machen.

Aber mir ist es nicht egal. Ich weiß, dass ich gesund bin und ich kann mir auch bei Sam nichts anderes vorstellen. Aber darum geht es nicht. Ich hab‘s noch nie ohne Kondom gemacht und ich will es auch erst dann tun, wenn ich in einer festen, dauerhaften Beziehung bin. Mit jemandem, der mich liebt, und nicht nur *neugierig* ist.

Ich unterdrücke einen Seufzer und ziehe meinen Schwanz zurück. Dann klettere ich von ihm runter. „Dreh dich um, Sam."

Er gibt einen enttäuschten Laut von sich, dreht sich aber zu mir. Sein Blick ist ganz vernebelt vor Lust. *Er mag es. Er mag, was du mit ihm anstellst.* Da schlägt mein Herz noch schneller, noch unregelmäßiger.

Sam zwinkert ein paar Mal und saugt an seiner Unterlippe. Ich lege meine Hände auf seine Schultern und lasse mich wieder langsam auf ihn sinken. Unsere Schwänze reiben aneinander und Sams Piercing drückt sich in meine Brustwarze.

Ich verschränke meine Finger wieder mit seinen und sehe ihn an. Seine Augen wandern zu meinem Mund und das nehme ich als Aufforderung, unsere Lippen wieder zu vereinen. Dann drücke ich seine Hände und halte ihn fest, sodass ich mich sanft bewegen kann. „Du bist so..." *wunderschön*, möchte ich sagen. Stattdessen lasse ich die Worte verhallen und stoße etwas fester zu.

Sam ringt nach Luft, als ich unsere beiden Schwänze mit einer Hand ergreife. Sein Glied übt genau die richtige Reibung auf meinen eigenen öligen Schwanz aus. Jedes Streicheln bringt uns beide näher und näher zum Höhepunkt. Aber ich warte bis auch Sam soweit ist. Ich will, dass wir zusammen kommen.

Er stöhnt sanft: „Luke, ich..."

Die Wärme, mit der mein Name über seine Lippen kommt, bringt all die Gefühle in mir zum Kochen. Alle Muskeln in meinem Körper spannen sich an. Ich streichele uns härter und schneller; und Sam zittert unter mir.

Sein ganzer Körper wird steif, er hält die Luft an und dann fühle ich seine erste Ladung auf meinem Bauch.

Ich schnaufe und pumpe noch einmal, zweimal…

Mein Mund taucht zu ihm hinunter und ich küsse ihn, damit ich nicht seinen Namen schreie, während mich mein Orgasmus überrollt. Die Wellen kommen wieder und wieder und verebben erst, als ich Sams Hände auf meinem Rücken spüre und er mich an sich drückt.

Ich lasse meinen Kopf fallen und atme aus. Sams Lippen streifen mein Ohr. Es ist ein zarter Kuss. Mir schwillt das Herz und ich würde am liebsten aufheulen. *Warum kann es nicht auch für ihn mehr bedeuten?*

Bitte lass es mehr sein. Nur ein bisschen mehr. Vielleicht fühlt er auch etwas anderes, nicht nur die körperlichen Freuden.

Ich erhebe mich langsam von ihm und drehe ihm den Rücken zu, damit er nicht sieht, was in mir vorgeht. Ich sitze auf der Bettkante und starre die Badezimmertür an und warte… warte darauf, dass er mir sagt, dass ihn dieser Moment genauso berührt hat.

Eine Hand streicht über meinen Rücken und die Matratze sinkt ein, als sich Sam neben mich setzt. Ohne ihn anzusehen, lege ich meine Hand auf sein Knie. Plötzlich überkommt mich die Angst davor zu hören, was er sagen wird. „Ich hol uns mal was zum Saubermachen."

Sam lacht auf. „Ja, ich sollte mich wohl nochmal duschen. Und diesmal bleib ich länger, versprochen."

Dann legen sich seine Arme um meinen Hals und Sams Brust schmiegt sich an meinen Rücken. „Das war… war…" Er lacht sanft und drückt sein Gesicht in mein Haar. Sein Atem streicht über meinen Nacken. Ich bin bis zum Zerreißen gespannt und hänge förmlich an seinen Lippen. „Ich hab keine Ahnung wie ich es ausdrücken soll."

Könnte das heißen…, dass er doch denkt —

Da unterbricht er meinen Gedanken: „Ich glaube, ich könnte diesen Punkt wieder und wieder von meiner Liste streichen."

Liste.

Liste. Liste. Liste.

Eine Träne entwischt meinem Auge und ich wische sie so unauffällig wie möglich weg.

Ich kann das nicht mehr.

Ich schüttele Sam sanft von mir ab und stehe auf. Dann greife ich mir das Handtuch, das ich vorher hatte fallen lassen.

„Alles in Ordnung mit dir?", fragte Sam und ich höre seine Füße auf dem Boden.

Ich zucke mit den Schultern und wende ihm meinen Rücken zu. „Ich, ähm, ja. Ich denke nur…" Ich atme tief ein und lasse dann den Worten freien Lauf. „Ich denke, wir sollten nicht mehr herumexperimentieren. Ich glaube, das war jetzt genug."

Sam bleibt stehen. Eine zähe Stille breitet sich zwischen uns aus. Ich höre ihn schlucken und ich wünschte, ich könnte mich jetzt zu ihm herumdrehen und mit ihm reden, ohne vollkommen die Fassung zu verlieren.

Als Sam wieder spricht, klingt er zögerlich und unsicher: „War es für dich nicht so gut?"

Ich lasse meinen Kopf nach hinten fallen, starre zu den Balken an der Decke und seufze. „Das ist es nicht." *Nein, ganz im Gegenteil.* „Mir wurde nur gerade klar, was für eine schlechte Idee das alles ist."

„Eine schlechte Idee?"

„Ja, eine schlechte Idee."

„Ich versteh dich nicht, Luke", Sams Stimme klingt leicht verärgert: "Wenn ich mich richtig erinnere, hast *du* vorgeschlagen, dass wir das zusammen machen. Dann auf einmal gefällt dir die Sache nicht mehr. Und als ich dir gesagt habe, dass du nicht mit mir rummachen musst, bist du plötzlich wieder voll dabei. Und jetzt war es eine schlechte Idee?" Er seufzt und nach den Geräuschen zu urteilen, hat er sich wieder aufs Bett fallen lassen. „Du hättest mir das von Anfang an sagen können.

Jetzt komm' ich mir vor, als hätte ich dich zu etwas gedrängt das du nicht wolltest —"

Da unterbreche ich ihn: „Nein! Nein, du hast mich zu nichts gedrängt. Glaub' mir, ich wollte es beide Male mit dir. Und ich… weiß Gott… ich habe es *wirklich* genossen. Ich denke nur, dass wir es nicht noch einmal tun sollten. Das ist alles. Wir sollten einfach wieder nur Freunde sein." Und nach einer kurzen Pause füge ich hinzu: „Ohne den Kumpel-Abstand."

Ich riskiere einen Blick. Sam sitzt mit gesenktem Kopf auf dem Bett und starrt auf meine Füße. Sein Rücken hebt und senkt sich mit jedem tiefen Atemzug und dann nickt er. „Klar. Natürlich. Ich hoffe, dass es jetzt nicht komisch zwischen uns ist." Er sieht zu mir auf und seine Wimpern schimmern etwas feucht. „In ein paar Jahren lachen wir drüber. Versprich mir das."

Ich schaue weg und hoffe, dass ich eines Tages über die Schmerzen hinwegkommen und darüber lachen kann. Aber im Moment kann ich es mir nur schwer vorstellen. Ich gehe ins Bad.

„Wenn du erstmal in mein Alter kommst", sage ich vorsichtig, „werden wir bestimmt zurückblicken und über deine Liste lachen." Dann setze ich ein wackeliges Lächeln auf, das hoffentlich als aufrichtig durchgeht, und schließe die Tür.

Kapitel Dreiunddreißig

SAM

Ich wälze mich die ganze Nacht von einer Seite auf die andere und finde nur für ein paar mickrige Minuten richtigen Schlaf.

Es war doch nur ein Experiment. Rummachen. Wild sein. Wen kümmert es also, dass Luke nicht weitermachen will? Ist schon o.k. Einfach… o.k. Ich verstehe es.

Tu ich wirklich.

Es ist mir egal.

Egal.

Ich drehe mich auf die andere Seite und starre zur Tür. Aber ich kriege die Erinnerung an Luke nicht aus meinem Kopf: sein warmer Körper auf meinem, seine sanften Bewegungen, sein Kuss hinter meinem Ohr…

Grrrr. Ich muss endlich schlafen. Schlafen und vergessen. Vielleicht kann ich bis morgen früh vergessen, wie sehr…

Ich kann es einfach nicht vergessen.

Als irgendwann am frühen Morgen das Licht im Bad angeht, ziehe ich mein Kissen übers Gesicht und stöhne. Es kann doch noch nicht Zeit zum Aufstehen sein?

Ich setze mich langsam auf und ertaste mein Handy auf dem Nachttisch. **5:30** morgens.

Warum in aller Welt ist Luke schon aufgestanden und unter der Dusche? Ich lege mich wieder hin und lausche, wie er sich duscht und im Bad umherwandert.

Als ich ihn murmeln höre, gewinnt meine Neugier. Ich stehle mich aus dem Bett und warte neben der Tür. Sie ist geschlossen, aber dünn genug, dass ich ihn verstehen kann.

„Einfach tief durchatmen“, sagt er mit einem seltsam angestrengten Ton in der Stimme. „Du schaffst das. Es wird nichts Schlimmes passieren.“

Ich runzele die Stirn und gehe näher an die Tür. Worüber redet er?

Bald darauf finde ich es heraus — und in dem Moment habe ich ein Grinsen im Gesicht und mein Magen hüpft vor Freude.

„Es sind doch nur *Tiere*. Mit scharfen Zähnen. Mit mörderisch scharfen Zähnen. Mein Gott, Luke, beruhig' dich, verdammt nochmal. Du tust es für Sam.“

Luke… hat also Angst vor Haien.

Ich muss mein Kichern runterschlucken.

Warum fährt er dann mit mir hierher, um mit Haien zu tauchen, wenn er so eine Angst vor ihnen hat? Ich schüttele meinen Kopf, schließe die Augen und atme leise aus. *Luke, Luke, Luke. Was machst du mit mir?*

Ich höre Schritte und hüpfe zurück ins Bett — gerade noch rechtzeitig bevor Luke die Tür öffnet. Ich schließe die Augen und tue so, als ob ich schlafe.

Luke sucht im dämmrigen Licht seine Sachen zusammen

und zieht sich so leise wie möglich an. Ich höre einen Stift über Papier kratzen. Dann spüre ich eine Bewegung in der Luft, als er zu mir kommt.

Es kostet mich all meine Kraft, meine Augen nicht zu öffnen als er sich über mich beugt und den Zettel hinlegt.

10 Sekunden später öffnet und schließt sich die Zimmertür. Sobald ich das höre, springe ich auf und schalte das Licht an.

Ich schreie auf und mein Herz hämmert gegen meinen Brustkorb. Luke steht mit verschränkten Armen in der Tür. „Was zum…“, rufe ich. „Ich hab mir vor Angst fast in die Hose gemacht!“

„Was war das denn für eine Aktion?“ fragt er und schüttelt den Kopf.

„*Was* für eine Aktion?“

Mit einem Grinsen auf den Lippen kommt er rüber zu meinem Bett. „Ich hab dich gehört. Und in dem Moment, in dem ich die Tür geöffnet habe, bist du aufs Bett gesprungen und hast so getan, als ob du schläfst.“

„Also hast du so getan, als ob du rausgegangen bist?“ Ich nehme den Zettel, den er neben mir hingelegt hat. Darauf steht: *Ja, ich habe Angst vor Haien. Ja, ich weiß, dass du mich gehört hast. Ja, wir gehen trotzdem noch mit den Haien tauchen.*

„Ich hab so getan, als ob ich rausgegangen bin, ja. Genauso wie du so getan hast, als ob du schläfst.“

Ich lass’ mich aufs Bett fallen und lache. „Ich hab keine Ahnung, warum ich das gemacht hab.“ Ich sehe ihn an und plötzlich habe ich den Drang, ihn mir zu schnappen und auf mich zu ziehen. Ich will ihn auf mir spüren, damit er mich festhalten kann, während ich herausfinde, warum mein Magen so flattert.

Aber er will mir nicht mehr so nahe sein.

Ich reiße meine Augen von ihm los. „Wir müssen nicht mit den Haien schwimmen, Luke. Dieser Urlaub an sich ist schon großartig genug. Ich muss nicht jeden Punkt auf meiner Liste abhaken."

Luke schnaubt. „Doch, das musst du. Ich weiß, wie wichtig dir das ist, und das ist auch in Ordnung." Ich will ihn unterbrechen, aber Luke kennt mich besser als jeder andere. Und sein nächster Satz fasst alles perfekt zusammen:

„Ich werde mich meiner Angst vor Haien stellen, genauso wie du dich deiner Angst stellen must, dreißig zu werden."

AN BORD DER *TANIWHA 6*, DEM SCHIFF, DAS UNS ZU UNSEREM Tauchgang bringen wird, bereitet unser Guide die Käfige vor. Außer uns sind noch vier andere dabei, die in ihren dicken Neoprenanzügen vor Freude auf und ab hüpfen. Ich frage mich, ob ich das gleiche alberne Grinsen im Gesicht habe.

Ich gehe zu Luke, der an der Reling lehnt und stirnrunzelnd auf die sanften Wellen hinausschaut. „Es macht mich verrückt, dass ich sie nicht sehe, obwohl ich weiß, dass sie dort unten sind."

Da planscht plötzlich ein Fisch an der Wasseroberfläche herum. Luke macht vor Schreck einen Satz und springt zurück zur Mitte des Bootes. Als er unsere aufgeschreckten Mitreisenden bemerkt, läuft er rot an und verschränkt seine Arme so beiläufig wie möglich. Aber seine Wangen zucken leicht und er schüttelt den Kopf, während er vor sich hin murmelt: „Hier hat wohl niemand außer mir *Der Weiße Hai* gesehen."

Auf dem Deck gibt es eine festgeschraubt Sitzbank. Ich schnappe Luke am Ellenbogen und ziehe ihn dorthin. Ich setze mich neben ihn und knuffe seinen Oberarm mit meiner Schulter. „Wir müssen nicht runter gehen. Wir können von hier aus zusehen." Und dann füge ich leise hinzu: „Ich will nicht, dass du es nur mir zuliebe tust, und es eigentlich total schrecklich findest. "

Ich will Luke umarmen und ihm zeigen, dass ich für ihn da bin, so wie er immer für mich da ist. Aber nach letzter Nacht ist es noch immer etwas schwierig zwischen uns. Nicht, dass es uns wirklich viel ausmachen würde, aber ein kleines bisschen Verlegenheit liegt dann doch zwischen uns. Zumindest kommt es mir so vor. Jedenfalls möchte ich das so schnell wie möglich hinter uns lassen, aber ich weiß noch nicht ganz wie.

Luke lacht nervös. „Ich finde es echt absolut furchtbar. Aber ich mach' es trotzdem."

„Ich bleib' die ganze Zeit an deiner Seite."

„Mach' das." Er steht auf und gibt plötzlich einen lauten Schrei von sich. Dann lässt er sich zurück auf die Bank fallen. Ich schaue in dieselbe Richtung wie Luke und erblicke **2** Paar Flossen, die die Wasseroberfläche durchbrochen haben. Ich muss mein Lachen unterdrücken.

Und plötzlich ist es ganz einfach, auch das letzte Fünkchen Unsicherheit wegen letzter Nacht abzuwerfen. Ich lege meinen Arm um ihn. „Ich sollte wohl jetzt schon damit anfangen", sage ich.

Er schaut in meine Augen, dann zu meiner Nase und schließlich zu meinen Lippen. Und da, für einen kurzen Augenblick, erhellt sich seine Miene. Ich wünschte mir, er würde diesen Ausdruck in seinem Gesicht behalten, aber schon im nächsten Moment ist er wie weggewischt und daran kann auch mein Lächeln nichts ändern.

Der Guide ruft uns zu sich und den anderen Teilnehmern.

„Bereit?" frage ich.

Luke schüttelt den Kopf als er aufsteht. „Kein bisschen." Trotzdem macht er sich schnurstracks auf den Weg zu den Käfigen. Ich folge ihm und als der Guide noch einmal seine Anweisungen wiederholt, drücke ich meine behandschuhten Finger an die von Luke.

Als wir endlich in das kalte Wasser eintauchen, sucht Luke meine Hand und hält sie fest. Er späht nicht wie alle anderen aus dem Käfig nach draußen. Stattdessen schaut er mich an. Seine Augen sind durch die Taucherbrille vergrößert und man kann die Angst darin unmöglich übersehen. Ich drücke seine Hand und nehme einen Atemzug durch den Atemregler, der über einen Schlauch mit dem Boot verbunden ist.

Ich bin mir nicht sicher, welches Gefühl in mir stärker ist: die Erwartung, einen weißen Hai zu sehen oder die wachsende Gewissheit, dass etwas viel größeres und unbekannteres in mir selbst lauert.

Ich denke, dass es das Letztere ist, aber dieses Gefühl ist so trüb und undurchsichtig wie das Wasser, das uns umgibt. Ich drücke Lukes Hand erneut und schaue dann aus dem Käfig nach draußen.

Das Meer hat eine grünliche Farbe und ganze Wolken von Fischen schwimmen um uns herum. Und dann bricht er plötzlich durch die Trübe, sein breites Grinsen immer näher kommend: der weiße Hai. Mein Atem stockt. Der massive, wohl sechs Meter lange Körper bewegt sich mit solcher Kraft und Schönheit — es ist zugleich das Aufregendste und Furchterregendste, was ich je erlebt habe.

Luke verstärkt seinen Griff um meine Hand und ich reiße meinen Blick vom Hai los und schaue zu meinem Freund, der noch immer nur mich ansieht.

Ich gebe ihm ein Zeichen, dass es mir gut geht, dass diese ganze Sache einfach… unbeschreiblich ist. Dass ich ihm so unglaublich dankbar dafür bin, dafür, dass er mit mir hier unten ist. Und ich denke, er versteht mich, und sein Griff lässt etwas nach.

Ich ziehe ihn in meine Ecke des Käfigs und er folgt mir. Die Ausrüstung erlaubt es mir nicht, zu lachen, aber innerlich platze ich vor Freude. Ich nehme Lukes Hand und lege sie langsam um einen Gitterstab, dann tue ich dasselbe mit seiner anderen Hand. Sobald er sich festhält, stelle ich mich hinter ihn und schlinge meine Arme um seine Brust.

Als der nächste Hai zu unserer Rechten auftaucht, zuckt Luke zusammen. Ich drücke meinen Körper an ihn und ich könnte schwören, dass ich seinen Herzschlag unter meiner Hand spüre.

Und das ist es. Nicht die Haie, sondern *diese Berührung* bringt mein Herz zum Hüpfen und lässt meinen aufgekratztes Inneres Saltos schlagen.

~

Luke zittert noch immer, als wir schon wieder auf dem Rückweg zu unserer Pension sind. „Nie wieder, nie wieder“, murmelt er wiederholt in sich hinein. „Diese Scheißdinger sind aus der Nähe nochmal viel furchteinflößender.“

„Wir leben noch“, sage ich und zwinkere ihm zu. Wir trotten die Auffahrt zu unserer Unterkunft hoch.

„Hmmm, ich weiß nicht“, sagt Luke. „Zumindest ein Teil meiner Männlichkeit ist dort unten gestorben. Die Angst hat sie halb tot gebissen. Mit ihren extra scharfen Zähnen.“

„Ich fand’s super, wie du aufgeschrien hast als du ihre Flossen vom Boot aus gesehen hast. Ich wünschte, ich hätte das aufgenommen.“

Luke knurrt in meine Richtung und stellt den Trageriemen seiner Tasche, in der er unser ganzes Zeug transportiert, neu ein. „Wart nur ab bis ich vierzig werde, dann werde ich dir schon zeigen was für Sachen mir so einfallen —“

Ein Handyklingeln ertönt aus der Tasche. Es ist meins. Luke öffnet die Seitentasche, in der ich es verstaut hatte, und reicht es mir rüber. Auf dem Display sehe ich Caroles Name. „Es ist Carole“, sage ich zu Luke und halte das Handy noch fester in meiner Hand.

Luke gibt mir ein Zeichen, den Anruf anzunehmen.

Ich gehe ran. „Hey, Carole, ist was passiert?“

Ein frustrierter Seufzer kommt durch die Leitung. „Ach

Mann, Sam, ich weiß nicht mehr, was ich mit ihm machen soll."

„O.k., erzähl mir was passiert ist."

Luke nähert sich und neigt sich zu mir, um so viel wie möglich mitzubekommen. Ich drehe das Handy so, dass wir beide etwas hören können und er dankt mir mit einem Blick.

„Er hat sich heute Morgen geweigert, Greg kennenzulernen, und dann ist er einfach abgehauen."

Ich erstarre. „Er ist abgehauen?"

„Ja und nein. Er ist von mir abgehauen und zu deinem Haus gegangen. Ich hab versucht, ihn anzurufen und an die Tür geklopft, aber er lässt mich nicht rein. Er ist total stur und weigert sich, rauszukommen. Ich hatte keine andere Wahl als ihn dort zu lassen. Ich dachte, dass er heute schon wieder zurückkommen würde, wenn ich ihm einen Tag und eine Nacht gebe, um sich zu beruhigen." Carole spricht immer schneller und ich kann sie deutlich schniefen hören. „Aber er hört mir immer noch nicht zu. Ich habe ihm eine SMS geschickt und um ein Gespräch gebeten — aber er antwortet nicht mal darauf."

Ich weiß nicht, wann es passiert ist, aber meine Hand hält sich an Lukes Arm fest und ich stütze mich auf ihn. „O.k., Carole. Es ist o.k. Das wird sich alles wieder einrenken." Ich klinge ruhiger und beherrschter als ich mich fühle. Mein Gesichtsausdruck verrät mich wohl, denn Luke kommt noch näher und legt seinen anderen Arm lose um mich. „Ich rufe Jeremy an und rede mit ihm. Das kriegen wir zusammen hin, o.k.?"

„Vielleicht hat er ja Recht", sagt Carole. „Vielleicht ist ein neuer Mann in meinem Leben einfach zu viel für ihn —"

Da unterbricht Luke sie und spricht ins Handy. „Hör mir mal zu, Carole. Wenn du jemanden findest, der dich glücklich macht, dann musst du das akzeptieren. Und wenn Jeremy nicht sehen kann, dass Greg der richtige für dich ist, dann muss er wohl noch eine Menge lernen. Lass ihn nicht damit durchkommen. Dieser Kampf ist es wert, dass du ihn kämpfst."

Ich halte das Handy wieder an meinen Mund. „Ich stimme ihm hundertprozentig zu. Ich lege jetzt auf, aber ich ruf dich zurück, sobald wir mit Jeremy gesprochen haben."

Luke tritt einen Schritt zurück. „Lass uns reingehen, du kannst ihn von dort aus anrufen."

Ich denke darüber nach, was ich ihm sagen werde. Aber als ich auf dem Bett sitze und unsere Nummer wähle, bin ich mir immer noch nicht sicher.

Jeremy nimmt das Festnetztelefon nicht ab — was zu erwarten war. Also rufe ich auf seinem Handy an. Nachdem es ein paarmal geklingelt hat, erreicht Jeremys verschlafene Stimme mein Ohr. „Jo, was ist los?"

„Ich bin mir ziemlich sicher, dass du schon weißt, was los ist, mein Junge."

Er seufzt. „Mama hat wohl mit dir geredet, was?"

Die Matratze biegt sich etwas, als sich Luke neben mich setzt. „Komm schon, Jeremy, was soll das alles denn? Deine Mutter macht sich Sorgen."

„Naja, in Wirklichkeit", antwortet Jeremy mit einem Schnauben, „macht sie sich mehr Sorgen darum, dass ich *Greg* endlich kennenlerne."

Ich schüttele den Kopf. Genau mit diesem Verhalten kann ich überhaupt nicht umgehen. Es fällt mir so schwer, die richtige Position zu finden: zwischen meinem Mitgefühl für Jeremys Probleme mit dieser großen Veränderung — und der richtigen Strenge gegenüber seinem respektlosen Verhalten. Ich atme tief durch. „Jeremy, das stimmt so nicht —"

„Sorry, Papa. Ich kann jetzt nicht darüber reden, o.k.?"

„Über kurz oder lang wirst du dich den Dingen stellen müssen."

„Dann entscheide ich mich für später. Viel, viel später. Zum

Beispiel, wenn ich achtzehn bin und nicht mehr zu Hause wohne."

Ich knirsche vor Ärger mit den Zähnen. Verdammt. Mit Vernunft dringe ich nicht zu ihm durch. Und erst recht nicht übers Telefon. „Du bist mir sehr wichtig, mein Sohn. Ich will nicht, dass du so aufgebracht allein zu Hause bist."

„Ich bin fast fünfzehn. Ich kann schon selbst auf mich aufpassen. Ich weiß, wie ich eine Dose Bohnen aufkriege. Außerdem war Steven gestern hier und wir haben Videospiele gespielt. Glaub mir, ich finde schon was, damit mir nicht langweilig wird."

Ich versuche, die Bilder zu unterdrücken, die vor meinem geistigen Auge entstehen. Ich hoffe nur, dass sie sich schützen. Panik überkommt mich für einen Moment — verdammt nochmal, erst gestern hab ich gesehen, wie schwer es ist, in manchen Situationen einen klaren Kopf zu bewahren. Meine Hand hat angefangen zu schwitzen, also nehme ich das Telefon in die andere Hand und halte es an mein anderes Ohr. „Ablenkung wird das Problem nicht lösen, Jeremy."

„Ich will mich verdammt nochmal nicht damit beschäftigen, klar? Scheiße!"

Jeremy legt auf.

„Verflucht", sage ich und werfe das Telefon auf das Bett. „Ich glaub nicht, dass ich zu ihm durchgedrungen bin."

Luke atmet langsam aus. Dann steht er vom Bett auf und holt meinen Koffer unter dem Bett hervor. „Ich würde ihn anrufen, wenn mein Akku nicht leer wäre, aber ich weiß nicht, ob das was helfen würde." Er legt den Koffer auf mein Bett und öffnet ihn. „Also gibt's nur eine Sache, die wir tun können."

Ich stehe auch auf und beginne zu packen. „Tut mir leid, dass unsere Reise so abrupt enden muss", sage ich. Während ich meine Klamotten und Schuhe in den Koffer stopfe, schaue ich zu Luke, der es mir gleichtut. „Trotzdem, danke. Dass du's verstehst. Dass du das für mich machst… Du kannst bleiben, wenn du willst. Ich kann auch allein fahren…“

Ich schlucke den Rest meines Vorschlags herunter, als mich Lukes stechender Blick trifft.

„Ich komme mit.“

Gottseidank. „O.k.“

Kapitel Vierunddreißig

JEREMY

Die zweite Nacht in Papas Haus. Mama scheint es aufgegeben zu haben, mich zurück nach Hause holen zu wollen. Kann mir nur recht sein.

Mir geht's sogar echt gut.

Yeah! Während sie sich an *Greg* rankuschelt, kann ich meine Zeit mit Suzy verbringen.

Die sitzt auf meinem Bett und lacht über den ganzen Scheiß, der in meinem Zimmer rumliegt. „Und ich dachte, mein Zimmer wäre ein Saustall."

Dafür würde ich ihr ja schon gern nen coolen Spruch entgegensetzen, aber dazu bin ich viel zu nervös. Es fühlt sich an, als ob meine Innereien durch einen Mixer gejagt werden. Heute Nacht könnte die Nacht der Nächte sein.

Ich will es.

Wirklich und wahrhaftig.

Und nicht, weil ich mich ablenken möchte.

Nicht nur, weil es meine Mutter wahnsinnig machen würde, wenn sie davon wüsste…

„Komm mal her, du“, sagt Suzy aufreizend. Sie leckt an ihrem Finger, bevor sie mich damit zu sich winkt.

Ich stolpere über die Comics, die ich vorhin gelesen habe, und kann mich gerade noch fangen, bevor ich aufs Bett falle.

Ich sollte mal besser meine geschmeidige Seite wiederfinden. „Suzy, Suzy, Suzy“, sage ich und schüttle meinen Kopf, während ich auf sie klettere. „Du siehst heute Abend atemberaubend aus.“

Sie lächelt, legt ihre Hände an meine Wangen und küsst mich. „Ich weiß“, sagt sie. „Du siehst aber auch nicht schlecht aus.“ Ihre Finger suchen und finden den Saum meines T-Shirts. „Du solltest das ausziehen.“

Und schon bin ich mein T-Shirt los, gefolgt von meinen Jeans. Aber die Boxershorts behalte ich so lange noch an bis sie gleichgezogen hat. Außerdem bin ich noch zu nervös, um einen Steifen zu bekommen. Ich brauche etwas mehr Inspiration.

Mein Handy vibriert auf dem Schreibtisch. Ich schaue kurz hin und sehe „Mama“ auf dem Display, also schlucke ich kurz und ignoriere es dann.

Als ich mich wieder Suzy zuwende, hat sie nur noch ihren Rock und den pinken BH an.

Normalerweise wäre ich bei diesem Anblick hin und weg, aber ich werde dieses ungute Gefühl einfach nicht los. Vielleicht klappt es, wenn ich sie anfasse…

Wir küssen uns und schon bald drückt sie mich aufs Bett, während wir weiter knutschen. Und siehe da, es wirkt echt Wunder, so nah an ihr dran zu sein. All meine Gedanken haben meinen Kopf verlassen und ich kann mich ganz auf mein anderes Gehirn konzentrieren.

Ich bin froh, dass ich Kondome unter dem Kopfkissen habe.

Meine Hände wandern über Suzys Schenkel und schieben ihren Rock nach oben. „Bist du wenigstens ein bisschen nervös?“ frage ich sie.

Sie zwinkert und zuckt mit den Schultern. „Ein bisschen.“

Ich greife ihr Gesicht und ziehe sie zu mir, um sie wieder zu küssen. „Ich auch. Ein bisschen. Wir, ähm, also, wir müssen ja nicht —“

Ein kühler Luftzug schießt über mich hinweg und lässt mich erstarren. Ich sehe zwar nichts, aber ich ahne, dass meine Tür gerade aufgegangen ist. So wie Suzy auf mir liegt, ist wohl nichts mehr zu retten.

„Verdammt“, sagt sie und zuckt zusammen. „Jetzt *können* wir wohl auch nicht mehr.“

Und das ist die einzige Vorwarnung, bevor Lukes Stimme mich erschüttert und eine Welle von Scham über mir zusammenbricht. Ich schiebe Suzy so schnell wie möglich von mir. Nicht, dass ich viel nachhelfen muss, sie ist ja praktisch von mir runtergesprungen.

„*Schwul*, ja?“

Scheiße.

Kapitel Fünfunddreißig

LUKE

Und in einem einzigen Moment wird mir alles klar. Warum mir die ganze Geschichte mit Steven und Jeremy so komisch vorkam — und warum ich nie wirklich ein Gefühl für Jeremys Schwulsein bekommen hatte. Verdammt nochmal, jetzt ergibt es sogar auf verstörende Weise Sinn, warum der Junge nach seinem Filmabend mit „einer guten Freundin" letzten Freitag so einen hochroten Kopf hatte.

„Die ganze Geschichte… das war alles erstunken und erlogen!"

Meine Stimme ist laut geworden. Sam muss den ganzen Ärger bis über den Flur hören. Ich hatte vorgeschlagen, als Erster mit Jeremy zu sprechen. Wir dachten, er würde vielleicht eher mit mir, seinem Freund von nebenan, reden. Aber jetzt habe ich das Gefühl, dass das Gespräch über Greg wohl erst einmal vertagt wird.

Ich fixiere Jeremy immer noch mit meinem Blick, als Sam neben mir auftaucht. Derweil streift Suzy hastig ihr Oberteil über — und das reicht Sam aus, um zu erraten, was hier los war.

„Jeremy?“ sagt Sam mit hartem, strengväterlichem Ton.

„Erzähl’s ihm, Jeremy“, sage ich, verschränke meine Arme und trete zur Seite, als Suzy eilig aus dem Zimmer stürmt. „Erzähl uns beiden, wie du uns hinters Licht geführt hast.“

Jeremy zieht sich ein T-Shirt an, das er vom Fußboden aufgehoben hat. „Ich hab keine Ahnung wovon du sprichst.“

„Und ob du die hast! Versuch nicht, es abzustreiten, ich bin nicht von gestern. Und wenn ich raten müsste, würde ich sagen, du wolltest dir mehr ungestörte Zeit mit den Mädels sichern, hab ich Recht?“

Sam murmelt: „Scheiße“. Und ich weiß genau, dass er sich jetzt Vorwürfe macht, weil er es nicht schneller durchschaut hat. „Stimmt das?“

„Ich hab nie behauptet, schwul zu sein“, grummelt Jeremy. Doch seine Wangen sind feuerrot angelaufen und er kann uns nicht ansehen. Er lügt.

Ich schüttle langsam den Kopf. „Du hast es nicht gesagt, nein. Aber du hast uns in dem Glauben gelassen.“

„Das kannst du gar nicht beweisen!“ bricht es aus Jeremy heraus.

Ich mache zwei Schritte in sein Zimmer. Das Bett ist zwischen uns. Ich schaue ihm direkt in die Augen. „Deine Mutter hat dich dabei erwischt, wie du Steven geküsst hast. Und er ist dir bestimmt nicht aus Versehen auf dein Gesicht gefallen. Du hast uns alle verarscht, Kleiner. Gib’s einfach zu.“

Jeremy stottert irgendetwas und Sam seufzt. „Verdammt, Jeremy. Warum nur?“

Der Junge schaut zu seinem Vater und dann zum Boden.

„Beantworte die Frage“, sage ich mit ernster Stimme.

Jeremy hebt den Kopf und wirft mir einen wütenden Blick

zu. Seine Hände sind zu Fäusten geballt. „*Dir* muss ich gar keine Fragen beantworten!"

Da geht Sam mit schnellen Schritten um das Bett herum, greift seinen Sohn am Arm und dreht ihn zu sich. „So sprichst du nicht mit Luke! Niemals! Hast du mich verstanden, Junge?"

„Warum sollte ich ihm irgendetwas erzählen?" antwortet Jeremy. Und zu mir murmelt er: „Du bist nicht mein verdammter Vater."

Seine Worte treffen mich mit voller Wucht, sie erdrücken mich, sie zerren und reißen an mir. Ich krieg gar nicht richtig mit wie ich mich vorbeuge und ihn anschreie: „Wir haben vielleicht nicht das gleiche Blut in uns. Aber was macht das schon? Du bist auch mein Sohn, Jeremy. Du bist auch *mein* Sohn. Erzähl mir nicht, dass du das nicht verstehst."

Plötzlich holen mich meine Worte ein und mir wird klar, was ich da gerade offenbart habe. Jeremy starrt das Fußende seines Bettes an. Sein Adamsapfel tritt hervor, als er schluckt.

Ich stolpere einen Schritt zurück und mein Ärger über Jeremys Täuschung verwandelt sich in etwas ganz anderes. Ich schaue zu Sam und er sieht aus, als hätte ihm jemand einen Schlag in den Magen verpasst. Dann blickt er zu Jeremy und nimmt seine Hand von dessen Arm.

Und das ist das Letzte, was ich sehe, bevor ich mich umdrehe und das Zimmer verlasse.

Ich gehe aus dem Haus, über den Hof und dann meine Auffahrt hinauf. Dann hole ich meinen Koffer aus dem Truck und trage ihn in mein Haus. Ich werfe ihn ins Schlafzimmer und gehe in die Küche. Dort fülle ich ein Glas mit Wasser und trinke es in einem Zug leer.

Dann lehne ich mich gegen die Küchenbank und starre das Glas in meiner Hand an.

Ich schließe meine Finger fest darum und atme tief und schaudernd aus.

Das Glas zerschellt in der Spüle. Mit meiner Hand schlage

ich wieder und wieder gegen den Küchenschrank, bis ich sie nicht mehr spüre.

Kapitel Sechsunddreißig

SAM

Ich weiß nicht, was ich zuerst machen soll — mich um Jeremy kümmern oder Luke nachlaufen. Ich setze mich auf das Bett meines Sohnes, verschränke meine Hände und stütze meine Ellenbogen auf die Knie.

„O.k., Jeremy, du solltest mir jetzt langsam mal die Wahrheit erzählen, es sei denn, du möchtest bis zu deinem achtzehnten Geburtstag Hausarrest haben."

Jeremy geht zum Fenster und setzt sich auf die Fensterbank. „Heißt das, ich bekomme keine Strafe, wenn ich rede?"

Ich schüttele meinen Kopf. „Das glaubst du doch selber nicht! Aber je länger du es hinauszögerst, desto schlimmer wird es für dich." Ich sehe zu ihm wie er an den Vorhängen herumspielt. „Wie kommst du dazu, über deine Sexualität zu lügen?"

Es dauert ein bisschen, aber dann redet er. „Ich mag Suzy wirklich und ich wollte diesen Sommer mit ihr verbringen."

„Und warum hast du uns das nicht einfach gesagt?"

„Komm schon, Papa. Du und Mama, ihr zwei habt doch totalen Schiss, dass ich die gleichen Fehler mache wir ihr, und mein Leben ruiniere. Ihr würdet mir doch niemals erlauben, eine Freundin zu haben."

„Also, ein paar Regeln würden wir schon aufstellen…"

„*Ein paar Regeln?* Kennst du Mama überhaupt? Wenn ich ihr erzählen würde, dass ich eine Freundin habe, würde sie mich wegsperren. Ich dürfte das Haus nicht mehr allein verlassen."

„Naja, deine Mutter und ich wissen einfach wie es ist. Wir waren in der gleichen Situation. Unsere Eltern wollten nicht, dass wir Beziehungen haben. Sie meinten, dass wir zu jung wären und so weiter. Und was ist passiert? Deine Mutter und ich haben uns eines Nachts rausgeschlichen und, um es kurz zu machen, neun Monate später wurdest du geboren."

Ich reibe meine Hände über meine Knie. „Wir sind nicht so naiv. Zu glauben, dass du keinen Sex haben würdest, obwohl du es willst. Du würdest es tun. Also kannst du dir sicher sein, dass wir es dir nicht verbieten würden, dich mit Suzy zu treffen. Lieber wollen wir wissen, mit wem du zusammen bist, damit wir für dich da sein können. Deshalb die ganzen verrückten Gespräche über Sex und die… Goldene Kondomregel.

Ich wünschte, ich könnte Jeremy an mich drücken, so wie damals, als er noch ein unschuldiges, kleines Kind war. „Gib uns einfach eine Chance", fahre ich fort. „Wir wollen nur das Beste für dich. Wir machen uns Sorgen um dich. Ständig. Das ist unser Job. Keiner von uns — und da zählt auch Luke dazu — will, dass du dich in irgendetwas verrennst, nur weil du eine blöde Entscheidung triffst." Ich schließe die Augen und seufze. „Du musst ehrlich zu uns sein, o.k.? Du musst uns vertrauen. Und wir müssen dir auch vertrauen können."

Jeremy lässt Kopf und Schultern hängen. „Und was passiert jetzt?“

„Ich denke, zuallererst solltest du deiner Mutter die Wahrheit erzählen.“

Er murmelt: „Ich will da nicht wieder hin.“

Ich reibe meine Stirn und streiche mit den Fingern durch mein Haar. „Wegen Greg?“

Er zuckt mit den Achseln.

Ich gehe zu ihm und lege ihm meine Hand auf die Schulter. „Es tut mir ehrlich leid, dass dir das schwerfällt, Jeremy. Aber das musst du jetzt einfach akzeptieren und lernen, damit zu leben. Deine Mutter hat jemanden gefunden, der sie glücklich macht. Du willst doch, dass sie glücklich ist, oder?“

Er dreht sich von mir weg, aber ich sehe noch, dass seine Augen feucht sind. Ich seufze und zerzause liebevoll sein Haar. „Wir lieben dich, Jeremy. Du bist unsere Nummer **1** und wirst das auch immer sein. Aber erlaub’ deiner Mutter, eine Nummer **2** zu haben, ja? Bitte.“

Seine Stimme krächzt. „Ich erlaube das ja schon mit dir und Luke. Reicht das nicht aus?“

Überrascht sauge ich tief Luft ein. „Wie bitte?“

„Du hast mich schon verstanden, Papa. Ich bin für dich die Nummer 1, aber Luke kommt gleich dahinter. Manchmal frage ich mich, ob er überhaupt erst danach kommt.“

„Wovon redest du?“

„Du warst so traurig, als er weggezogen ist. Ich hab gehört, wie du geheult hast, als er weggeflogen ist.“

Ich muss schlucken. Das hat er gehört?

„Ich habe auch Augen.“

Ich kann mich nicht bewegen, meine Hand auf Jeremys Schulter ist wie festgefroren. „Und was genau siehst du?“

Jeremy sieht mich an und seine Unterlippe zittert. Er blinzelt, zuckt mit den Schultern, und sagt leise: „Wie glücklich du bist, wenn er bei dir ist.“

„Klar bin ich glücklich“, erwidere ich vorsichtig. „Er ist mein Kumpel.“

„Ich weiß nicht, wie ich’s beschreiben soll, aber… *Du strahlst wie ein verdammter Leuchtturm, wenn er ins Zimmer kommt.*“ Für einen Moment umschließt uns Stille. Dann fügt er hinzu: „Luke ganz genauso.“

Jeremy bewegt sich und meine Hand rutscht von seiner Schulter. „Du weißt schon, dass er ganz viele Dinge für uns bezahlt und so tut, als würde es ihn nichts oder fast nichts kosten. Das Fußballcamp letztes Jahr? Das war nicht umsonst. Aber ich weiß, dass weder Mama noch du genug Geld dafür gehabt hättet. Ich war richtig traurig. Und dann hat Luke mitbekommen, was los war, und am nächsten Tag erzählt mir mein Trainer, dass meine Reise bezahlt wurde.“

„E-er war das?“

„Das ist nur die Spitze des Eisbergs, Papa. Jede Woche, wenn er aus Auckland angerufen hat, hat er nach dir gefragt. Er klang so traurig, dass er nicht bei dir sein konnte.“

„Bei *uns*“, krächze ich. „Er hat *uns* vermisst.“

Wieder zuckt Jeremy mit den Schultern. „Schon, aber du bist seine Nummer eins.“

„Eben hat er dich seinen Sohn genannt“, presse ich hervor, meine Kehle wie zugeschnürt.

Er schnieft und wischt seine Nase am T-Shirt ab. „Ich weiß. Aber wenn ich wie ein Sohn für ihn bin, was bist dann du?“

„I-ich…“ Ich stammle, auf der Suche nach den richtigen Worten, bis Jeremys Lippe wieder beginnt zu zittern. „Hey, komm her.“ Ich schließe ihn in meine Arme. Zuerst ist er stocksteif, aber dann legt auch er seine Arme um mich und schmiegt sich an meine Brust. Seine warmen Tränen durchnässen mein T-Shirt. Ich gebe ihm einen Kuss auf die Stirn. „Du bist meine Nummer **1**, Jeremy, und Luke weiß das. Er würde es nicht anders wollen. Genau wie deine Mutter.“

„Ich will nicht umziehen. Ich will nicht die Schule wechseln. Ich will mein Team und meine Freunde nicht verlieren."

„Siehst du? *Darüber* solltest du mit deiner Mutter reden. Sie will dir doch nichts wegnehmen. Sie möchte nur, dass du ihr etwas erlaubst."

Er zieht sich zurück und wischt seine Tränen weg. „Dann sollte ich wohl zu ihr rüber gehen…"

Er rutscht von der Fensterbank und beginnt, seine Sachen aufzuheben.

„Jeremy?" sage ich, als er seinen Rucksack zumacht.

„Ja?"

„Dein Handy, bitte."

Widerstrebend zieht er sein Handy aus der Hosentasche und gibt es mir. „Meine Strafe wird mir nicht gefallen, oder?"

Aber wenn ich wie ein Sohn für ihn bin, was bist dann du?

Ich weiß, dass ich mit Luke reden muss, aber ich bin mir nicht sicher, wie ich einen zusammenhängenden Satz rausbringen soll.

Ich tigere im Wohnzimmer auf und ab und bei jeder Runde streifen meine Finger über den reparierten Tisch. Durchs Fenster blicke ich auf sein Haus. Es ist so dunkel, dass ich außer den erleuchteten Fenstern nicht viel sehe.

„Geh doch einfach rüber", sage ich zu mir selbst und mache mich auf zum Regal, wo ich seinen Schlüssel liegen habe.

Warum bin ich überhaupt so nervös? Was ist schon dabei, dass Jeremy sieht, wie sehr wir uns mögen? Wir sind seit über sieben Jahren befreundet. Nichts weiter.

Mein Magen hüpft und ein Kribbeln durchläuft meinen Körper. Ich versuche, es abzuschütteln, aber ich werde es nicht los.

Ich mach mir gar nicht erst die Mühe, Schuhe anzuziehen. Der kühle Boden unter meinen Fußsohlen hilft mir, mich auf dem Weg zu Luke aufrecht zu halten.

Ich klopfe zaghaft an, bevor ich den Schlüssel ins Schloss schiebe und mich selbst reinlasse, so wie schon **1001** mal. Es ist bloß… Diesmal fühlt es sich anders an. Ich muss daran denken, wie sehr Luke mir vertraut, dass sein Haus Jeremy und mir immer offen steht.

Aber es war ja immer gegenseitig. Freunde machen das so.

Bevor ich nach rechts ins Wohnzimmer abbiege, wo mit großer Gewissheit Luke auf dem Sofa liegen und an die Decke starren wird, werfe ich einen Blick in die Küche. Vor mir sehe ich die hunderte von Mahlzeiten, die wir dort zusammen gekocht haben, und all die Freude und all die Dramen, die wir geteilt haben.

Ich gehe langsam weiter und bleibe in der Tür zum Wohnzimmer stehen. Von hier sehe ich die Rückseite der Couch. Lukes Füße hängen über die Armlehne.

Ich höre, wie er ins Telefon murmelt. Seine Stimme klingt müde und schwer. „Nein, Mama, ich hab deine Nachrichten nicht bekommen. Mein Handy hatte keinen Saft mehr und ich war ganz unten im Süden."

Im Süden, um mit mir die Haie zu sehen.

Und plötzlich will ich unbedingt wissen, was er dafür bezahlt hat. Mir ist klar, dass es nicht billig gewesen sein kann. Allein schon die Flüge…

Ich schleiche zurück in den Flur und gehe ins Badezimmer. Dort ziehe ich mein Handy aus der Tasche und tippe den Namen des Unternehmens ein, das die Tauchgänge organisiert.

Als ich die Preise sehe, kann ich fast spüren, wie mir vor Schreck alle Farbe aus dem Gesicht entweicht. **600** Dollar pro Person?

Ich starre auf die Zahl, und versuche zu verstehen, was das

zu bedeuten hat.

Auch Freunde können so großzügig sein —

Aber ich schüttele den Kopf. Meine Kehle fühlt sich rau und kratzig an. Ich stecke das Handy wieder ein und gehe zurück ins Wohnzimmer. Luke hat mich noch immer nicht gehört. Er ist tief ins Gespräch mit seiner Mutter vertieft.

„Diesmal hab ich's richtig vermasselt."

Ich erstarre in der Tür. Lukes Stimme klingt tief verletzt.

Er seufzt und fährt dann fort: „Ich hätte dir die Wahrheit sagen sollen und ich hätte Sam von Anfang an alles über mich erzählen sollen. Vom ersten Moment an."

Über ihn?

Mein Herzschlag beschleunigt und plötzlich verraten mich die Holzdielen mit einem Knarzen.

Luke springt auf und dreht sich in meine Richtung. Er leckt sich über die Lippen und schluckt. Dann schließt er die Augen und spricht ins Telefon: „Mama, es tut mir leid, aber ich muss auflegen."

Das Telefon fällt aufs Sofa. „Sam", sagt er und sieht mir direkt in die Augen, als ob er etwas in ihnen sucht.

„Was hättest du mir von Anfang an erzählen sollen?"

Ich halte die Luft an und bin mir nicht sicher, ob ich hören will, was ich denke, oder ob ich das Universum darum bitte, dass ich falsch liege.

Er geht um die Couch herum und kommt zu mir herüber. „Sam, ich —"

Ich stoppe ihn, indem ich meine Hand hebe. „Was hättest du mir erzählen sollen?"

Er atmet aus, schaut auf den Boden zwischen uns, und dann wieder hoch zu mir. „Dass ich schwul bin."

Ich nicke. Weil es Sinn ergibt — und gleichzeitig überhaupt keinen Sinn ergibt.

Ich merke nicht, dass ich vergessen habe zu atmen, bis ich plötzlich nach Luft schnappe. „Die ganze Zeit? Warum hast du mir nicht—" Ich schließe meine Augen und versuche, meine Stimme nicht überschnappen zu lassen. „Warum hast du mir nichts gesagt?"

Luke öffnet seinen Mund und schließt ihn wieder. Er schüttelt den Kopf.

„Was hast du alles bezahlt, für mich und Jeremy? Wovon ich nichts weiß?"

„Keine Ahnung."

„Der Tischlereikurs. Du hast gesagt, dass die erste Stunde nichts kostet. Stimmt das?"

Er schweigt. Und das ist Antwort genug. In meinem Kopf dreht sich alles, während ich versuche, alles zusammenzurechnen. Wieviel hat Luke uns gegeben?

Die Worte meines Vaters sind plötzlich wieder da: *Zahlen erzählen Geschichten über das Leben.*

Aber mittlerweile glaube ich das nicht mehr so ganz.

Ich zähle **300** Dollar für Jeremys Fußballkurs. Alle zwei Wochen Essen holen: **22** Dollar. Die Flüge nach Süden: **200** Dollar. Die Pension: **100** Dollar. Der Tauchgang: **600** Dollar. Der Tischlereikurs: **50** Dollar?

Und diese Zahlen sind erst der Anfang. Wie viel hat er sonst noch zu unserem Leben beigetragen. Die Fahrten mit Jeremy zur Notaufnahme: **3**. Die Entfernung, um Jeremy zur Schule zu bringen, oder abzuholen: **25** km pro Strecke. Wie oft er auf Jeremy aufgepasst hat und ihm Abendessen gekocht hat, wenn ich länger arbeiten musste: **20**-mal? **30**-mal? Öfter? Wie oft er mit uns Zelten war: **12**-mal. Wie oft er meine Reifen gewechselt hat: **4**-mal. Wie oft er mich betrunken aus einer Bar geholt und dann am nächsten Morgen mein Bad saubergemacht hat: **1**-mal. Wie oft er mich in der letzten Woche in den Arm genommen hat: **23**-mal. Wie oft er mich verletzt hat: **0**-mal. Wie oft er mich enttäuscht hat? Nur dieses eine Mal.

Zahlen. Sie verraten viel. Aber sie sind nie genug. Sie können nichts darüber sagen, wieviel Luke uns bedeutet. *Mir.*

Können nichts darüber sagen, wieviel ich ihm bedeuten will—

Das ist alles zu viel für mich. Ich kann das nicht alles aufnehmen, ohne es gleich wieder rauszuschreien. Zitternd stütze ich mich mit einer Hand am Türrahmen ab.

Luke kommt näher, aber ich hebe wieder meine Hand. „Ich muss…“ Meine Stimme bricht und ich muss mich räuspern. „Luke, ich kann jetzt nicht klar denken. Ich muss…“ Ich schaue zur Tür.

„Sam, geh nicht. Bitte. Es tut mir so leid. Ich wollte es dir sagen, aber ich konnte mich einfach nicht dazu bringen. Ich hätte es nicht ertragen, wenn du nein gesagt hättest.“

Die Kante des Türrahmens drückt sich in meine Hand. Mein Verstand sagt mir, dass ich weg muss, damit ich mich fangen und meine Gedanken wieder in irgendeine Ordnung bringen kann. Doch mein Körper will sich überhaupt nicht rühren. Er will, dass ich genau hier stehen bleibe.

Ich konzentriere mich auf Luke. Er ist den Tränen nahe, was ich so noch nie gesehen habe; und auch ich bin nicht mehr weit davon entfernt. „Nein sagen? Wozu?“

„Dass du mich auch liebst.“

„Ich… ich habe dich immer geliebt, Luke. Du bist nach Jeremy meine Nummer zwei. Und Jeremy hat recht…“ Ich senke den Kopf, als mir die Tränen in die Augen schießen, und meine Wimpern benetzen. „…manchmal bist du sogar meine Nummer eins.“

Ich spüre, dass Luke näher kommen will. Aber er hält sich zurück, respektiert meinen Wunsch nach Raum. „Was ich meine“, sagt er sanft, „ist, dass ich es nicht ertragen könnte, wenn du dich nicht auch *in mich verliebst.*“

Ich zerfalle in **1000** Teile, bis ich nicht mehr weiß, wo ich eigentlich bin, was ich sagen oder tun soll. Instinktiv will ich mich zu einer Kugel zusammenrollen, bis ich wieder zu mir gefunden habe.

„Halt mich“, keuche ich. Luke bewegt sich und innerhalb

1er Sekunde drückt er mich an sich. Seine kräftigen Hände reiben meinen Rücken und geben mir Halt, zeigen mir, dass ich noch ganz bin.

Mir stockt der Atem. „Ich bin wütend“, bringe ich hervor. Und trotzdem drücke ich Luke noch enger an mich. „Mein Gott, ich bin so wütend.“ Ich grabe meine Finger in ihn, wie um meinen Worten noch mehr Gewicht zu geben.

„Du hast jedes Recht, wütend zu sein. Ich hätte es dir sagen sollen.“

Ich schließe meine Augen und lehne meine Stirn an seinen Hals. „Ich hätte nie… Ich hätte nie mit dir rumgemacht… Du hättest es mir sagen sollen. Deshalb hast du so oft deine Meinung darüber geändert, all das mit mir zu tun, stimmt’s? Und ich hab dich verletzt, ohne es zu wissen.“

„Es ist nicht deine Schuld, Sam. Ich hatte so oft Gelegenheit, dir die Wahrheit zu sagen. Und ich hab’s nicht getan.“

„Weil du es nicht *konntest*.“

Eng umschlungen stehen wir da. Lukes Arme lassen keine Sekunde locker. Doch bald schon spüre ich, dass er zittert, und als ich mich weit genug zurücklehne und in sein Gesicht schaue, sind seine Augen feucht und rot unterlaufen. Er schafft es nicht, mich direkt anzusehen, und richtet seinen Blick auf irgendetwas neben mir.

„Und wenn es das einzige ist“, sagt er, und seine Stimme ist zum Bersten gespannt, „ich will dich immer noch wie einen Freund lieben.“

„Ich würde alles dafür tun, die Zeit zurückzudrehen und nein zu sagen. Ich wollte nie… Du solltest nie so durch mich verletzt werden“, sage ich und löse mich langsam von ihm, denn ich will es nicht noch schwerer machen. Ich bringe etwas Abstand zwischen uns. „Ich brauche deine Freundschaft auch.“

Da sackt Luke in sich zusammen. Die Schultern fallen nach unten, sein Kopf sinkt auf die Brust. Es fällt ihm schwer, etwas zu sagen, und ich entschuldige mich erneut. „Gib mir einfach etwas Zeit“, sagt er und wagt sich nicht, mich anzuschauen. Und ich bin froh darüber, denn so sieht er meine Tränen nicht. Ich weiß, dass sie es ihm noch schwerer machen würden.

„Natürlich, Luke. Was auch immer du brauchst.“

Kapitel Siebenunddreißig

LUKE

Sam lässt sich zwei Tage lang nicht blicken. Ich gehe dreimal am Tag laufen und mache danach ausgiebige Dehnübungen, was auch schon den Großteil meiner Tage ausfüllt. Laufen. Dehnübungen. Mit mir selbst reden. Laufen. Mit mir selbst reden. Dehnübungen.

Ich brauche die körperlichen Strapazen, um den harten Knoten in meiner Magengrube loszuwerden.

Aber es klappt nicht.

Also laufe ich schneller und dehne mich länger.

Der Knoten aber zieht sich nur noch weiter zusammen und schickt schmerzhafte Wellen durch meinen Körper.

Es ist gerade so, als ob die Hoffnung, die mich bislang bei der Stange gehalten hatte, aus mir herausoperiert und durch einen verdammt schmerzhaften Tumor ersetzt wurde.

Aber es ist auch nicht sehr hilfreich, dass ich überall daran erinnert werde, warum ich Sam liebe.

Am Esstisch sitzt mir Sam gegenüber und versucht, Jeremys Aufgaben zu verstehen, eine verwirrte Falte auf seiner Stirn.

Auf der Couch sehe ich ihn vor mir, wie er das erste Mal zu mir rüberkam: Sam, ein bisschen zu dünn und viel zu müde. Ich kann gar nicht anders, als ihm zu helfen. *„Du bist echt nett, Luke."* Er lehnt den Kopf gegen seine verschränkten Finger und schließt die Augen. *„Ich denke, das wird 'ne gute Nachbarschaft."*

Draußen sehe ich, wie er mit federndem Gang den Garten durchquert und seine Ellenbogen auf dem Zaun zwischen unseren Häusern abstützt.

Überall wo ich auch hinsehe finde ich Dinge, die meine Liebe zu ihm noch vergrößern. Ich wünschte, ich könnte in meine Erinnerungen hineinkriechen und ihn noch einmal küssen, noch einmal halten, noch einmal lieben —

Aber das funktioniert nicht. Ich muss das „Verliebtsein" wieder unter Kontrolle bekommen.

Am Freitag, nach drei Tagen ohne ein Wort von Sam, hole ich seine *20er Wunsch-Liste* aus meiner Hosentasche. Ich kann sie noch nicht wegwerfen. Ich bin noch nicht soweit. Aber ich werde einen Tag ohne sie verbringen…

Ich habe sie nicht bei mir, als ich frühstücke.

Ich habe sie nicht bei mir, als ich mit meinem Truck in die Stadt fahre.

Ich habe sie nicht bei mir, als ich Jeremys Geburtstagsgeschenk kaufe.

Ich habe sie nicht bei mir, als ich mich mit Jack zum Mittagessen treffe.

Ich habe sie nicht bei mir, als ich ihm erzähle, was passiert ist.

Ich habe sie nicht bei mir, als ich ihn frage, wie er es geschafft hat, mich zu vergessen.

Ich habe sie nicht bei mir, als er mir nicht antwortet.

Ich stelle mein Ginger Beer auf den Bierdeckel vor mir und

betrachte Jack eingehend. Da ist sein typisches Grinsen, so wie immer. Nur sehe ich heute dahinter den Schmerz, den es überspielen soll.

„Scheiße, es tut mir so leid, Jack."

Jacks Grinsen wird noch breiter. „Hey, nein, das muss dir nicht leid tun. Es ist über die Jahre immer leichter geworden. Manchmal, zugegebenermaßen so wie gerade jetzt, kommt es wieder hoch… wie weh es getan hat. Aber meistens ist es o.k. Mir geht's gut. Und außerdem hab ich ne Menge zu tun, mit meinem Haus und so."

„Und wie läuft's denn so?"

„Langsam. Qualvoll. Teuer." Er lacht und nimmt einen Schluck von seiner Cola. „Aber ich hab jemanden gefunden, der mich ab nächster Woche unterstützen wird, also wird es hoffentlich bis zum Ende des Sommers fertig."

Ich seufze. „Vielleicht sollte ich dir helfen. Ich hab jede Menge überschüssige Energie loszuwerden."

„Ich kann keine faustgroßen Löcher in den neuen Wänden gebrauchen, vielen Dank auch."

Ich trinke noch einen Schluck Ginger Beer. „Stimmt." Ich atme langsam aus und lache fast dabei. „Willst du noch was vollkommen Erbärmliches hören?"

„Immer."

Ich schüttele meinen Kopf. Der schmerzhafte Knoten in mir pulsiert. „In all den Tagen, an denen ich mit ihm rumgemacht habe, hab ich mir immer wieder eingeredet, dass es auch für mich nichts weiter bedeutet als ein bisschen Spaß, verstehst du?"

„Klar."

„Ja, aber gleichzeitig habe ich unser gemeinsames Leben geplant."

„Verstehe." Als ich ihm einen bösen Blick zuwerfe, zuckt er mit den Schultern. „Hab ich auch schon hinter mir."

Ich will mich schon wieder bei ihm entschuldigen, aber

Jack unterbricht mich. „Komm mal lieber wieder zu den erbärmlichen Details zurück. Das hat mich ganz gut unterhalten."

Ich lache, aber es ähnelt eher einem Grunzen. „Ja, wie schon gesagt… Ich hab mir unsere gemeinsame Zukunft ausgemalt… Wie ich das Haus kaufen würde, das du gerade renovierst, und mit ihm dort einziehe. Ich hab mir sogar ausgerechnet, wo ich Jeremy rauslassen müsste, damit er das letzte Stück zur Schule laufen kann, aber eben noch weit genug davon weg ist, um sich nicht dafür zu schämen. Oder wie Sam von der Uni nach Hause kommen würde, am Tisch seine Aufgaben machen würde und uns sagen würde, wir sollen leiser sein und ihn nicht dabei stören."

Und ein weiteres Bild: Wie ich Sam in jedem Zimmer unseres Hauses liebe, bis sein Stöhnen und Schreien von jedem Holzboden und jeder Wand aufgesogen wurde.

„Ich hab mir sogar vorgestellt, wie er krank und bleich im Bett legt, nur damit ich ihm Suppe bringen und seine Füße massieren kann, bis es ihm wieder besser geht."

Ich setze zu einem weiteren Schluck Ginger Beer an, aber die Flasche ist leer. Ein gutes Zeichen dafür, wie lange ich Jack nun schon mein Herz ausgeschüttet habe. In ein paar Jahren wird mir das alles so unfassbar peinlich sein.

Verdammt.

Aber Jack ist großartig. Er bestellt mir noch ein Getränk und sagt mir, ich solle einfach alles rauslassen. „Wofür zum Teufel hat man sonst Freunde?"

Also tu ich's und lasse alles raus.

Die Schmerzen beseitigt es zwar nicht, aber es macht mich zumindest so müde, dass ich heute Nacht tatsächlich einschlafen könnte.

Als ich zu Hause ankomme, sitzt Jeremy an meinem Esstisch. Er trägt Shorts und ein ausgebeultes T-Shirt — und hat mehr Ringe unter den Augen als Augen selbst. Er sieht aus, als hätte er ebenfalls einen harten Tag hinter sich.

Mit seiner Hand glättet Jeremy ein zerknittertes, mir wohl vertrautes, Stück Papier, und schaut mich schulterzuckend an. „Dieser Hausarrest ist so verdammt langweilig. Und da dachte ich mir: besser elend zusammen als elend allein und bin rübergekommen. Klar hätte ich dafür auch bei Papa bleiben können — aber ich kriege langsam Kopfschmerzen von seinem ständigen Stirnrunzeln. Außerdem hat er einen Scheißmusikgeschmack."

Ich will ihn fragen, wie es Sam sonst so geht, aber halte mich zurück. Stattdessen ziehe ich mir einen Stuhl heran und lasse mich darauf sacken. „Abgesehen vom Hausarrest geht's dir gut?"

Er nickt. Zuckt mit den Schultern. Schüttelt den Kopf. „Ich hab mit Mama geredet, aber ich… ich will Greg immer noch nicht kennenlernen. Ich weiß, ich muss mich zusammenreißen und so weiter, aber ich hasse ihn jetzt schon."

Ich stütze meine Ellenbogen auf den Tisch und verschränke die Arme. „Weißt du was, Jeremy, wann immer du bei deinem Vater bist, kannst du zu mir rüber kommen und von Mann zu Mann über alles ablästern, was dir nicht passt. Hier kannst du Luft holen und alles rauslassen. Keine Wertung. Einfach nur Dampf ablassen."

„Von Mann zu Mann ablästern? Ich glaube, das ist das Schwulste, was ich je von dir gehört hab, Luke."

Ich hole aus und gebe ihm einen Klaps auf den Hinterkopf. Er lacht und schiebt mir den Zettel rüber, den er vor sich liegen hatte. „Das ist Papas Schrift."

Ich sehe ihm in die Augen. „Ja, ist es. Das ist die Liste aller Dinge, die er vor seinem dreißigsten Geburtstag machen will."

„Der Zettel ist ganz schön oft gefaltet worden", sagt er und schaut mich lange an. Ich kann mir denken, was er fragen will. Aber ich glaube, er kennt die Antwort schon.

„Warum denkst du, dass das so ist, Jeremy?“

„Weil du dich darum gekümmert hast. Damit Papa alles auf der Liste schafft, was er sich vorgenommen hat.“ Er wird rot. „Ich will gar nicht wissen, ob er auch alles *bekommen* hat, was da drauf steht, aber ich hab doch Recht, dass du alles für Papa tun wolltest, stimmt’s?“

„Du kennst die Antwort auf deine Frage.“

Er nickt. „Seit wann bist du in ihn verliebt, Luke?“

Ich lasse die Worte sacken und den aufflammenden Schmerz vorübergehen, bevor ich eine Antwort hervorbringe. „Schon seit langem, denke ich. Aber erst, als ich in Auckland war, als ich euch beide nicht mehr um mich hatte, wurde es mir wirklich klar.“

„Heißt das etwa, dass ich vor dir wusste, dass du in ihn verknallt bist?“ Er schüttelt den Kopf. „Weil ich das schon viel länger wusste. Es war der Tag, an dem du Eierkuchen gemacht hast. Papa hatte sich so geärgert, weil jemand auf seiner Arbeit krank geworden war und er die Schicht übernehmen musste. Du hast einen Eierkuchen genommen, einen Smiley draufgemalt und ihn auf seinen Teller geschoben.“ Jeremy trommelt mit seinen Fingern auf den Tisch. „Was für ein kitschiger Scheiß. Aber ihr beide habt euch kaputtgelacht… egal, jedenfalls hast du Papa auf so eine bestimmte Art angeschaut. Und da wusste ich es irgendwie.“

„Dann hast du es wohl als erster gesehen.“

Jeremy lehnt sich zurück, während er weiter auf der Tischkante herumtrommelt. Sein Fuß klopft wohl auch den Takt mit, denn ich fühle die Erschütterung. „Hmmm…“ Sein Mundwinkel zuckt leicht. „Schwul, ja?“

Und zum ersten Mal, seit ich exakt dieselben Worte zu Jeremy gesagt habe, kann ich richtig lachen. „Sieht so aus.“

Er sieht mich an und nickt ein langsames, cooles Nicken.

„Gut. Endlich ist es raus. Jetzt kann ich dich endlich um Rat fragen.“

Ich ziehe beide Augenbrauen hoch und Jeremy berichtigt sich schnell. „Nicht für mich. Für jemanden, den ich möglicherweise kenne.“

„Ich lehne mich mal aus dem Fenster und rate, dass es um Steven geht. Hab da so ein Gefühl. Falls er mit jemandem reden möchte… du kannst ihm ja sagen, dass ich versuchen werde, der coolste Mr. Luke zu sein, den es gibt.“

Jeremy schiebt seinen Stuhl zurück und steht auf. Dann tritt er von einem Fuß auf den anderen — genau wie sein Vater, wenn der noch etwas sagen will, aber nicht weiß, wie.

„Was hast du, Jeremy?“

Seine Wangen laufen mit einem Mal rot an und es bricht förmlich aus ihm heraus: „Ich weiß, was du gemeint hast… vor ein paar Tagen… Ich will dich nicht…“, er schluckt, „… Papa nennen, oder so. Aber ich möchte, dass du weißt, dass ich’s kapiert habe.“

Mein Hals ist wie zugeschnürt. Mehr als je zuvor. Ich bringe nichts außer einem Gurgeln hervor. Ich blinzele und dann springe ich auf und umarme den Jungen aufs Heftigste. Er drückt mich auch, ein bisschen ungelenk, aber das ist mir egal. Ich reibe meine Fingerknöchel durch sein Haar und lasse los.

„Danke“, bringe ich heraus.

Er zuckt mit den Schultern, als ob es für ihn kein großes Ding ist, aber ich kenne ihn besser. „Vielleicht können wir ja mal wieder ein bisschen kicken? Diesmal mach’ ich dich fertig.“

„Da würd’ ich nicht drauf zählen. Diese alten Knochen haben noch eine Menge Leben in sich.“

Ich bringe ihn zur Tür. Er macht einen Schritt auf die Veranda und dreht sich um. Er beißt sich auf die Unterlippe und vergräbt seine Hände in den Hosentaschen. „Nur noch eine Sache."

„Was gibt's?"

„Er weiß es vielleicht selbst noch nicht, aber Papa ist auch total in dich verknallt."

Ich beiße die Zähne zusammen und schaue zum Zaun. „Sag sowas nicht. Das hilft mir nicht, über ihn hinwegzukommen."

„Über ihn hinwegkommen? Hast du sie noch alle?"

„Nicht in diesem Ton, Junge."

„Ton…? Du hast ja ganz schön seltsame Prioritäten. Drüber hinwegkommen? Was ist denn das für 'ne Einstellung? Du musst um ihn kämpfen. *Zwing* ihn dazu, es zu sehen."

„So funktioniert es aber nicht."

„Warum verdammt nochmal denn nicht? Das wäre doch besser, als noch ein paar Jahre zu warten, bis er es selbst sieht."

„Da gibt es für ihn nichts zu sehen, sonst hätte er es schon längst getan."

„Aber hat's bei dir nicht auch sieben Jahre gedauert? Und schläft er deshalb nicht mehr? Und isst nicht mehr? Ja, das ergibt 'ne Menge Sinn."

Und mit einem Schnauben dreht er sich um und geht.

Kapitel Achtunddreißig

SAM

Mittwoch. Schon **1** Woche.

Eine Woche, seit Luke mir seine Liebe gestanden hat. Mir gestanden hat, dass er *in mich verliebt* ist.

Jedes Mal, wenn ich es wie einen Film wieder vor meinem inneren Auge abspiele, fühle ich mich so, als ob mich jemand hochhebt und in die Luft wirft: Erst schwillt der Überschwang des freien Falls in mir an, bevor mich die Angst vor dem Aufprall einholt.

Ich liebe dieses Gefühl — und es macht mir Angst.

Trotzdem kann ich irgendwie nicht damit aufhören, den Moment wieder und wieder zu durchleben. Irgendetwas daran passt nicht. Etwas, das an all meinen Muskeln zieht, und mir den Schlaf raubt.

Ich versuche, es genauer einzukreisen.

Ich weiß, dass ich nicht schwul bin. Ich habe es mehrfach geprüft. Keiner der Typen, die ich mir online angesehen habe, hat mir irgendetwas gegeben. Klar, ein paar waren schon attraktiv, aber sie haben mich nicht angemacht.

Die Frauen haben dich auch nicht angemacht.

Ich stöhne und lege meine Stirn auf die Tischplatte. Ich atme den Duft des Holzes ein und muss daran denken, wie Luke den Tisch auf seinen Rücken gehievt, ihn zum Tischlerei-Workshop gebracht, und für mich repariert hat.

Diese Gedanken machen mich ganz schwindelig und ich habe Angst, dass ich irgendwann vollkommen den Boden unter den Füßen verliere, und immer weiter falle. Und dann wird mich nichts mehr stoppen, nichts mehr zusammenhalten.

Ich reibe meine Stirn an der Platte und der Druck hilft mir, mich wieder zu beruhigen.

Ich drehe meinen Kopf zum Fenster und muss mich am Tisch festhalten als ich den Zaun ansehe.

Es ist so schwer, dass er dort drüben ist und ich nicht zu ihm gehen kann. Es ist wie eine Wiederholung seiner Zeit in Auckland, nur viel schlimmer. Denn diesmal sind wir nicht wegen der Entfernung getrennt, sondern wegen uns selbst. Wegen mir.

Und ich weiß, dass Luke behauptet, dass er es schon überstehen wird, dass wir natürlich Freunde bleiben werden, aber…

Aber…

Es wird nie wieder so sein wie vorher.

Scheiße. Alles ist kaputt. Und nur wegen meiner bescheuerten Liste. Alles nur, weil ich nicht damit klarkomme, dass ich **30** werde.

Warum war ich so blöd? Warum brauchte ich den Nervenkitzel?

Warum musste ich das Tabu mit Luke brechen?

Die verdammte Liste ist schuld. Die Liste hat mich verrückt gemacht.

Und war die Liste auch daran schuld, dass du es so genossen hast?

Und wieder fühle ich mich so, als ob ich falle. Ich halte mich krampfhaft an den glatten Tischkanten fest, bis meine Handflächen schmerzen.

Ja, ich habe es genossen, mit Luke zusammen zu sein, wirklich genossen. Aber es ging mir nur darum, das Tabu zu brechen.

Das muss es sein.

Ich steh' nicht auf Männer. Meine Internet-Recherche beweist es.

Das schrille Klingeln des Telefons schiebt meine nagenden Zweifel für einen Moment zur Seite. Ich gehe ran. Es ist mein Chef. „Weißt du, was ich gerade in den Händen halte?"

Ich bin mir ziemlich sicher, was es ist. „Du hast also meine Kündigung bekommen?"

„Und du konntest mir das nicht persönlich geben? Mit mir darüber sprechen?"

Ich konnte in meinem Zustand diese Woche nicht zur Arbeit gehen. Ich hätte die Kundschaft verschreckt. „Nein, konnte ich nicht, tut mir leid."

Ich höre einen Seufzer am anderen Ende. „Wäre ja auch zu gut gewesen, wenn du für immer bei uns gearbeitet hättest. Und was kommt als Nächstes?"

„Schule. Ich muss an die Zukunft denken." Darüber, was ich wirklich vom Leben will. Wie ich mit **40** leben möchte. Was für ein Beispiel ich Jeremy geben möchte. Ich brauche diese Veränderung. Es hat schon länger in mir gebrodelt, aber seit dem Tag am Strand mit Luke sehe ich es glasklar.

„Deshalb hättest du mit mir sprechen sollen, Sam. Wir können uns beiden einen Gefallen tun. Ich kann deine Schichten so legen, dass es zu deinen Plänen passt. Damit du dich über Wasser halten kannst, während du studierst. Denk einfach mal drüber nach und komm vorbei, wenn du so weit bist."

Nach dem Anruf lehne ich mich an den Küchenschrank

und schau ins Sonnenlicht, das über den Tisch strömt. Ich starre, bis ich nur noch Lichtflecken sehe.

Ich muss raus. Irgendwohin, wo ich nicht überall Luke sehe.

Ich reibe mein Gesicht. Mein Ohrring kratzt an meinem Daumen und ohne weiter nachzudenken, reiße ich ihn raus und werfe ihn auf den Tisch. Ich ertaste das Brust-Piercing unter meinem T-Shirt und nehme auch das heraus.

Mit Schlüssel und Portemonnaie gehe ich zu meinem Honda und fahre zum Frisör. Ich lasse meine Haare färben und schneiden, damit es wieder so aussieht wie früher: kurz und verwuschelt. Ich hatte gehofft, dass ich mich ein bisschen entspannen würde, aber ich muss die ganze Zeit daran denken, wie Luke mir zu Hause die Haare gefärbt hat.

Es fühlt sich nicht annährend so gut an.

Zurück im Auto betrachte ich mich im Rückspiegel. Jetzt sehe ich dort nicht mehr einen wilden Möchtegern-Punk, sondern einen Vater, der in drei Tagen **30** wird.

„Nur gut, dass du dich nicht hast tätowieren lassen“, murmele ich zu mir selbst. „Vielleicht kann es ja doch wieder so werden wie es war. Wie es sein sollte.“

Wenn ich nach Hause komme, suche ich die Liste, zerreiße und verbrenne sie.

Aber ich fahre nicht nach Hause. Etwas zieht mich zu Carole.

Ich parke vor ihrem Haus. Was mache ich hier?

Warum will ich unbedingt mit ihr reden?

Ich halte mich am Lenkrad fest und starre auf die Straße. Die Sonne ist fast untergegangen und die Straßenbeleuchtung hat sich gerade eingeschaltet.

Jeremy.

Deshalb bin ich hier. Ich will, dass er sieht, dass ich wieder normal bin. Dass ich der Vater bin, den er braucht.

Ja, das ist es.

Ich klopfe an Caroles Tür. Sie öffnet mir, an einem Ohr das Telefon. Ihre Augen leuchten überrascht auf, aber sie geht gleich zur Seite und winkt mich rein.

„Hey, Greg, ich hab gerade Besuch bekommen. Kann ich dich zurückrufen? … Ich liebe dich auch. Tschüss." Sie legt auf und mustert mich mit prüfendem Blick. „Ich hätte nie gedacht, dass ich den Iro mal vermissen würde."

Carole winkt mich in die Küche, aber anstatt mich hinzusetzen, bleibe ich an der Kücheninsel stehen und vergrabe meine Daumen in den Hosentaschen.

„Was bringt dich zu mir?", fragt Carole, schaltet den Wasserkocher ein und sucht dann nach dem Instant-Kaffee. Bevor sie den Kaffee öffnet, hält sie inne und sieht mich an. „Oder brauchen wir was Stärkeres?"

Ich schüttele meinen Kopf. „Kaffee ist schon o.k. Ich war nur gerade in der Nähe und dachte, ich schau mal rein. Wo ist Jeremy?"

„Er ist mit Steven unterwegs." Sie schaut zur Kuh-Uhr an der Wand hinter mir. „Er sollte in einer halben Stunde zum Abendessen wieder da sein."

„Und wie läuft's bei euch beiden?"

„Angespannt, aber… vielleicht wird's langsam besser."

„Hat er Greg schon kennengelernt?"

Carole öffnet die Kaffeedose, wie es aussieht, mit mehr Kraft als notwendig.

„Das heißt wohl nein."

Sie starrt den Deckel in ihrer Hand an. „Greg hat so viel Geduld. Er ist ein guter Mann, Sam. Wenn ihm Jeremy nur eine Chance geben würde…"

Ich gehe um die Kücheninsel herum und stupse sie an. „Er kommt schon noch dahin. Er hat im Moment eine Menge zu verarbeiten, aber er ist ein guter Junge. Er wird es schlucken und darüber hinwegkommen."

Sie nickt und schiebt sich eine Locke hinter das Ohr. „Du hast Recht. Gibst du mir bitte mal die Milch?“

Ich nehme eine Flasche aus dem Kühlschrank und reiche sie rüber.

„Und warum bist du nun wirklich hier?“, fragt sie und schaufelt zwei gehäufte Teelöffel Kaffee in jede Tasse.

„Jeremy, natürlich.“

Sie fixiert mich wieder mit ihrem Blick und schüttelt den Kopf. „Da ist noch was anderes. Deine Frisur sieht zwar gut aus, aber ansonsten wirkst du, als ob du seit Tagen nicht geschlafen hättest. Also, willst du's mir erzählen? Oder brauchen wir einen Kaffee mit Schuss, um dich zum Reden zu bringen?“

Schulterzuckend setze ich mich, nehme einen herumliegenden Kugelschreiber in die Hand und klicke mit der Spitze.

Natürlich hat sie Recht. Deshalb bin ich hier. Weil ich einen Freund brauche, der mir zuhört — und mir vielleicht eine neue Sicht auf die Dinge zeigen kann. Vielleicht versteht sie, was an mir nagt.

„Luke ist schwul. Und ich hab möglicherweise ein bisschen mit ihm rumgemacht.“

Caroles Blick springt zu mir. Diese Reaktion hatte ich erwartet. Was ich nicht erwartet hatte, ist das breite Grinsen, das darauf folgt. Sie wirft ihren Kopf zurück und lacht. „Endlich. Gott sei Dank! Ihr zwei tänzelt doch schon ewig darum herum.“

Häh? „Häh?“

„Du hast ja keine Ahnung, wie lange ich darauf gewartet habe. Ich hatte schon gedacht, dass du total blind bist und niemals das Licht sehen würdest.“

„Ich hätte das nicht mit ihm tun sollen, Carole.“

Ihr tiefes Lachen bricht plötzlich ab. „O.k., jetzt bin ich dran… Häh?“

„Ich hatte diese Liste von Dingen, die ich vor meinem

Geburtstag machen wollte. Und eins der Dinge war, ein sexuelles Tabu zu brechen. Es sollte ja nicht mehr als ein Experiment sein. Und letzte Woche finde ich raus, dass Luke… dass er…“

„Dich liebt?“

Ich werde rot und klicke schneller mit dem Kuli. „Ja.“

„Ach Sam, mein Lieber, du siehst so verstört aus.“

Ich nehme den Stift und reibe ihn über meine Stirn. „Das bin ich auch.“

Sie bringt unsere Kaffeetassen rüber und setzt sich mir gegenüber. „Erzähl mir alles.“

Ich lasse den Stift fallen und nehme die Tasse. Der Kaffee duftet schokoladig und die Tasse wärmt meine Hände. „Ich bin nicht schwul. Ich hab es probiert und mir andere Männer angesehen … und es ist nichts passiert. Aber ich … ich kann nicht aufhören, daran zu denken, wie es mit ihm war. Ich … ich hab es genossen.“

Carole lehnt sich zurück. Nach einem Schluck Kaffee sagt sie schließlich: „Vielleicht stehst du nicht auf Männer. Vielleicht ist es nur Luke.“

Ich versuche, noch einen Schluck zu trinken und schütte prompt Kaffee auf meine Hose. „N-nein“, sage ich und stehe auf, um mir ein Küchentuch zu holen, und die Schweinerei aufzuwischen. „Ich habe es genossen, weil es ein Tabu war. Es war wild. Verboten, irgendwie. Der Nervenkitzel hat mich verführt. Das — und, dass ich alles auf meiner Liste abhaken wollte.“

Oder war die Liste am Ende nur eine Ausrede gewesen?

„Weil es verboten ist?“ Carole kneift nachdenklich die Augen zusammen. Sie stellt ihre Tasse auf den Tisch und steht auf. Ihre Augen funkeln, als sie auf mich zukommt. „Macht dich das ganz heiß?“ Sie haucht die Worte mit ihrer verführerischsten Stimme und beißt sich dabei auf die Unterlippe.

Ich lasse meine Hand mit dem nassen Küchentuch sinken und weiche einen Schritt zurück. „Was soll das denn?"

Sie kommt näher und ich gehe rückwärts bis ich an die Schubkästen stoße. „Greg muss nie davon erfahren", sagt sie und rückt immer weiter an mich heran.

Ich versuche, zur Seite wegzutauchen, aber Caroles Hand greift nach meinem Arm. Ihre Finger gleiten zu meiner Hand.

Ich schüttele sie ab. „Carole, krieg' dich wieder ein." Ich würde mich niemals von einer Frau verführen lassen, die in einer Beziehung steckt.

Sie geht auf Abstand, zwinkert mir zu und grinst. „Aber das ist doch so *wild*. Spürst du nicht den Nervenkitzel?"

Nein, tue ich nicht. Nicht im Geringsten.

Und darum geht es ihr, nicht wahr?

Carole geht zurück zum Tisch und als sie wieder ihren Kaffee in den Händen hält, sagt sie: „Das Ziel von Experimenten ist es doch, die Wahrheit herauszufinden. Und das Experiment, das ich gerade mit dir durchgeführt habe, weist doch auf einen bestimmten Schluss hin, oder nicht? Aber die eigentliche Frage ist: Welche Schlüsse ziehst *du* aus deinen Experimenten mit Luke?"

Wieder wird mir der Boden unter den Füßen weggezogen.

Und diesmal falle ich immer weiter.

~

Später zu Hause im Bett halte ich mein Handy in der Hand.

Ich tippe seine Nummer. Die Nummer, die ich in- und auswendig kenne, vorwärts und rückwärts.

Es klingelt **2** Mal. Es ist spät. Er ist schon im Bett. Ich weiß, dass er gleich weiß, dass ich es bin.

Es klingelt noch **1** Mal.

Er nimmt ab. „Sam?"

„Ich wollte nur…“ *deine Stimme hören* — „hören, ob du noch da bist.“

„Bin ich.“

Ich schlucke, und es schmerzt. „Du fehlst mir. Ich… ich habe in der letzten Woche viel nachgedacht. Ich hab’s getan, Luke. Ich hab gekündigt und mich für die Uni beworben.“

„Das ist toll, Sam. Wir sollten das feiern. Bald.“

Ich drücke das Handy noch fester an mein Ohr. „Und…“

„Und?“

Ich schließe meine Augen und atme ganz langsam aus. Aber die richtigen Worte kommen nicht. „Und, ähm, ich hoffe, du schläfst gut, Luke.“

Kapitel Neununddreißig

JEREMY

Hausarrest nervt ohne Ende.

Ich hasse es, dass ich nicht bei meinen Kumpels übernachten darf, keine Videospiele spielen und auch nicht fernsehen darf. Ich hasse es, dass ich jeden Abend zum Essen zu Hause sein muss.

Aber das Schlimmste ist — und zwar mit Abstand — dass ich mein Handy abgeben musste.

Ich hatte versucht, Papa zu überreden, es mir heute wiederzugeben, aber er hatte mich nur ausgelacht.

Also muss ich Suzy übers Festnetz anrufen. Und wenn das nicht all den Telefonsex verhindert, den wir haben könnten…

Nicht, dass wir das vorher schon mal getan hätten. Aber wenn ich nicht mit runtergelassenen Hosen erwischt worden wäre, hätte es bestimmt die Chance dazu gegeben. Und jetzt sehen wir kaum noch etwas voneinander. Ich denke, sie hat Schiss, meinen Eltern über den Weg zu laufen, und ich kann ihr da keine Vorwürfe machen. Ich hab Angst, dass meine Mutter ihr die Goldene Kondom-Regel verpassen würde.

Ich würde es Mama zutrauen, bei Suzys erstem Besuch bei uns die Bananen rauszuholen.

Ich schau auf meinen Radiowecker. Es ist 23 Uhr und Papa schläft schon. Der perfekte Zeitpunkt, ins Wohnzimmer zu schleichen und das Telefon zu holen.

Ich schnappe es mir und schleppe meinen Hintern wieder zurück ins Bett. Sobald ich mich hingelegt habe, drücke ich auf die Wähltaste—

Und dann höre ich Papas Stimme in der Leitung.

„Ich mag diese Anrufe."

„Ich auch."

„Aber ich will dich wiedersehen."

Kurze Stille. Dann Lukes gedrückte Antwort: „Ich dich auch."

„Wann?"

„Ich weiß es nicht."

Ich verdrehe die Augen. Die zwei brauchen echt einen Tritt in den Hintern. Warum können sie sich nicht endlich zusammenreißen?

Ich lege auf und warte zehn Minuten. Dann horche ich, ob die Leitung jetzt frei ist. Ist sie.

Aber dann wähle ich nicht Suzys Nummer. Sondern Stevens.

Er klingt schläfrig. Aber er wird ziemlich schnell munter, als ich ihm erzähle, dass Papa und Mr. Luke ineinander verliebt sind.

„Echt?"

„Ja. Echt. Sie benehmen sich wie Teenager."

„Was meinst du damit?"

„Sie machen sich viel zu viele Gedanken. Ich hab da eine Idee. Ein Art Trick. Und ich brauch' deine Hilfe."

Steven grummelt. „Als du das das letzte Mal gesagt hast, musste ich dich vor den Augen deiner Mutter küssen."

„Tu nicht so, als ob das eine lästige Pflicht für dich war. Ich weiß doch, dass es dir gefallen hat."

„Sag mir einfach, ob dein Trick Küsse beinhaltet."

„Hoffentlich. Aber nicht unsere, also freu' dich nicht zu früh."

Er lacht. „Verdammt."

„Nein, das ist schon gut so. Simon würde mir bestimmt eine reinhauen, wenn er rausfindet, dass ich dich dazu gezwungen habe, mich zu küssen."

Steven wird ganz still und ich drehe mich auf meine andere Seite. Meine Bettdecke ist um meine Beine gewickelt. „Was hat denn Simon jetzt damit zu tun?"

„Mensch. Seid ihr alle blind? Ich bin doch für euch alle der Kuppler hier."

„Nur für deinen Papa und Luke."

„Halt die Klappe, Mann. Also, Luke war immer gut zu mir. Und ich hab ihn in der letzten Zeit ziemlich scheiße behandelt. Also schulde ich ihm was." *Und vielleicht will ich ja auch Dad ein bisschen dabei helfen, alles auf seiner Liste abzuhaken.* „Aber jetzt vergiss das wieder und lass' mich mal meinen Plan erklären…"

Papa starrt ausdruckslos auf die Gewichte, die neben dem Schreibtisch im Wohnzimmer liegen. Steht einfach nur da. Und starrt.

Ich muss mir das Lachen echt verkneifen… Als ob es auch nur jemals die kleinste Chance gegeben hätte, dass Papa „richtig, übelst" fit wird.

Ich gieße mir ein Glas Schokomilch ein und überlege, wie ich den ersten Punkt meines teuflisch-genialen Plans umsetzen soll. Ich habe den ganzen Morgen und frühen Nachmittag über die Details nachgedacht. Und jetzt soll der Ball ins Rollen kommen…

Ich schaue zu Papa rüber. „Und? Hat er es dir gesagt?“

Er erschrickt und geht zum Tisch. „Was? Wer hat mir was gesagt?“

„Na, Luke natürlich.“ Ich schüttele den Kopf und setze meine verbitterte Stimme auf. „Ich kann nicht glauben, dass er schon wieder wegzieht, wo er gerade erst wieder angekommen ist.“

„Wegzieht?“ Papa schaut aus dem Fenster. „Wovon redest du?“

„Er hat es so nebenbei erwähnt. Ich dachte, er hätte es dir schon gesagt.“ Und nun zum nächsten Punkt des Plans… „Papa, ich brauch dann mal deine Hilfe. Es ist sehr wichtig.“

Er richtet seinen schmerzerfüllten Blick auf mich. Sehr gut. „Und wobei?“

„Du musst mir helfen, ihn zu überzeugen. Dass er bleibt. Ich verkrafte es nicht, wenn er wegzieht.“

Er schluckt.

Ich gebe ihm keine Zeit zum Nachdenken und lege nach. „Kannst du dir gleich mal deine Turnschuhe anziehen und mich zum Park fahren…?“

Kapitel Vierzig

LUKE

Völlig überraschend steht Steven am Samstagnachmittag vor meiner Tür. „Mr. Luke“, sagt er, verschränkt seine Arme und lässt sie gleich wieder fallen.

„Mr. Steven. Wenn du zu Jeremy wolltest, er ist leider nicht da.“

„Nein, ich wollte zu Ihnen.“

So wie er sich windet, ist es ihm offensichtlich unangenehm, hier zu stehen. Ich frage mich, ob er über bestimmte Dinge *reden* will. Ich öffne die Tür etwas weiter. „Willst du reinkommen?“

Er schüttelt den Kopf und hat wahrscheinlich gerade erraten, was ich denke, warum er hier ist, denn er errötet. „Nein, es geht um… um Jeremy. Er hat mir gesagt, dass ich Sie holen soll. Und zwar schnell.“

Ich halte mich an der Tür fest. „Ist was passiert?“

„Nichts Schlimmes“, antwortet Steven hastig. „Er will nur, dass Sie zum Park kommen.“

„Sag nächstes Mal bitte gleich, dass es nichts Schlimmes ist.“ Ich gehe in den Flur und hole meine Schlüssel.

„Sie müssen einen Fußball mitbringen“, ruft mir Steven hinterher. „Und alles, was Sie draufhaben.“

Als ich das höre, stutze ich kurz, doch dann muss ich breit grinsen. „Mach dir keine Sorgen, das bringe ich auf jeden Fall mit.“

~

Ich muss es wohl akzeptieren: Ich werde über Sam nicht hinwegkommen.

Soviel wird mir klar, als ich aus meinem Truck steige und seinen Honda auf der anderen Seite des Parkplatzes sehe. Schon jetzt rast mein Puls und ich blicke suchend zu den Spielfeldern neben dem Parkplatz.

Schöne Scheiße.

Steven kommt mit dem Fußball hinter dem Truck hervor und murmelt etwas in sich hinein. Aber das sind nur Hintergrundgeräusche im Vergleich zu den Stimmen in meinem Kopf. Einerseits sagen sie mir, dass es keine gute Idee ist, Sam so bald schon wiederzusehen. Zugleich drängen sie mich aber, mich zu beeilen und zu ihm zu gehen.

Zuerst sehe ich Jeremy. Er redet mit Simon, der gerade seinen Parka auszieht. Außerdem ist auch ein Mädchen da. Nach hinten gebundene Haare, ultrakurze Shorts, ein Unterhemd und bis zu den Knien hochgezogene Socken. Ich errate gleich, wer das ist.

Ich jogge zu ihnen rüber und der Wind trägt einen Teil ihres Gesprächs zu mir.

„Stell’ die Hütchen auf, dann können wir anfangen.“

Ich halte an. „Hey, Jeremy…“

Und dann sehe ich ihn.

Er steht ungefähr fünfzig Meter entfernt von mir. Die warme Nachmittagssonne malt goldene Strähnen in sein jetzt — wieder — braunes Haar, und ein plötzlicher Windstoß drückt sein T-Shirt an seinen Rücken.

Er zeigt auf etwas auf dem Platz, während er mit… Carole redet?

Was ist hier los?

Ich schaue zu Jeremy, der meinem Blick ausweicht, und will gerade zu einer Oberlehrer-Ansprache ansetzen und eine Erklärung fordern, als ich aus dem Augenwinkel sehe, dass sich Sam umdreht.

Er hat mich gesehen. Ich weiß es. Sein Körper spannt sich und sicher hört er nichts mehr von dem, was Carole, die neben ihm steht, erzählt.

Ich schaue ihn an und diesmal kann ich meinen Blick nicht mehr von ihm losreißen.

Und er kann es auch nicht.

Schließlich schaue ich nach unten, auf das T-Shirt, das er trägt, und muss blinzeln. Ich erkenne es sofort. *Keep Calm and Suck It Up.*

Ich schlucke den fußballgroßen Kloß in meinem Hals runter. Sam wiederzusehen… auch noch in meinem T-Shirt… es lindert meine Schmerzen — und macht sie gleichzeitig schlimmer.

„Schiebt eure lahmen Ärsche jetzt endlich hier rüber!“, ruft Jeremy seinem Vater zu und unterbricht unseren Moment.

Steven taucht neben mir auf und wirft Jeremy den Ball zu. „Mann, wie gerne würde ich jetzt mitspielen.“

Jeremy verdreht die Augen. „Du kannst der Linienrichter sein.“

Simon schiebt sich zwischen mich und Steven und knufft ihn in die Schulter. „Keine Bälle für dich bis es deinem Fuß wieder besser geht.“ Darauf folgt eine unangenehme Stille und ich muss mich sehr zurückhalten, nicht loszulachen. Simon schüttelt den Kopf. „Ähm, so meinte ich das nicht…"

„Das hoffe ich doch sehr!", raunt Steven, aber der Wind trägt es weiter und so, wie Jeremy schnaubt, hat er es auch gehört.

Simon starrt Steven an, der mittlerweile so rot geworden ist, dass man es fast schon burgunderfarben nennen kann. Da greift Simon nach Stevens Hand und zieht ihn weg. Mit zittriger Stimme sagt er: „Ich glaube, wir müssen uns mal kurz unterhalten."

Carole und Sam stehen neben Jeremy, der den Ball hochwirft und wieder auffängt. Seine Augen funkeln schelmisch. Ich werde schon noch rausfinden, was er vorhat.

Aber nicht in diesem Moment, denn Suzy räuspert sich, zwinkert Jeremy zu und beugt sich zu Carole rüber.

Jeremy klemmt sich den Ball unter den Arm und sagt: „Oh, übrigens, Mama, Papa, Luke, das ist Suzy."

Suzy holt ihr breitestes, wärmstes Lächeln hervor und schüttelt uns die Hände.

Carole ist steif, aber trotzdem freundlich, und ich frage mich, ob Jeremy genauso reagieren wird, wenn er endlich Greg kennenlernt. Sam schenkt ihr ein fröhlicheres Lächeln und ein Nicken. Ich sage ihr, dass ich mich freue, sie kennenzulernen — diesmal offiziell. Außerdem nehme ich mir vor, Jeremy mit allen Verhütungsmitteln zu versorgen, die er braucht.

„Na dann lasst uns mal loslegen", sagt Jeremy. Dann ruft er Simon zu: „Mal die Linien auf, wenn du fertig bist."

„O.k.", sagte ich und klaue Jeremy den Ball, den er gerade mit dem Knie nach oben gekickt hat. „Verrat' uns, was du vorhast."

Jeremy zuckt unschuldig mit den Schultern. „Langeweile ist der Vater der Kreativität."

„Die *Mutter* der Kreativität", korrigiere ich.

Er denkt kurz darüber nach und schüttelt dann den Kopf. „Nicht in diesem Fall.“

„Wir sollten dich wohl öfter mal unter Hausarrest stellen“, sagt Sam.

Jeremy tut so, als ob er das nicht gehört hat, aber ich muss grinsen. „Wir werden ein bisschen Fußball spielen“, sagt Jeremy. „Drei gegen drei, zwanzig Minuten pro Halbzeit.“ Er schaut zu mir. „Das Verlierer-Team kocht für die Gewinner. Ich hoffe, du gibst dein Bestes.“

Ich halte seinen Blick. „Klar, und noch ein bisschen mehr.“

Er schaut mich noch ein paar Sekunden an, bevor sein Blick abschweift. „Gut. Du, Mama und Papa gegen mich, Suzy und Simon. Alter gegen Schönheit.“ Er zeigt mit dem Daumen auf seinen Vater. „Er kann überhaupt nicht spielen.“ Er zwinkert Suzy zu. „Und sie auch nicht.“

Suzy lacht laut auf. „So ist es.“

Jeremy grinst. „Denk’ einfach dran, nicht die Hände zu benutzen.“

„So wie Riverdance. Verstanden.“

„Nein, nicht—“ Er schüttelt den Kopf und schaut mich an. „Also, du siehst, dass wir ziemlich ausgeglichen sind. Mama ist ganz gut, aber Papa…“

„Etwas Anerkennung bitte“, murmelt Sam und sieht dabei aus, als ob er am liebsten den Ball auf den Kopf seines Sohnes pfeffern würde. „Ich kenne zumindest die Regeln.“

„Naja, du hast Luke, da kann nicht viel schiefgehen.“ Jeremy macht eine kurze Pause, bevor er weiterredet, und ich frage mich, ob er gerade versucht, die Kunst des Unterschwelligen zu meistern. Falls ja, würde ich ihm eine gute Zwei für seinen Versuch geben. „Also, sind die Regeln allen klar?“

Ich schaue zu Sam und erwische ihn dabei, wie er mich anstarrt. Er schaut schnell weg und beginnt, von einem Fuß auf den anderen zu wippen. Dabei murmelt er: „Ja, ja, schon klar.“

„Großartig. Steven! Simon!"

Die beiden kommen zu uns gerannt, beide rot angelaufen und grinsend. Wenigstens waren sie fleißig während ihres „Gesprächs". Auf allen Seiten des Platzes stehen Hütchen.

Carole drückt Jeremy eine Münze in die Hand und er wirft sie hoch. „Kopf!", rufe ich.

Er schaut auf die Münze und verzieht das Gesicht. „Du entscheidest."

„Ich nehme den Ball. Ach, und Jeremy", sage ich, „Alter siegt noch immer über Schönheit!"

Er wirft mir ein schelmisches Grinsen zu. „Zwei Minuten für Strategie, dann geht's los." Er hakt sich bei Suzy unter und winkt Simon zu sicher herüber.

Ich möchte Sam so vieles sagen, aber Carole ist auch hier und es ist nicht der richtige Moment. Stattdessen sage ich: „Na gut, dann zeigen wir Ü-30er diesen Jungspunden mal, wo der Hammer hängt."

Sams Antwort kommt postwendend: „Noch bin ich keine Dreißig. Ich hab noch ein paar Stunden."

~

Carole bleibt hinten und verteidigt unser Tor.

Jeremy — auf dem Platz wie immer sehr von sich selbst überzeugt — zeigt seine extravagante Fußarbeit, wann immer ihm jemand zu nahe kommt.

Gut, dass ich am Ball bin. Ich berühre ihn einmal und passe zu Sam. Er passt umgehend zu mir zurück und ich unterdrücke ein Lachen und spiele zurück zu ihm. „Mach ganz langsam, dribble einfach in Richtung Tor."

Er legt sich den Ball ein wenig vor und antwortet: „Jedes Mal, wenn ich den Ball habe, steht mir Jeremy auf den Füßen. Der hat mehr Beine als eine Spinne."

„Mach dir um den keine Sorgen", sage ich und kann mein

Kichern jetzt nicht mehr zurückhalten. „Halt einfach den Ball in Bewegung. Um Suzy kommst du ja wohl noch herum und danach kannst du ihn wieder zu mir spielen."

Er kommt an Suzy vorbei, aber bevor er passen kann, ist Jeremy an Ort und Stelle und ich könnte schwören, dass sein Grinsen dem der Weißen Haie neulich nicht unähnlich ist.

„Na toll", sagt Sam. „Ich sollte dir den Ball einfach zuspielen, oder?"

„Nee, das würde zu lange dauern." Und dann tunnelt Jeremy Sam und folgt dem Ball.

Was für eine Frechheit!

Ich folge ihm und decke ihn so eng wie möglich. Vor diesem Hai habe ich keine Angst. „Dafür wirst du bezahlen."

„Sieh mal an, wer zur Rettung eilt. Wirst du den Ball für ihn zurückholen?"

„Darauf kannst du wetten."

Da ich seine Finte vorausahnen kann, hole ich mir den Ball und kicke ihn mit der Hacke zurück zu Carole. Sie spielt weiter zu Sam, aber leider ist Suzy dazwischen.

Jeremy sagt leise: „Schön, dass du wenigstens hier für ihn kämpfst…" Er lässt den Satz so stehen, schaut mich kurz an und joggt dann zu Suzy.

„Falsche Richtung, falsche Richtung", ruft er ihr zu, als sie mit dem Ball auf ihr eigenes Tor zustürmt.

Simons Aufmerksamkeit ist auf die Seitenlinie gerichtet und er lässt den Ball fast an sich vorbeirauschen.

„Augen auf den Ball", ruft Jeremy. „Den Fußball!"

Sam und ich bleiben beide stehen und ich bin mir sicher, dass er das Lachen in meinen Augen sieht, genauso, wie ich es in seinen sehe. Dann sieht er an mir herab und errötet.

Ich weiß nicht, was ich davon halten soll. Hatte Jeremy etwa Recht? Könnte es sein, dass es Sam einfach noch nicht gesehen hat? Dass er vielleicht…

Oder grabe ich mir gerade mein eigenes Grab?

Steven pfeift zur Halbzeit. Wir machen fünf Minuten Pause und Carole überrascht uns mit einer Kühlbox voller Getränke und Snacks.

Ich nehme einen tiefen, kalten Schluck und obwohl das Wasser meine Kehle spült, hilft es nicht, meine Gedanken zu klären.

Sam nimmt Jeremy zur Seite und vor Neugier nähere ich mich den beiden und versuche angestrengt, etwas mitzuhören.

„Ich hab keine Ahnung, wie das helfen soll —"

Jeremy unterbricht seinen Vater. „Das musst du schon selbst rausfinden. Ich muss erstmal Suzy vor Mama beschützen."

„Aber —"

Doch Jeremy ist schon auf dem Weg zu Suzy und ruft über seine Schulter: „Genieß einfach das Spiel, Papa. Du wolltest doch vor deinem Dreißigsten noch Sport machen, oder?"

„Was? Woher weißt du —?"

Aber da pfeift Steven schon zur zweiten Halbzeit. Sam stakst auf den Platz. Als er mich sieht, grummelt er. „Der Junge hat irgendwas vor. Und nach diesem Spiel müssen wir uns wirklich unterhalten!"

Auf dem Platz hilft Jeremy Suzy, ein Tor zu schießen. Er jubelt und trägt sie umher, nachdem sie den Ball durch die Hütchen gekickt hat.

Als ich ihm später in der zweiten Hälfte wieder den Ball abnehme, laufe ich wie der Wind und bringe ihn nach Hause. Sam springt auf und sieht aus, als ob er mir um den Hals fallen möchte, aber er überlegt es sich anders und gibt mir High five. „Wir Ü-30er haben's immer noch drauf!"

Ich zwinkere ihm zu. „Noch nicht ganz dreißig, schon vergessen?"

Er wird rot. „Ja, aber nicht mehr lange."

Wir stellen uns wieder auf. Jeremy hat den Ball, doch nach einem schlechten Pass ist er schnell wieder in unserem Besitz.

Sam spielt zu Carole. Sie nimmt ihn an, murmelt irgendetwas, das sich anhört wie „Ich zeig' euch Kindern, was *Alter* heißt" und dribbelt den Ball durch die Mitte, täuscht einen Pass auf Sam an, und trifft.

Das alles passiert so schnell, dass auf das Tor erst einmal ein Moment stillen Schocks folgt.

Und dann: „Verdammt, Mama. Jetzt weiß ich, von wem ich mein Talent habe."

„Hey!", wirft Sam ein. Doch sein Stirnrunzeln verschwindet so schnell wie es gekommen ist und weicht einem breiten Grinsen. „Nicht schlecht, Carole."

Dann sind die letzten fünf Minuten angebrochen. Jeremy schaut ständig auf seine Uhr und seine Unkonzentriertheit macht es mir leicht, den Ball zu erobern. „Nächstes Mal muss ich dich wohl bitten, dein Bestes zu geben", sage ich zu ihm.

Das bringt ihn in Bewegung. Und ehe ich mich versehen kann, liegt er auf dem Boden und sein Fuß rutscht nach vorn und holt sich den Ball.

Simon erläuft den Pass und dribbelt. Kurz vor dem Tor passt er zurück zu Jeremy.

Ich sehe es schon vor mir. Jeremy muss den Ball nur anstupsen und schon steht es 2:2. Ich warte nur drauf.

Aber es passiert nicht.

Jeremy schießt am Tor vorbei. Das Ding hätte er aber versenken müssen! Sogar Suzy oder Sam hätten den reingemacht.

Dann ertönt der Pfiff und das Spiel ist vorbei.

Und wir haben gewonnen.

Diesmal wirft Sam seine Arme um mich und ich hüte mich davor, ihm zu sagen, dass dieses Spiel möglicherweise manipuliert wurde. Als Carole rüberkommt, schließen wir sie mit in unsere Umarmung ein. Sam wirkt sofort etwas steif.

„Ach herrjemine!", ruft Jeremy plötzlich aus und schnippt mit den Fingern. „Wir haben verloren." Seine Enttäuschung ist so offensichtlich gefakt… wie eine schlechte Fotomontage. „Sieht so aus, als ob Simon, Suzy und ich kochen müssen." Er sieht mich an. „Das Essen wird in einer Stunde serviert. Bis dahin müsst ihr bei dir zu Hause warten." Zu seinem Vater sagt er noch: „Bleib bei Luke und pass auf, dass er nicht abhaut." Und nach einer Pause fügt er hinzu: „Ihr wollt doch nicht, dass eure Shepherd's Pie kalt wird."

Sam nickt, befreit sich aus unserer Umarmung, und fragt Carole: „Bleibst du auch noch ein bisschen?" Wenn ich mich nicht täusche, klingt er so, als ob er sie nicht unbedingt dabei haben will.

„Nein, nein", sagt sie und grinst. „Ich, ähm, ich habe Greg versprochen, dass ich in anrufe. Greg, genau. Ich komme einfach in einer Stunde bei dir vorbei, passt das, Jeremy?"

Jeremy schaut von mir zu seinem Vater. „Klar. Eine Stunde. Das sollte ausreichen, um alles Notwendige zu erledigen."

~

„Noch offensichtlicher ging es wohl nicht", sagt Sam und steigt auf der Beifahrerseite in mein Auto ein. Er seufzt. „Jeremy hasst es, dass zwischen uns so eine seltsame Stimmung herrscht. Dass wir uns seit über einer Woche nicht gesehen haben."

Ich lege meinen Gurt an.

Dann lehne ich mich zurück und starre auf den Platz, wo wir eben noch gespielt haben. Er fügt sanft hinzu: „Mir geht's genauso."

Ich sehe Sams Stirn in Falten liegen. Seine Hände sind zu Fäusten geballt und seine Lippe zittert leicht, als ob er noch etwas sagen möchte.

Verdammt. Und ich will ihn an mich ziehen, sein Kinn anheben und seinen Mund küssen!

Kämpfen. Ich will um uns kämpfen.

Und gleichzeitig könnte ich es nicht ertragen, noch einmal ein Nein von ihm zu hören.

„Cooles T-Shirt", murmele ich, ergreife das Lenkrad mit meiner linken Hand und drehen den Zündschlüssel mit der rechten. „Wie wär's mit 'ner Spritztour?"

„Ich hab das Shirt aus Versehen auf Stewart Island in meinen Koffer gepackt. Es gefällt mir." Sein Kopf geht zur Seite und in meiner Einbildung — denn was anderes kann es nicht sein — schnuppert er daran. „Spritztour klingt gut. Zur Küste?"

Wir sind beide ganz still, als wir an der Küste entlang fahren. Sam reibt seine Handflächen über seine Oberschenkel. „Erinnerst du dich noch, als wir das letzte Mal hier waren."

„Klar." Ich räuspere mich. „Du hast mich gebeten, Jeremy Autofahren beizubringen."

Sam hält seine Hände still und rutscht auf dem Sitz umher. „Wie kannst du das so beiläufig erwähnen, wenn du wieder wegziehen willst?"

„*Wie bitte?*"

„Wann wolltest du es mir sagen?"

„Nochmal. Wie bitte? Wo hast du gehört, dass ich wegziehe?"

„Jeremy. Er hat es mir heute Nachmittag erzählt und gesagt, dass ich dich davon abhalten soll. Aus irgendeinem Grund sollte unser Fußballspiel dazu beitragen. Aber frag' mich nicht, wie."

Ich verziehe mein Gesicht. Dieser kleine Lügner! Warum sollte er—?

Ich fahre rechts ran und halte den Wagen an. Lachend schüttele ich den Kopf. Unter meinem Lachen verberge ich aber auch etwas Ernstes, eine tiefe Wunde.

Du hast nicht um ihn gekämpft, also tut es Jeremy für dich.

Ich weiß nicht, ob ich den Jungen dafür küssen oder ihm einen Tritt in den Hintern geben soll.

„Es tut echt gut, dich mal wieder lachen zu hören, Luke", sagt Sam und öffnet das Handschuhfach, mehr aus Gewohnheit und um etwas tun zu haben. „Aber ich würde auch gern mitlachen..."

„Er ist auf jeden Fall ein schlauer Fuchs, dein Sohn, das steht fest." Ich drehe mich zu Sam und öffne das kleine Fach am Armaturenbrett, wo ich die Pfefferminzbonbons verstecke. Ich hole eins heraus. „Ich ziehe *nirgendwo* hin." Ich gebe ihm einen Moment, das sacken zu lassen, und gebe ihm schließlich das Bonbon. Er nimmt es in die Hand, ohne es wirklich wahrzunehmen.

Ich fahre fort: „Er weiß, was ich für dich empfinde, Sam. Scheint so, als hätte er es früher geahnt, als ich selbst. Er kam letzte Woche zu mir und ich hab ihm gesagt, dass ich es wirklich erst begriffen habe, als ich in Auckland war."

Sam atmet langsam und zögernd aus. „Also ziehst du nicht weg?"

„Nein."

„Du ziehst nicht weg", wiederholt er. „Du ziehst *nicht* weg." Er lässt das Bonbon auf das Armaturenbrett fallen. Dann öffnet er seinen Gurt mit zitternden Fingern und steigt aus dem Wagen.

„Sam?"

Vom Fenster aus sehe ich, dass er zum Heck des Trucks geht.

Ich rufe nochmal nach ihm, schnalle mich auch ab und springe aus der Fahrertür. „Sam?"

Ich finde ihn hinter dem Truck. Vorn übergebeugt hält er sich am Heck fest. Er zittert, sein ganzer Körper pulsiert, und ich weiß nicht, ob er schluchzt oder sich übergeben muss.

„Scheiße, Sam, ist alles in Ordnung?" Ich nehme ihn in den Arm und ziehe ihn eng an mich heran. Er klammert sich an mich, als ob ich das Einzige bin, das ihn daran hindert, davonzufliegen.

„Ich fühle mich, also ob ich… falle. Ich kann es nicht stoppen."

Was er sagt, ergibt überhaupt keinen Sinn. Ich streiche ihm durchs Haar und ärgere mich darüber, dass mir nichts weiter einfällt, außer ein paar Phrasen. „Hey, das wird schon wieder."

„Nur du", sagt er wieder und wieder. „Sofort nachdem sie das gesagt hat, war es mir so klar. Nur *Du*."

Ich schiebe ein Bein zwischen seine, um ihm noch näher zu sein und damit er weiß, dass ich ihn auffangen werde. Ganz und gar. Er atmet ruhiger, aber er lässt mich nicht los. Ich drehe uns so, dass er mit dem Rücken zum Truck und nicht direkt im kalten Seewind steht.

Er lehnt sich gerade so weit zurück, dass er mich ansehen kann. „Ich versteh's."

„Was, Sam?"

„Ich verstehe, was Jeremy versucht." Er schaut zur Seite, aufs Meer. „Er versucht, mir mein eigenes Auckland zu geben." Dann schüttelt Sam den Kopf und meine innere Spannung wächst. Ich balanciere auf einem schmerzhaften, immer höher wachsenden Grat aus Hoffnung, hinter dem der Abgrund lauert. „Aber— aber…" Er schluckt und seine Hände lassen meinen Rücken los.

Ich schließe die Augen und warte auf den Rest. Darauf, dass Jeremy es versucht hat, aber dass es für Sam eben kein Auckland gibt. Und niemals geben wird.

Sein Atem stolpert und streicht über mein Kinn.

„Er musste das gar nicht tun, Luke."

Ich spüre seine Finger an meinem Gesicht und öffne die Augen. Wovon redet er? Was hat er gerade gesagt?

Er lehnt sich nach vorn und drückt seine Lippen auf meine. Es ist ein sanfter Kuss und seine Oberlippe verweilt eine Weile auf meiner Unterlippe. „Er musste das *wirklich* nicht tun."

Meine Hände streichen zwischen seinen Schulterblättern

hinauf zu seinem Nacken, wo ich ihn drücke und an mich ziehe. Ich stehle seine Worte mit einem innigen Kuss. Ich wünsche mir, er würde nie enden. Und Sam macht auch keine Anstalten, aufzuhören.

Nein, ganz im Gegenteil. Seine Zunge spielt mit meiner, sich windend, suchend, saugend…

Die Schmerzen in meinem Bauch verwandeln sich in etwas Neues. So etwas wie Angst. Ich ziehe mich zurück und warte — warte darauf, dass er mich wegdrückt, dass er etwas sagt und damit ein für alle Mal alles beendet. Ich gebe ihm eine letzte Chance.

Er lehnt sich zurück. Seine Hand wandert meinen Rücken entlang und über meine Schulter. Auf meiner Brust bleibt sie schließlich liegen. Sam atmet tief ein und sieht mir in die Augen, dann packt er mein T-Shirt und zieht mich an sich. „Lass mich nicht los."

Kapitel Einundvierzig

SAM

Irgendwann muss er mich natürlich loslassen.

Die ganze Rückfahrt über vermisse ich seine Hände auf mir. Ich hab keine Ahnung, wie wir dieses Abendessen überstehen sollen. Ich finde es toll, dass Jeremy tatsächlich für uns kochen muss. Aber in diesem Moment würde ich sogar seinen Hausarrest aufheben, wenn er uns dafür einfach in Ruhe lassen und seine Mutter und die Fußballkumpels gleich mitnehmen würde.

Luke schaut verträumt, während er seinen Truck abschließt und zu seiner Haustür geht. Er fummelt mit den Schlüsseln rum und lässt sie fast fallen. „Rutschige Dinger."

Durch die Tür hören wir Stimmen, Gelächter und schnelle Schritte.

„Klingt, als ob die ein bisschen zu viel Spaß haben", sage ich. „Das sollten wir schnellstens unterbinden."

„Oder—", verschwörerisch blickt mich Luke mit halb

geschlossenen Lidern an und macht mich damit ganz kribbelig „—sie können den Spaß mit rüber in dein Haus nehmen."

Das Schloss öffnet mit einem lauten Klack. Ich lege meine Hand auf seine und halte die Tür noch geschlossen. Dann drücke ich meine Lippen an sein Ohr. „Wie kommt es, dass du immer weißt, was ich denke?" Ich lege meine andere Hand auf seine Hüfte und lasse sie nach oben wandern. „Ich tue so, als ob ich krank bin, und du schmeißt sie raus."

Ich lasse seine Hand los. Die Tür geht auf und ich humple, meinen Bauch haltend, hinein. Am anderen Ende des Hauses hört man das Trampeln mehrerer Füße.

„Wir sind—"

Die Hintertür schlägt zu und dann ist es still.

„—wieder da", beende ich meinen Satz und richte mich auf. „Das ist ja komisch."

Ich gehe direkt in die Küche und bin überrascht, wie sauber es ist. Als ob niemand gekocht hätte. Aber es ist warm und riecht angenehm nach Essen.

Luke stößt ein leises „Häh" aus und geht ins Esszimmer. Ich höre ihn **1**e, maximal **2** Sekunden später. „Sam!? Wow. Komm mal her!"

Ich gehe ebenfalls ins Esszimmer und halte kurz hinter der Türschwelle und knapp hinter Luke abrupt inne. Der Tisch ist für **2** gedeckt und wird von **3** großen Kerzen erleuchtet. Auf einem Holzbrett steht ein Schmortopf mit Shepherd's Pie. Die Jungs müssen ihn gerade erst hingestellt haben, so wie der dampft. Daneben steht eine geöffnete Flasche Rotwein und dahinter eine Karte.

Ich verschränke die Arme und weiß nicht, ob ich den Kopf schütteln oder wie ein Honigkuchenpferd grinsen soll. „Es war ein abgekartetes Spiel. Fußball… alles."

Lukes Schultern heben sich mit einem tiefen Atemzug. Er geht zum Tisch und nimmt die Karte. Ich stelle mich neben ihn. Er sieht mich an und liest mit zitternden Lippen vor.

„Ich schlafe heute bei Mama. Ja, sie wusste auch Bescheid. Woher hätte ich sonst eine Flasche Wein kriegen sollen? Bis dann, Jeremy.“

Er legt die Karte auf den Tisch zurück. Dann dreht er sich um, nimmt meine Hand und verschränkt seine Finger fest mit meinen. Er zieht mich ein Stück näher an sich heran. „Was denkst du, Sam, würdest du gern mal mit mir zum Essen ausgehen?“

„Ja, das würde ich gern.“

Er neigt den Kopf in Richtung des Tisches, auf dem die Kerzen flackern. „Wäre jetzt ein guter Zeitpunkt?“

„Naja, ich fände es traurig, wenn all das Kartoffelschälen umsonst gewesen wäre. Das war echt harte Arbeit.“

„Abgemacht, dann ist es ein Date.“ Sein Daumen streichelt meinen Handrücken. „Ich hoffe, das erste von vielen weiteren.“ Sein Blick wandert zu meinem Mund.

„Aber—“

„Nein“, er drückt meine Lippen zusammen. „Sag nicht, dass wir schon einmal ein Date hatten. Damals wolltest du nur Spaß haben und ich wollte dir diesen Spaß bereiten. Aber das hier…“, er zieht mich fest an sich heran. Er duftet nach Kastanien und meine Zunge kribbelt, als ob ich ihn schmecken kann. „…das ist echt.“

Dann nimmt er seine Finger von meinen Lippen und versucht, mich zu küssen, aber ich schüttele leicht den Kopf. „Aber Luke, da liegst du falsch. Es war alles echt. Die ganzen letzten sieben Jahre, die wir zusammen hatten.

„Du kennst mich besser als jeder andere Mensch, ich vertraue dir mehr als jedem anderen — das kommt doch nicht von ungefähr. Es kommt von all den Tagen, die wir zusammen verbracht haben, von all den gemeinsamen Mahlzeiten und all unseren Reisen. Wenn die Definition eines Dates ist, dass man mit jemandem ausgeht, um ihn kennenzulernen, um zu sehen, wie gut man zusammen passt… dann waren wir nach meiner Rechnung schon hundert Mal verabredet.

Der einzige Unterschied zu einer klassischen Verabredung ist der, dass ich mehr als hundert davon gebraucht habe, um endlich zum Knutsch-Teil zu kommen." Ich grinse ihn an. „Du bist ein sehr geduldiger Mann, Luke."

Meine Lippen treffen seine und meine Zunge schiebt sich sanft nach vorn, um seinen Mund zu öffnen. Seine Zunge berührt mich und eine warme Flut ergießt sich über uns. Sie ist so stark, dass ich gar nicht mehr weiß, ob ich überhaupt noch essen möchte. „Ich sollte wirklich schnell damit beginnen, all die Zeit wiedergutzumachen."

Er kuschelt sich an meinen Hals. „Sag mir, dass das hier wahr ist", flüstert er, „dass ich nicht träume."

Ich lehne meinen Kopf an seinen und küsse seinen Nacken. Und wieder verliere ich den Boden unter den Füßen und das Gefühl zu fallen strömt durch mich hindurch. Ich halte mich an Luke fest und er drückt mich noch stärker an sich. Jetzt habe ich keine Angst mehr vor dem Aufprall. „Ich liebe dich, Luke. Ich bin *in dich verliebt.*"

~

Beim Essen liegen unsere Füße aneinander und außer den sanften Berührungen, die wir austauschen, ist es ein Essen wie jedes andere. Wir quatschen, lachen, verdrehen die Augen…

Erst, als wir aufgeräumt, und uns auf der Couch niedergelassen haben, spüre ich wieder dieses unkontrollierbare, vibrierende Gefühl in der Magengrube — ein Gefühl, das mich in alle Richtungen zieht, und ich will endlich, dass es aufhört.

Mein Blick streift Luke, der sich neben mir ausgestreckt hat. Seine Füße liegen auf dem zugemüllten Couchtisch, voll mit Sportmagazinen, Zeitungen und seinem Festnetztelefon dazwischen. Seine Hände zupfen an seinen Hosenbeinen und ich folge ihnen mit meinem Blick.

Wenn du seine Hände auf dir hast, wirst du dich wieder besser fühlen.

Als ich aufschaue, sieht mich Luke an. „Ich will… ich will…“ Meine Stimme versagt und ich beiße mir leicht auf die Lippe.

Luke stellt seine Füße auf den Boden und dreht sich zu mir. Er hebt seinen Daumen an meinen Mund und befreit sanft meine Lippe. Dann lehnt er sich zu mir und saugt sie zärtlich in seinen Mund. Dabei schließt er seine Augen. Gänsehaut überzieht meinen Nacken, meine Arme, meine Beine, *alles*.

„Luke“, flüstere ich und lasse meine Hand in sein Haar sinken. „Können wir erst duschen und dann ins Bett gehen?“

Er steht auf und zieht mich hinter sich her.

Im Badezimmer dreht er die Dusche auf. Ich bleibe an der Tür stehen und beobachte ihn, obwohl es mich juckt, zu ihm zu gehen und ihn wieder zu berühren.

„Du darfst unter einer Bedingung mit reinkommen“, sagt er, während sich der Raum langsam mit Dampf füllt.

„Und welche ist das?“

„Dass du länger als fünf Minuten hier drin bleibst.“

Ich stoße mich von der Tür ab und stehe im nächsten Moment vor ihm. Unsere Shorts und T-Shirts berühren sich und ich hebe mein Kinn leicht an, damit ich ihm in die Augen sehen kann. Nur noch ein paar Zentimeter mehr und wir stoßen aneinander. Er legt seinen Arm um mich und presst unsere Körper aneinander: Beine, Hüften, Schoß. Er ist hart und ich fühle die Kontur seines Schwanzes an meinem Bauch. Ich bin ebenso erregt — und war es für den Großteil des Abends.

„Und was passiert, wenn ich nicht so lange warten kann?“

Seine Augen funkeln. „Du kannst so lange warten. Ich gehe nirgendwo hin.“

Ich strecke meine Arme nach oben. „Zieh mich aus.“

Seine warmen Finger gleiten über meine Seiten und schieben mein T-Shirt hoch. Meine Füße sind schon nackt, also müssen nur noch meine Hose und Boxershorts weg. Er streichelt die Haut über meinem Hosenbund. „Schade, dass dein Brustwarzen-Piercing weg ist."

Ich atme scharf aus unter seinen Berührungen. „Das kann ich wieder reinmachen."

Sein Mund erreicht meine Brustwarze und er beißt sanft zu, während er mich heftiger streichelt. Dann schiebt er seine Daumen unter meinen Hosenbund und schiebt die Hose runter bis zu meinen Knöcheln. Ich steige aus dem Häufchen Stoff und plötzlich macht mich meine Nacktheit nervös. Ich will nach einem Handtuch greifen, aber Luke hält meine Handgelenke fest. Er drückt einen Kuss auf meinen Kiefer und dann noch ein paar Küsse mehr auf meinen Nacken. „Du bist wunderschön, Sam."

Zögernd lässt mich Luke los und tritt einen Schritt zurück. „Hüpf rein", sagt er. „Ich hol' dir ein frisches Handtuch."

Ich gehe an ihm vorbei und steige in die Dusche. Das Wasser ist heiß, aber genau richtig. Er hat alles da: Seife, Shampoo, Spülung, und ich habe mich in kürzester Zeit gewaschen. Ich habe das intensive Verlangen, so schnell wie möglich wieder bei Luke zu sein — und ich spüre es nicht nur in meinem Schwanz, sondern viel tiefer.

Ich drehe den Wasserhahn zu und trete aus der Dusche—

Luke ist da. Er sitzt auf der Toilette mit einem Stapel Handtüchern im Schoß. Er schüttelt den Kopf und steht auf. Die Handtücher legt er auf die Toilette. „Ich hab doch gesagt, dass ich nirgendwo hingehe."

„Ich… ich konnte einfach nicht mehr länger warten. Gibst du mir ein Handtuch?"

Luke zieht sein T-Shirt aus. „Nein." Als nächstes sind Hose und Unterwäsche dran.

Mein Schwanz schnellt bei seinem Anblick nach oben. All

die wohl definierten Flächen seiner Brust, seines Bauchs, seiner Beine, seines Pos… Ich schlucke und denke an den Moment auf seiner Couch, nach unserem letzten Date. *Er hat dich ausgefüllt, er hat gepumpt und du hast ihn leer gesaugt.*

Wie wird es sich anfühlen, wenn er mich noch ganz woanders ausfüllt? Mein Hintern zieht sich bei diesem Gedanken zusammen.

„Es wird länger geduscht." Er greift meine Schultern und steuert mich zurück in die Dusche. Mein Rücken trifft auf die Plastikwand und mit Lukes kräftigem Körper vor mir fühle ich mich bald auf angenehme Weise gefangen. Er hält mich in genau der Position, in der er mich haben will. Mit einer Hand bedient er den Wasserhahn und verzieht keine Miene, als ihn ein kalter Wasserstrahl erwischt.

Aber ich zucke zusammen, sodass wir an Brust und Lenden aneinanderstoßen. Mit seiner Hand massiert er meine Wange. „Ich will dir alles geben, was du willst", sagt Luke, „alles, was du nie hattest."

Feiner Wassernebel regnet auf uns herab. Ich blinzele und einzelne Wassertropfen rollen von meinen Wimpern. „Das hast du doch die ganze Zeit schon getan." Ich hebe leicht meine Hüften, sodass mein Glied noch enger an seinem ist. Meine Stimme wird zu einem schüchternen Flüstern. „Alles, was ich jetzt noch will, bist du." Ich schaue zu ihm, dann wandert mein Blick zum Duschkopf und ich beobachte, wie das Wasser auf seinen Hintern trifft. „Kannst du mir zeigen, wie ich das bekomme?"

Er zittert, als seine Hände meine suchen. Unsere Finger verschränken sich ineinander und er drückt meine Hände gegen die kühle Wand und küsst mich. Während seine Zunge meinen Mund erforscht, schiebt er meine Hände an der Wand nach oben, bis sie sich über meinem Kopf treffen. Dort legt er sie übereinander und hält sie mit einer Hand fest.

Mit seiner freien Hand zeichnet er eine Linie über meinen

Arm und Ellenbogen, wandert dann zu meiner Schulter und bis zu meiner Brust, wo er kurz an meiner Brustwarze innehält.

Schließlich greift er in die Ablage in der Ecke der Duschkabine und holt ein Stück Seife hervor. Er zerbricht es an der Wand in zwei Stücke. Die eine Hälfte fällt zu Boden und Luke schiebt sie mit dem Fuß zur Seite.

Mit der anderen Hälfte beginnt er, auf meiner Haut zu malen. Die harte Seife beschreibt eine Acht um meine Brustwarzen herum, immer enger und enger werdend, bis sie schließlich nur noch über meine Nippel reibt.

Ich keuche und versuche, meine Hände von ihm loszureißen, aber Luke hält sie noch fester. Und vermutlich tut er genau das Richtige, denn wenn er mich jetzt loslässt, werde ich zerschmelzen.

Seine Nase berührt die meine und ich drücke meine Arme gegen die Wand, damit er weiter macht. Damit er nicht aufhört, mich zu berühren.

Aber dann sagt er etwas und seine geflüsterten Worte streichen über meinen Mund und mein Kinn. „Was möchtest du tun?"

Gepresst atme ich aus. „Ich will dich in mir spüren, Luke. So, wie ich dich noch nie in mir hatte." Er stößt ein leises Geräusch aus, fast schon ein Wimmern. Ich frage ihn: „Und was willst *du*?"

Er schaut mich lange an. „Ich will umziehen, Sam."

„Aber ich dachte—"

„Ich will, dass *wir* umziehen. Ich will uns ein Haus kaufen. Ich will, dass wir die Küche teilen, das Bad, das Wohnzimmer, den Esstisch… das Bett. Ich will mich um die laufenden Kosten kümmern, damit du studieren kannst. Und wenn du Jeremy hast, dann will ich, dass er zu uns beiden nach Hause kommt." Ein Zittern erschüttert meine Arme. Es kommt von ihm. „Ich will, dass wir eine Familie sind."

Da verliere ich den Boden unter den Füßen. Es ist wie ein

freier Fall. Und dieses Gefühl wird so stark, dass ich mich völlig darin verliere. Ich merke nicht einmal, dass ich weine, bis ich schließlich Lukes Stimme höre. „Hey, mein Liebster. Ist alles in Ordnung? Geht es dir zu schnell?“

Diesen Kosenamen aus seinem Mund zu hören lässt mich fast zerspringen und ich schüttele schnell den Kopf. „Nicht zu schnell. Ich will mehr von dir.“

Sein nächster Kuss ist fordernder und bringt mich wieder zurück ins Hier und Jetzt. Meine Erektion schwillt weiter. Alles fühlt sich noch intensiver an.

Nun fährt Luke mit der Seife, die er noch immer in der Hand hält, weiter meine Brust hinunter, dann über die Haare unter meinem Bauchnabel bis hin zu meiner Schwanzspitze. Die Berührung lässt mich erschaudern und ich zittere noch, als er mit der Seife meine Eichel umkreist.

Schließlich legt er das schaumige Stück mitten auf seine Handfläche und umfasst dann mit der Hand meinen Schaft.

Ich atme tief ein und werfe meinen Kopf laut stöhnend nach hinten, als er beginnt, mich mit langsamen Bewegungen zu quälen. Ich spüre, wie meine Hände in seiner Umklammerung gefangen sind und wie ein Stromschlag durchfährt es mich. Dieses Gefühl wird noch heftiger, als Luke beginnt, meine Handfläche mit seinem Daumen zu streicheln — im gleichen Rhythmus, in dem er auch meinen Schwanz massiert.

Und als ich spüre, dass ich es nicht mehr länger ertragen kann, dass ich jeden Moment explodieren werde, hört Luke auf. Sein Daumen drückt auf meine Handgelenke und ich senke meinen Kopf und sehe ihn an. „Du bist so unglaublich sexy“, sagt er und die Lust tropft nur so von ihm herab, so wie das Wasser, das über seine Haut gleitet.

Ich schaudere bei diesen Worten. Niemand hat so etwas je zu mir gesagt und mein Herz beginnt zu flattern, als ich sie aus Lukes Mund höre. Luke, der selbst den perfekten Männerkörper hat. „Ich bin nicht halb so sexy wie du. Ich wollte schon immer deinen Körper haben."

Ich erröte, denn wenn ich so zurückdenke, hätte mir schon damals klar sein müssen, wie sehr ich mich körperlich zu ihm hingezogen fühle. Aber ich habe mir nie erlaubt, ihm näher zu kommen, als es unser Kumpel-Abstand zuließ. „Aber vielleicht", sage ich langsam, „hab ich das ja auch ganz anders gemeint."

Luke küsst mich erneut und mit seiner freien Hand steuert er seinen Schwanz, sodass dieser meine schweren Hoden massiert. Ich ziehe meinen Hintern zusammen, spreize meine Finger und lehne mich ihm entgegen.

Die Seife malt jetzt Kreise auf meinen Oberschenkel, fährt höher und höher und nähert sich meinem Arsch. Luke beendet unseren Kuss und greift mit der Seife weiter um mich herum. Er schiebt sie jetzt in langen, kräftigen Zügen von meinem Steiß über meine Arschbacken bis hin zum oberen Ende meiner Oberschenkel.

Lukes sieht mich fragend an. Er lässt meine Handgelenke los und wie um seine Frage zu beantworten, drehe ich mich um. Ich lehne mich mit den Unterarmen an die Wand, halte aber mit dem Rest meines Körpers etwas Abstand. Ich überkreuze meine Handgelenke wieder und hoffe, dass Luke weiß, was ich will.

Er weiß es, denn er hat mich sofort wieder fest in seinem Griff. Sanfte Küsse rauschen über mein Schulterblatt bis in meinen Nacken. Die Seife rutscht unerträglich langsam meinen Rücken hinunter.

Mit seinen Zehen schnappt sich Luke meine rechte Ferse und beginnt, sie zu massieren. Warmes Wasser tropft von ihm auf die Rückseite meiner Schenkel.

„Ist dir kalt?", fragt er.

Mir ist alles andere als kalt. „Ganz im Gegenteil."

Sein sanftes Lachen lässt mir die Haare im Nacken zu

Berge stehen. „Sag mir, wenn dir irgendetwas nicht gefällt. Sag mir, wenn ich aufhören soll."

„Glaub mir, aufhören ist das Letzte, an das ich gerade denke. Und ich bin kein zartes Pflänzlein, Luke, ich kann schon ein paar Schmerzen aushalten—"

Die Seife rutscht in meine Ritze hinein und Luke rollt sie über meine Öffnung hinweg zu meinen Eiern. Mein Schwanz pulsiert und ich strecke Luke meinen Arsch entgegen. „Mehr davon, bitte."

Luke bewegt die Seife wieder zurück und hinterlässt geschmeidig-glitschige Haut. Er hält über meiner Öffnung inne. Ich stöhne und er massiert mich zärtlich mit der Seife weiter. Die Seifenspitze dringt in mich ein, verlockend, wundervoll, aber nicht annährend tief genug.

Lukes Schenkel berührt die Rückseite meines Beins, sein hartes Glied drückt gegen die Seite meiner Arschbacke. Er küsst meine Schulter und knabbert sanft daran herum. Dann lässt er die Seife fallen und schiebt einen Finger in mich hinein. Mein Schwanz zuckt und ich wünschte, ich käme näher an die Wand heran, um mich daran zu reiben.

Hoch und runter, hoch und runter bearbeitet mich Luke mit seinem Finger.

Nach dem nächsten *hoch* zieht er ihn wieder ganz heraus. Und dann dringt er mit zwei Fingern in mich ein. Ich schreie auf, als sie tief in mich hineinstoßen, aber nicht aus Schmerz, sondern, weil es sich so gut anfühlt und so richtig, wie Luke mich berührt. Es ist mein tausendfacher Dank dafür, dass Luke mich so etwas fühlen lässt, etwas so Intensives wie noch nie zuvor.

Jede Bewegung seiner Finger vernebelt meine Sinne weiter. Vor meinem inneren Auge tauchen all die Bilder unserer Zukunft auf, wie ich nach Hause komme und er kocht und fragt mich, wie mein Tag war. Bilder von uns. Uns als Familie.

Davon, wie ich jeden Morgen als erstes Lukes Lächeln sehen werde.

„Es gibt keine Zahlen dafür“, höre ich mich murmeln. „Keine Zahl kann ausdrücken, wie gut es sich anfühlt. Wie gut es sein wird.“

Luke hält seine Finger still und reibt seinen Schwanz an meiner Backe. Dann zieht er seine Finger zurück und der Wasserstrom über uns versiegt zu einem Tröpfeln.

Er lehnt seinen Oberkörper an mich und flüstert in mein Ohr: „*Jetzt* waren wir lang genug unter der Dusche.“

Er zieht mich hinter sich her und trocknet uns beide mit einem Handtuch ab. Dann nimmt er meine Hand in seine und führt mich in den Flur. Es riecht noch nach unserem Abendessen und das Gefühl, *zu Hause* zu sein, pulsiert in meiner Brust.

Luke führt mich zu seinem großen Bett. Ich setze mich hin, während er ein Kondom vom Nachttisch nimmt und aufs Bett wirft. Mein Blick wandert von der Folienverpackung zur Weite des Bettes um mich herum. Ich war schon oft in Lukes Schlafzimmer, aber bis heute war es immer nur ein Bett — das Kopfteil aus Kupfer passt gut zur Lampe in der Ecke des Zimmers und dem Stuhl, der daneben steht. Es war stilvoll und sah bequem aus.

Aber jetzt…

Ich muss schlucken. In meiner Vorstellung halte ich mich an den Stangen des Kopfteils fest, während Luke mich mit aller Kraft nimmt.

Meine Hand will meinen Schwanz umschließen, aber Luke fängt sie ab und zieht mich mit sich zur Mitte des Bettes. Ich rolle auf den Bauch und liege nahe genug, um die Stangen zu fassen.

„Wenn wir umziehen“, sage ich, während Luke sich auf mich setzt und sich das Kondom überzieht, „behalten wir das Bett.“

Ich höre ein Seufzen und dann tröpfelt eine kalte Flüssigkeit in meine Ritze. Luke massiert mich mit der Flüssigkeit — es muss Gleitgel sein — und umkreist meinen Anus. Dann verlagert er sein Gewicht über meine Mitte, so wie er es auf Stewart Island getan hatte, und drückt und massiert meinen Rücken — erst hinauf und dann an meinen Armen wieder hinab. Er bewegt seine Hüften so, dass sein Schwanz genau zwischen meinen Arschbacken liegt. Ich fühle, dass auch er sich mit Gleitgel eingerieben hat. Unsere Finger finden sich und er drückt meine Hand. „Ist das ein Ja, Sam?"

„Ja, verdammt. Ja."

Er streckt sich und küsst meine Lippen, während sein Schwanz weiter in meine Ritze rutscht. Er drückt sich an mich, tiefer und näher…

Seine Eichel streift über meine Öffnung und ich drücke meine Backen zusammen, damit er genau an dieser Stelle bleibt. Ich drücke mich gegen ihn. Luke stöhnt lang und tief, als er an meiner Haut entlang reibt.

Ich löse meine Hände von seinen und greife zum Kopfteil, meine Beine weit gespreizt. Luke vergräbt seine Hände in die Bettdecke.

Während ich die Kissen zur Seite schiebe, um mich an den Stangen festzuhalten, streifen meine Finger ein Stück Papier.

Als ich den abgegriffenen Zettel sehe, weiß ich sofort, was es ist. Ich habe einen so großen Kloß im Hals, dass ich kaum noch schlucken kann. Meine zitternden Finger schließen sich um die Kupferstangen.

Lukes Schwanzspitze streift wieder meine Öffnung. Ich bäume mich ihm entgegen. Ich will ihn in mir, will ihn—

Jetzt.

Seine Schwanzspitze dringt in mich ein. Sie fühlt sich stark und massiv an und ich spüre ein Brennen, wie er mich so dehnt, aber es ist nicht unangenehm. Luke küsst meinen Nacken und beginnt dann, sich mit langsamen, kurzen Stößen zu bewegen — wie, um mich an sich und seine Größe zu gewöhnen.

Mit jeder Bewegung reibt mein Schwanz gegen den Stoff des Lakens. Ich halte die Stangen fester in meinen Händen, während sich lustvolle und schmerzhafte Wellen abwechseln.

Aber schon bald lassen die Schmerzen nach und erste Lusttropfen benetzen das Betttuch. „Benutze die Macht, Luke."

„Witzbold." Er stößt tiefer und schneller. Seine Arme stützen sich neben mir auf dem Bett ab und halten sein Gewicht, während seine Stöße immer lustvoller und besitzergreifender werden.

Seine Eier klatschen an meinen Arsch und jeder seiner Stöße bringt eine Mischung aus einem leichten klopfenden Schmerz und einer Explosion von Empfindungen, wenn er auf das Lustzentrum tief in mir drin trifft.

Meine Füße stützen sich gegen seine und ich drücke bei jedem Stoß auf sie herab. Alle Nervenenden meines Körpers liegen vor Erregung blank und ich werde mich nicht mehr lange halten können. Ich wende meinen Blick von dem Stück Papier ab und vergrabe meine Stirn in der Matratze. Liebe und sexuelle Lust halten mich so eng umschlungen, dass meine Erfüllung nicht mehr weit entfernt ist.

„Luke, ich bin fast—"

„Verdammt, ich auch." Und er schiebt sich ganz in mich hinein, lässt seine Hüften kreisen und bewegt sich dann in einem kurzen, harten Rhythmus, der durch meinen gesamten Körper vibriert.

Ich atme scharf aus und Luke tut es mir gleich. Er spannt sich an und ich fühle seinen Schwanz in mir pulsieren. Und dann komme ich auch. Ich schreie in das Laken hinein und eine Kante des Zettels berührt meine Stirn, als ich mich ergieße.

Luke lässt sich auf meinen Rücken fallen, sein Körper ist schweißgebadet. Sein schwerer Atem strömt durch meine

Haare und meinen Nacken hinunter. Ein sanfter Kuss ist das Ausrufezeichen hinter der letzten Welle, die durch mich hindurchfließt. Luke ist noch immer in mir und ein Teil von mir möchte, dass es so bleibt. Abgesehen von der Schweinerei ist es einfach perfekt. Luke. In mir.

„Wunderschön und sexy — und endlich vollkommen bei mir." Er beißt mir leicht in die Schulter, als er sich aus mir zurückzieht, und ich schlucke einen Seufzer herunter.

Ich höre, wie er das Kondom beseitigt, und dann fühle ich seine Hand auf meinem Rücken. „Bleib einfach liegen. Ich hol dir was zum Abwischen."

Seine Finger tanzen über meine Haut, als er aufsteht, und auch danach kann ich noch ihr Echo spüren. Ich bleibe genauso liegen bis Luke wiederkommt und drehe mich dann auf die Seite. Der nasse Fleck auf dem Bett ist groß und klebrig.

Luke geht zur anderen Seite des Bettes, setzt sich auf die Bettkante und tippt mir auf die Schulter, damit ich mich auf den Rücken drehe. Als ich das getan habe, wischt er mich zärtlich mit einem warmen Waschlappen ab. „Das Bett hat das Schlimmste abgekriegt."

„Kein Problem. Stehst du kurz auf?"

Als ich stehe, zieht Luke das obere Laken ab und lässt es zu seinen Füßen fallen. Er setzt zu einem Satz an, bricht dann aber wieder ab. Etwas hat seine Aufmerksamkeit erregt. Ich folge seinem Blick zu dem Stück Papier, das neben dem Kopfteil des Bettes liegt.

Sein Adamsapfel bewegt sich in seiner Kehle und er sieht mich an. „Ich… es ist nur so, dass ich…" Er sucht händeringend nach einer Erklärung. Aber ich brauche keine.

Ich stelle mich auf das Bettlaken auf dem Boden, sodass ich genau vor ihm stehe. Dann lege ich eine Hand an seine Wange und schüttele den Kopf. „Ich verstehe schon, Luke. Ich hab mich gefragt, wo ich die Liste hingelegt hatte, und dachte, ich hätte sie verloren, aber... Du hattest sie die ganze Zeit, oder? Sogar schon, bevor ich dir davon erzählt hatte."

Er dreht seinen Kopf und küsste meine Handfläche. Dann murmelt er in sie hinein: „Ich hatte sie schon, bevor ich nach Auckland gefahren bin. Sie war fast jeden Tag bei mir."

Ich nicke und zögere kurz. „Jeremy wusste auch davon, oder?"

„Erst seit kurzem. Er hat sie hier gefunden. Als ich nicht mehr daran denken wollte. Und wie du sehen kannst, bin ich damit grandios gescheitert."

„Darüber bin ich so froh. War es die Liste... wegen der du mich immer gefragt hast, ob ich mit dir experimentieren will?"

Luke errötet. „Ich war einfach so voller Hoffnung, dass ich dachte, wenn wir zusammen wären, würdest sehen, was wir beide haben könnten. Deshalb habe ich vorgeschlagen, zu experimentieren. Aber ich wusste gleichzeitig, dass es eine schlechte Idee war. Dass ich mich dabei verletzen könnte."

„Und das hast du ja auch. Ich hab dich sehr verletzt. Und das tut mir leid, Luke." Ich halte inne. „Aber vielleicht ist es ja ein Trost, dass es anscheinend funktioniert hat. Ich hab mir eingeredet, dass es für mich nur der Reiz war, ein Tabu zu brechen. Aber in Wirklichkeit war ich Hals über Kopf in dich verliebt. Ich wollte dir damals so nah sein... so wie jetzt."

Luke nimmt meine Hand in seine und reibt mit seinem Daumen über meine Haut. „Sam, ich möchte nicht, dass das für dich ein Tabu ist. Nicht mehr. Und nie wieder. Wenn ich mit dir ins Bett gehe, wenn wir unsere Körper erkunden, wenn wir Liebe machen oder Sex haben, oder einfach nur vögeln, dann ist es und wird es nie ein Tabu für mich sein. Es ist keine Sünde. Es sind einfach nur *wir* — und das ist einfach *richtig*.

Ich bringe kein Wort heraus, also drücke ich seine Hand und nicke.

Dann lehne ich mich zu ihm und küsse ihn. Schließlich lasse ich los und krabbele über das Bett, um die Liste zu holen.

Auf Knien robbe ich wieder zurück zu ihm und die Bettdecken verknoten sich um meine Beine. Ich lese die Liste laut vor. „Die Bücher lesen, die ich in der Schule hätte lesen sollen: abgehakt. Die ganze Nacht durchtanzen: abgehakt. Einen Kater haben, eine Sonnenbrille aufsetzen und Döner essen: abgehakt."

Und jetzt verstehe ich, woher er so genau wusste, was ich wollte. *Er hat diese Momente für dich geschaffen. Er hat dir alles gegeben, was auf der Liste stand.*

Naja, fast alles.

Ich halte an dem Punkt in der Mitte der Liste inne, der zwar abgehakt ist, aber noch nicht abgehakt sein sollte.

Ich werfe die Liste aufs Bett. „Egal wie sehr du wolltest, dass ich alles auf der Liste abhake, Luke, wir werden es nicht mehr schaffen."

„Was hast du denn nicht—" Er schaut zur Uhr. Es ist zehn Uhr. „Wir haben noch zwei Stunden. Vielleicht—"

Ich lege meine Hand in seinen Nacken und ziehe in zu mir. „Wir werden es nicht schaffen. Lies den sechsten Punkt. Dann weißt du, warum."

Er schnappt sich die Liste, wirft einen Blick darauf und hat dann wieder diesen Gesichtsausdruck. Den, der an mir genagt hat, seit er wieder aus Auckland zurück ist.

Flirten, Spaß haben, sich nicht verlieben.

Kapitel Zweiundvierzig

JEREMY

Wir sind bei Papa: ich, meine Mutter und Steven. Und Luke natürlich, aber das versteht sich von selbst. Wir haben gerade den großen Geburtstagsbrunch beendet und ich packe meine Geschenke aus. Papa sitzt in einem Sessel und Luke hat sich auf die Lehne gehockt. Wie zwei Turteltäubchen werfen sie sich verliebte Hundeblicke zu — genug, dass mir schlecht wird.

Steven, der es sich im anderen Sessel bequem gemacht hat, blättert vorsichtig durch die Sammlerausgabe des Comics, den mir Luke geschenkt hat. Ich sitze auf dem Boden und starre auf das Papier, in das Mamas und Papas Geschenk eingepackt ist. Jetzt hat es bei den beiden wohl endgültig ausgesetzt. Es ist verdammt nochmal nicht witzig.

Aber offensichtlich denkt Mama, dass es eine superlustige Idee war, so wie sie hinter ihrem Sektglas vor sich hin gackert.

Ich starre die auf das Geschenkpapier aufgedruckten

Bananen an und schüttele meinen Kopf. „Ihr seid Schuld. Ihr habt mich für den Rest meines Lebens traumatisiert."

„Wie bitte?", fragt sie und zieht die Augenbrauen hoch.

„Ich bin mir nicht sicher, ob ich dieses Geschenk auspacken will."

Sie schnappt sich das Papier von einem anderen Geschenk, knüllt es zusammen und wirft es in meine Richtung.

Ich fange es und werfe es wieder zurück. Sie erschrickt und schüttet sich Sekt über ihre Bluse. Luke und Papa haben nichts davon mitbekommen. Worüber auch immer sie sich mit gedämpfter Stimme unterhalten, es muss absolut fesselnd sein.

Ich schüttele meinen Kopf und grinse Mama an. „Das sollte dir eine Lehre sein, nicht schon mittags zu trinken!"

„Hey, muss ich dich daran erinnern, dass ich dich heute auf den Tag genau" — sie schaut auf ihre Uhr — „ach was, auf die *Stunde* genau, aus mir rausgepresst habe?"

Iiih. Zu viele unnötige Bilder in meinem Kopf.

Dazu meldet sich Papa zu Wort — und zwar mit einem Stöhnen: „Mein Gott, erinnere mich bloß nicht daran."

Der Geschenkpapier-Ball fliegt in seine Richtung und trifft ihn am Kopf.

„Ich denke, dass ich für die ganze harte, *blutige* Arbeit an dem Tag," sagt sie, und ihre Betonung lässt uns alle erschaudern, „ein Glas Wein verdient habe, mindestens so sehr, wie du all deine Geschenke verdient hast, Jeremy."

„Na gut, in Ordnung. Du darfst auf all meinen zukünftigen Geburtstagen die Schnapsdrossel spielen." Ich schüttele das Bananengeschenk. „Also, soll ich das nun öffnen oder nicht?"

Sie seufzt, stellt ihr Glas auf den kleinen Tisch, auf dem sich meine Geschenke stapeln, und verschränkt feierlich ihre Hände. „Du bist fünfzehn, du bist fast erwachsen. Ich… ich muss lernen, dir mehr Raum zu geben und dir zu vertrauen."

„O.k.… heißt das, dass mein Hausarrest vorbei ist?" Ich

klimpere mit meinen Wimpern und setze mein charmantestes Lächeln auf.

Sie lacht. „Netter Versuch. Nein. Es bedeutet, dass ich dich nicht mehr mit der Goldenen Kondomregel belästigen werde." Als sie das sagt, kommt ein Gurgeln aus Stevens Richtung, und ich sehe aus dem Augenwinkel, dass er sich hinter dem Comic versteckt. Mama fährt fort: „Du kannst Bananen von nun an einfach wieder als Lebensmittel sehen, o.k.?"

Steven verschluckt sich an seinem unterdrückten Lachen und murmelt: „Du hast mir ja einiges verschwiegen, Jer."

Ich schicke ihm einen bösen Blick rüber. Ihm, beziehungsweise, dem Comic. „Ganz im Ernst, das willst du gar nicht wissen." Und dann sage ich zu Mama: „In Anbetracht, dass wir uns in der Weihnachtszeit befinden, gibt es nur eins, das ich dazu sagen kann: Halleluja."

Luke bricht in schallendes Gelächter aus und ich freue mich, dass ich auch mal seine Aufmerksamkeit habe. Es ist schließlich nicht nur Papas Geburtstag. Obwohl, so ganz fair ist das auch nicht. Papa hat schließlich so ziemlich jeden gebeten, so zu tun, als ob er heute *nicht* Geburtstag hätte, damit er sich noch ein bisschen länger wie neunundzwanzig fühlen kann.

Und dann öffne ich endlich das Geschenk. Es ist ein blau gepunktetes Sparschwein. Das Sparschwein, das seit Jahren auf Mamas Nachttisch steht.

„Im ganzen letzten Jahr haben dein Vater und ich jede Woche fünf Dollar da reingesteckt."

„Echt jetzt? Das sind 520 Dollar oder so!"

„Du scheinst ja in Sachen Mathematik nach mir zu kommen, sehr schön."

Ein stechender Blick von Papa in ihre Richtung bringt sie zum Grinsen. „Komm schon, es ist doch die Wahrheit. Wenn du besser rechnen könntest, würde es Jeremy gar nicht geben." Sie lacht, während Papa so rot anläuft wie eine Warnleuchte.

„Die Geschichte würde ich gern hören, Mrs. Carole", lässt

Steven plötzlich von sich hören. Der Comic liegt auf seinen Knien.

„In der Nacht unserer… fehlgeleiteten Leidenschaft wollten wir uns zuerst Kondome im Supermarkt kaufen. Aber dein Vater zählte nur zwei Dollar zwanzig in seinem Portemonnaie und die Kondome kosteten drei Dollar. Dann zuckte er mit den Schultern und sagte sowas wie: ‚Na, dann war's das damit wohl für heute'. Aber wie es so ist, überkamen uns unsere Hormone noch am gleichen Abend. Und als wir später in den Bus einstiegen, merkte er plötzlich, dass er die ganze Zeit vier Dollar hatte."

Papa stöhnt auf und reibt sein Gesicht. „Ich hatte gehofft, du hättest meinen kleinen Fehler vergessen."

Mama neigt ihren Kopf in meine Richtung. „Dieser kleine Fehler hat uns einen Sohn geschenkt. Einen Sohn, der uns noch die Haare vom Kopf frisst."

„*Wohl kaum!* Die Bananen rühre ich nie an!"

Mama und Papa lachen beide so laut auf, dass ich es in meinem Bauch spüren kann. Ich halte das Sparschwein hoch, richte seine Nase auf meine, und seufze.

„Danke, Leute, aber… das ist doch zu viel. Mama, Papa, ihr braucht das doch selbst."

Papa lacht. „Wir denken beide, dass du es brauchen wirst. Jetzt, wo du deinen Führerschein machen kannst, wirst du wohl bald auch ein Auto brauchen. Den Rest musst du selbst dazu sparen. Aber alles, was du reinpackst, legen wir nochmal oben drauf."

„Ich bin, wie soll ich sagen, platt." Und das bin ich. Wirklich. Ich glaube, Steven muss mir in den Hintern treten, damit ich den Kloß in meinem Hals wieder loswerde.

Ich gebe dem Sparschwein einen Kuss. Verdammt, ich freue mich so sehr, dass ich sogar das Bananenpapier küssen könnte.

„Es ist ja noch ein bisschen Zeit bis dahin", sagt Mama, „aber wir wollten dich motivieren, selbst was zu sparen."

„Dein Eltern sind die Besten", sagt Steven hinter mir. „Wenn ich es mir aussuchen könnte, dann hätte ich gern deine. Mrs. Carole, Mr. Sam und Mr. Luke."

„Was aber auch klar ist", sagt Luke, „wenn einer von uns rausfindet, dass du das Auto zu irgendwas anderem benutzt als zum Fahren—"

Steven tritt mich und raunt mir zu: „Alter, er redet über dich und Suzy."

Ja, sag bloß!

Aber gar keine schlechte Idee. Suzy und ich auf dem Rücksitz des Autos…

„—dann kannst du dir sicher sein, dass wir den Schlüssel bei den Haien versenken." Luke erschaudert bei seinen eigenen Worten und Papa klopft ihm ermunternd aufs Knie und lächelt in sich hinein.

Luke legt seine Hand auf die von Papa. Als Steven das sieht, gibt er einen Seufzer von sich.

„Ihr werdet mich in keiner kompromittierenden Stellung mit Suzy im Auto erwischen. Darauf könnt ihr euch verlassen." Denn ich werde sehr, sehr vorsichtig sein, mich nicht erwischen zu lassen.

Mamas Handy klingelt. Sie erschrickt. Und da sie gerade wieder ihr Glas angehoben hatte, schüttet sie prompt noch mehr Sekt über sich. „Na schöne Scheiße", murmelt sie und trinkt schnell aus, bevor sie ans Telefon geht. „Hallo?" Sie steht auf und lächelt. „Oh, hi."

Ich tippe auf Greg. Sie tänzelt um das Geschenkpapier herum und geht aus dem Zimmer. „Ja." Sie sieht zu mir herüber. „Richte ich ihm aus."

Ein Schweregefühl macht sich in meinem Magen breit — ein Gefühl, das ich kein bisschen gebrauchen kann.

Luke räuspert sich und greift neben sich zum Boden. Seine

andere Hand bleibt dabei die ganze Zeit auf der von Papa. Ein weiteres Geschenk fliegt zu mir. „Ich glaube, dieses Geschenk passt jetzt gerade wie die Faust aufs Auge.“

Das Geschenk fühlt sich weich an und ich packe es schnell aus. Ein T-Shirt.

Ich falte es auseinander und Luke hat vollkommen Recht. Es passt echt perfekt und ich sollte es mir wohl wirklich zu Herzen nehmen.

Ich lese vor, was auf dieser kleineren, roten Version von Lukes T-Shirt steht:

„*Keep Calm and Suck It Up.*“

Kapitel Dreiundvierzig

LUKE

Falls Jeremy gedacht hat, dass er der Einzige ist, der hier jemanden austricksen kann, dann hat er die Rechnung ohne mich gemacht. Der Anruf von Greg in Kombination mit dem T-Shirt beweist es.

Ich hatte so etwas vor, seit wir unser Gespräch von Mann zu Mann hatten. Bevor ich mich mit Jack zum Mittagessen getroffen hatte, um mich auszuheulen, hatte ich überall danach gesucht. Und dann hatte ich mit Carole alles Weitere besprochen.

Der Geburtstags-Brunch geht so schnell vorüber. Bald ist es Zeit, meine Mutter vom Flughafen abzuholen. Sam zieht einen Flunsch, als ich alle daran erinnere, dass es auch sein Geburtstag ist. Ich lasse alle „Happy Birthday" singen und bringe die Torte mit den dreißig Kerzen aus der Küche.

„Wünsch dir was", sage ich zu ihm.

„Der Wunsch ist schon wahr geworden", sagt Sam und ich

muss mich am Brett festhalten, auf dem ich den Kuchen serviere. Als ich Jeremy schnaufen höre, drehe ich mich in seine Richtung.

Er steckt einen Finger in seinen Mund, als ob ihm beim Gedanken an mich und seinen Vater schlecht wird. Steven, der gute Junge, schüttelt seinen Kopf.

Als ich mich wieder Sam zuwende, wirft er seinem Sohn einen stechenden Blick zu. „Weißt du was? Ich habe meine Meinung geändert. Ich möchte mir doch was wünschen." Er bläst alle Kerzen aus und sagt zu mir: „Das wird er noch bereuen."

Sam steht auf und greift die andere Seite des Bretts. Unsere Hände berühren sich dabei. „Lass uns den Kuchen in der Küche schneiden", sagt er.

Und in diesem Moment passiert es.

In dem Moment denke ich nicht mehr nach.

Ich lehne mich zu ihm und küsse ihn zärtlich auf den Mund. Nur ein kurzer, sanfter Kuss, bevor ich das Brett wieder nehme und mich umdrehe.

Erst nach ein paar Schritten in Richtung Küche wird mir klar, was ich gerade getan habe.

Diesmal spüre ich nur ein leichtes Grummeln in meinem Magen, als ich mich noch einmal umdrehe.

Sam hat ein niedliches, verträumtes Lächeln im Gesicht und berührt seine Lippen mit zwei Fingern. Er sieht so gerührt aus, dass ich den Kuchen an Jeremy weiterreiche, zu Sam zurückgehe und ihn in meine Arme nehme.

Sein Kinn ruht auf meiner Schulter, sicher schaut er gerade zu Carole, Jeremy und Steven hinüber. Und dann macht er mich zum glücklichsten Mann der Welt.

Und das tut er, indem er mein Gesicht in seine Hände nimmt und mich küsst.

~ENDE~

Danksagungen

Als erstes möchte ich meinem Mann danken. Du bist immer für mich da und darum kann ich meine Geschichten erzählen. Dafür liebe ich dich.

Danke an Teresa Crawford, die mir geholfen hat, der Geschichte die richtige Struktur zu geben. Die Skype-Session war unbezahlbar.

Danke an Wolfgang Eulenberg für die Übersetzung der Geschichte ins Deutsche, und an Coco Hoffman für das Lektorat der deutschen Fassung.

Vielen Dank an all meine Korrektur-Leser für euer hilfreiches Feedback.

Und schließlich ein riesiges Dankeschön an all meine Freunde – ihr wisst wer und wie großartig ihr seid!

Über Anyta

Anyta Sunday ist die Autorin der schwulen Liebesromane "rock", "nest", "Liam Davis & The Raven" und der "Enemies To Lovers"-Serie.
Die Romane "fels" und "Von Dir Verzaubert" sind in der Übersetzung von Wolfgang Eulenberg auf deutsch erschienen. Ebenfalls auf deutsch erhältlich: die Erzählungen "Verzettelt" und "500 Küsse".

Anyta stammt ursprünglich aus Neuseeland, folgte dann aber ihrem Herzen nach Deutschland wo sie mittlerweile Berlin ihre Heimat nennt. Wenn sie nicht gerade an ihrer neuesten Geschichte arbeitet rennt sie ihren Jungs hinterher.

Weitere Bücher von Anyta Sunday

(Kiwis zum Verlieben)

Von Dir Verzaubert

Bei Dir zu Hause

Ohne Dich VerloreN

(Wahre Liebe...)

Wahre Liebe... bringt Glück

Wahre Liebe... bekennt Farbe

Fels

500 Küsse

Verzettelt

DJ Dangerfield - Musik der Liebe

Printed in Poland
by Amazon Fulfillment
Poland Sp. z o.o., Wrocław

41007831R00174